新潮文庫

夜の桃

石田衣良著

夜の桃

中年や遠くみのれる夜の桃

西東三鬼

I

ピンクの桃が、夜の路上に浮かんでいた。

六本木の裏通りである。ネオンを仕込んだ看板がアスファルトをぼんやり照らしていた。淡い桃色のシルエットには、白い英文でEAT　A　PEACHと抜かれていた。

（「桃をくえ」なんて、ふざけた名前だ）

奥山雅人《おくやままさと》は自分が名をつけた店の看板を眺め、ひとりでにやりとした。懐《なつ》かしのサザンロック。オールマンブラザーズバンドの傑作アルバムから拝借したものだ。

サクラの散る季節の夜風は、思いのほか冷たかった。女の指先が頬をなでていくようだ。なぜいつも女たちの指は冷たいのだろう。女という言葉で、藤森麻衣佳《ふじもりまいか》を考えた。豊かな乳房と雄大な尻《しり》。あと二時間もすれば、あの身体《からだ》を抱いているだろう。腰の奥でぞくりと動くものがあった。妻以外の女と会う春の夜は、実に素晴らしかった。

こんなことでもなければ、毎日のいまいましい仕事などやっていられない。

桃のバーは通りに面していた。スコットランドの古城から取り寄せたという木製の扉を体重をかけて押し開く。

「こんばんは、雅人さん」

男だか女だか、わからない声がかかった。バーテンダーの長嶺紘輝《ながみねひろき》である。紘輝の本名は紘子という。この店を開く二年まえまでは女性だった。性同一性障害というらしいが、雅人は気にしていなかった。酒と客をあつかう技術があるなら、店をまかせるのはシロクマでもいい。紘輝は今では性別適合手術をすませ、男性になっている。女性客にはもてるらしい。

「みなさん、先にお待ちです。いつものでいいですね」

片手をあげて、返事の代わりにした。クルミ材のバーカウンターが右手に一本。あとはソファ席がふたつあるだけの店だった。客は誰もいない。奥の壁にはドアがひとつついていた。そこはファウンダー専用のＶＩＰルームだ。

このバーは雅人と友人三人が金をだしあって開いた店である。ひとりあたりの出資額はほぼ中型ベンツ一台分だった。二年まえは賃料も改装費も今よりはずっと安かった。都心ではこの一年ですでにミニバブルが燃え盛っている。

ドアを開くと正方形の部屋だった。天井も壁も床も黒である。そこにL字型に黒革のソファがおいてあった。雅人の悪友三人が顔をあげた。

「よう、雅人、今日は麻衣佳ちゃん、あとでくるのか。おれ、彼女に合コンのセッティング頼んでるんだよな」

女好きの歯医者、脇田淳《わきだじゅん》だった。なぜこの男は、小太りなのにピンクのコットンニットなど着ているのだろうか。たるんだ腹がやけに目立つ。

「ああ、くるよ。そうしたら、みんなとはさよならだ」

「うらやましいね、社長さんは」

坂康之《ばんやすゆき》は代々銀座中央通りで文具店を経営する坂一族の四代目だ。座っていても、身体のおおきさがわかった。身長は百八十六センチある。雅人は指定席の右隅に腰をおろした。

「おまえだって、康芯館《こうしんかん》の専務だろう」

「専務と社長は違うんだよ。おれなんて、ぜんぜん金は自由につかえないんだから」

文句をいう割にはいつもにこにこと人あたりのいい男だった。育ちのよさと性格は無関係である。雅人は四十五年の人生でそれを見てきたが、坂のような男を見ると育ちがいいに越したことはなかった。

「おまえたちはいいよな。おれは昨日一億三千万損した」

銀縁メガネのしたで、眉《まゆ》のあいだに深いしわができていた。川北英次《かわきたえいじ》は頭なら四人のなかでもっとも優秀だろう。大蔵省を蹴《け》って、外資系証券会社に入社している。東大出のディーリング部長は、ラフロイグの三十年で胃薬をのんだ。

「ああ、嫌になる。数字に追われるばかりの生活だ。アングロ＝サクソンのやつらは、見境もなく自信過剰で、欲が深い。あいつらの真似《まね》をしてたら、日本はダメになる」

ドアがノックされて、ボウタイをした紘輝が雅人のグラスを運んできた。メイカーズマークのソーダ割である。ファウンダーは自分の好きな酒を、店におかせることができた。三人はスコッチウイスキーを選んだが、雅人はひとりバーボンにした。ディスコで遊んでいた大学時代から、六本木というとなぜかバーボンとすりこまれている。

「雅人さん、どうぞ。小腹が空《す》いているようでしたら、なにか注文しますが」

「いや、いいよ。会社でピザをくったから」

腹は空いていたが、もうあまりたべる必要もなくなっていた。たべすぎれば、翌日の体重計にすぐ無残な結果がでる。四十代なかばというのは、そういう年だった。雅人は川北にいった。

「だけど、生まれるなら日本かアメリカだといったのは、おまえだろ」

「あたりまえだ。この星の総生産はざっと年間五千兆円。アメリカが千五百兆で、日本が五百兆だ。世界には約二百の国があるが、トップ・ツーで四割を占めるんだぞ。格差とひと言でいうが、日本のなかより世界の国のあいだのほうが、そいつはずっと激しいんだ」

　脇田が何度きいても覚えられないシングルモルトをのんでいう。

「若いフリーターがきいたら、暴動が起きそうな台詞《せりふ》だな」

　川北は顔をしかめたままだった。右手で胃を押さえている。

「事実だから、しかたない。しかも、日本もアメリカもヨーロッパほどの階級社会じゃない。運と実力があれば、ここにいるおれたちみたいに、上の下くらいまではしごをのぼれる。道端で子どもが餓死する国だって、いくらでもあるんだ。日本に生まれてよかったというのは当然だ」

　雅人はソーダ割をひと口のんだ。ソーダの酸味とバーボンの甘さが絶妙である。こんなものは誰がつくっても同じだというのは、紘輝のソーダ割をのんだことのない人間がいうことだった。雅人がきいた。

「淳の酒、なんていうんだっけ」

「オーヘントッシャン十八年、シェリーカスクだ。いい加減覚えろよ。それ何度もきかれたぞ」

「悪い。だけど、英次はそれでもアメリカ式はもうダメだと思ってるんだよな」

「そうだ。自分で仕事をしてるのにおかしいかもしれないが、マーケットはあまりに自由になりすぎた。スピードも速すぎるし、動く金の額もでかすぎる。誰にもコントロールできないハリケーンみたいになってしまった。ちいさな国が何十カ国も、資本のうえでは吹き飛ばされて地球上から消えている」

一億円プレーヤーのディーラーに目をやった。ヒューゴ・ボスのスーツを着た男はちっとも幸福そうではなかった。だが、いつも苦言ばかり漏らすのは、まだ良心が残っている証拠かもしれない。

「数字だけを追っかける人間は、自分もだんだん数字に似ていく」

川北はネクタイをゆるめて続けた。

「それで、いつか数字に裏切られるのさ」

座が静かになった。雅人はぼんやり考えてみる。それは人間だけでなく、この東京という街も同じだろう。再開発につぐ再開発で、街はどんどん空に伸びていく。その果てにのぼれるのは、より高価な値札のついた商品とより多くの金をもった人間だけだった。

金にも物にも果てがなかった。だが、そういう世のなかで、男と女のことだけは別だった。どれほど金があっても、愛情やほんとうにいいセックスは買うことができない。どこかのＩＴ成金が金で買えないものはないといったが、ああいったことをいうのは決まって女にもてない男だった。どちらも経験したことのない人間だけが、愛といいセックスを買えると思いこむのだ。貧しい者が、金さえあれば幸福になれると信じるように。

ドアが再びノックされた。藤森麻衣佳が顔をのぞかせる。アップにした髪が黒光りしていた。黒のパンツスーツ、ジャケットのしたは真珠色のカットソーである。確か、今日はプレゼンがあるといっていた。深い胸の谷間には雅人が贈ったショーメのネックレスが揺れている。

「遅くなって、ごめんなさい」

脇田が手招きして、自分のとなりを空けた。

「おー、べっぴんさん。待ってたよ、こっち、こっち。それで合コンのほうはいつにする」

麻衣佳はいたずらっぽい目で、雅人を見た。

「わたしが出席してもいいなら、来週でもＯＫ。雅人さん、妬《や》ける？」

雅人はバーボンのソーダ割をのみ、笑ってこたえなかった。

2

ベッドでは麻衣佳がよつん這《ば》いになっている。

三十四歳の成熟した尻が、目のまえいっぱいに広がっていた。これも見事な自然の景色だと雅人は思った。人の身体は立派な自然の一部だ。

そこは六本木の裏町にあるラブホテルである。バーで一杯ずつのんでから、雅人と麻衣佳は店をでていた。シャワーを浴びたあとなので、ヘアは海草のようにしんなりと肌に張りついている。雅人はうしろから見る女の尻が好きだった。丸々と豊かに命の力をたたえ、はち切れそうになっている。麻衣佳は九十センチを超えるサイズが嫌だというが、雅人にはおおきいほどよかった。締まったウエストと豊かな尻。こんな格差なら、あるほどいいに決まっている。

「ねえ、どうして……」

じっと見られるのが耐えられなかったのだろう。麻衣佳がいやいやをするように腰を振った。雅人は両手をあげて尻をつかんだ。女性器を両の親指で割って、内側の色を見る。山口百恵《ももえ》の歌になみだ色とあったが、性器の内側はどの女もなみだ色だった。ぬめるように光って、男を誘っている。

「お願いだから」

隠そうとする手をはねのけて、いきなり雅人は滴《しずく》を垂らす果肉に口をつけた。上下に何度も舌をつかい、とがった芽をこすり、かすかに開いた洞に舌先をいれる。女は海の味だった。口のなかいっぱいに海が広がる。麻衣佳は絶えず声を漏らしていた。

「雅人さん、やらしい。こんなこと、誰にでもするの」

口のまわりを濡《ぬ》らしたまま雅人はいった。

「誰にでもするわけじゃない」

なにかを考えるのが面倒だった。この時間に世界が滅んでしまおうが、ベッドのなかでは関係なかった。いっそのこと面倒な世界など、一度滅んでしまえばいいのに。おしおきのつもりで親指を根元まで麻衣佳のなかにさしこんだ。返ってくるのは甘い声である。

「わたしのほかに……誰かいないの……もっと……若い子とか」

恥骨の裏側のざらりとした丘を、乱暴に親指の腹でこすった。甘さはそのままに、声は悲鳴に裏返る。

「ダメ……それ……漏れちゃう」

雅人は親指の動きをとめず、冷静にいった。

「いないよ。うちはセックスレスじゃないし、麻衣佳のほかにもうひとりいたら身体がもたない」

親指をいれてしまうと、クリトリスをなめることもできなかった。舌があまっている。目のまえにはなみだ色よりも一段と濃い女の肛門《こうもん》が見えた。とがらせた舌でつつくと、麻衣佳が叫んだ。

「そっちはダメだったら」

かまわずに雅人は舌先で麻衣佳のもうひとつの穴をこじ開けようとした。伸ばしてきた女の手を押さえつけ、さらに舌をつかう。麻衣佳がその夜最初のエクスタシーを迎えるまで、雅人はその格好で舌と指をつかい続けた。

そのあと開いた脚のあいだに麻衣佳を正座させて、たっぷりとペニスをなめさせた。目を閉じて首を振る女を眺めながら、雅人は思った。ほんとうはこの時間だけがほんもので、労働とか金銭とか社会とか、ああした約束事はすべて幻なのかもしれない。生きものとしての人間は、生まれ、育ち、ただつがって死ねばいいのだ。むずかしいことなどなにもなかった。

「麻衣佳がほしい」

思い切り脚を開いた女が、両腕を伸ばして自分を待っていてくれる。誰と何度セックスしても、この瞬間は奇跡に等しかった。なぜ女たちは自分を受けいれてくれるのだろう。ゆっくりと麻衣佳のなかにすすんでいく。それは十数センチの果てしない旅だった。

3

ミネラルウォーターのペットボトルを、麻衣佳にまわした。リゾートホテルのようなシンプルな造りの部屋だった。白木のキャビネットのうえに、三十七インチの薄型テレビがおいてある。

「四年まえよりも、雅人さんて激しくなったみたい」

あれから四年もたっているのか。麻衣佳は当時離婚したばかりだった。ふたりは若いころ職場で出会っている。雅人の古巣の広告代理店のマーケティング部で、麻衣佳は働いていたのだ。

「そうかな。自分ではぜんぜんわからないけど」

麻衣佳は雅人の胸に頭と冷たいペットボトルをのせた。

「絶対に激しくなったし、やらしくなったよ。四十代の男の人って、そうなっていくのかなあ。わたしは激しいほうが好きだけど」

仕事はうまくいっていた。子どもは結局できなかったが、家庭も上々である。妻の比沙子《ひさこ》は気立てがよく、美人だ。金だって、たいていの同世代よりもっているだろう。

それなのに、この焦《あせ》りはなんなのだろうか。満足とはほど遠い苛立《いらだ》ちが、セックスを終えたばかりの身体《からだ》の奥でくすぶっていた。

麻衣佳が口移しでペットボトルの水をのませてくれた。ただの水をヨーロッパアルプスから船で運んでくるというのは、なんといかれた世界だろうか。だが、その夜最初のセックスを終えたばかりの身体には、冷えたミネラルウォーターは沁《し》みいるほどうまかった。女の唾液《だえき》が甘いのかもしれない。

「城下精工のプレゼンはどうなっているの」

麻衣佳が裸の胸から顔をあげた。前髪が汗で額に張りついている。明かりを落としたラブホテルは、壁がひどく遠く見えた。

「さっそく仕事の話か、色気がないな」

城下精工は電子部品メーカーである。雅人の会社デジタルマウンテンの優良クライアントだった。金はだすが、制作の手は縛らず、自由を与えてくれる。大小限らずクライアントのなかでは少数派だった。

印刷と電波メディアに見切りをつけた雅人は、二十世紀最後の年にネット広告のプロダクションを立ちあげていた。当初の仕事は企業ホームページの制作が主だった。広告賞を獲得し、最初のブレークスルーになったのが、城下精工の仕事である。

そのときから業界内部での風むきが、がらりと変わった。雅人がなにを考えているか、誰もがしりたがるようになったのである。成功というのは不思議なものだった。これまでは一円にもならなかった雅人のアイディアや言葉が、すべて金に変わっていく。

「今度のも、全力投球してるよ。今ごろ中里《なかざと》のチームがフル回転してるはずだ」

雅人はもう現場の仕事からは離れていた。コンセプトやブランディングを決定する会議には出席するが、デザインの細部は仕上がりをチェックするだけである。雅人の会社にはみっつのチームがあった。それぞれ八人から十人のスタッフがいて、経理と総務の女性ふたりを加えて計三十人弱。小型軽量のスポーツカーのように、機敏さと加速力で大手をかわしていくには手ごろなおおきさだった。自分の意思のままに操ることができる。

仕事はうまく走っているあいだは、まったくストレスを生まなかった。ほとんどの男たちは、自己愛が強すぎるのではないかと雅人は思うことがある。自分の苦労や努力ばかり、めそめそと過大評価するのだ。努力ならゴミ袋を漁《あさ》る都会のカラスだって、早朝からやっている。

「どうして、笑ってるの」

麻衣佳が雅人の胸をなでながらきいた。

「おれ、笑っていたかな」

「うん、今にやりとしたよ。自信まんまんっていう感じ」

雅人は自分が笑っていることにまったく気づかなかった。口からでまかせをいう。

「麻衣佳みたいないい女といっしょだからじゃないか」

「よくいうよ」

そういいながら麻衣佳はまんざらでもなさそうである。あらためて眺めると、十一歳年したの女はきれいな顔をしていた。

「初めて会ったときは、こんなふうになるなんて思わなかった。あれは、スポーツドリンクのキャンペーンだったよね」

雅人は思いだした。アミノネクストは三興薬品が鳴りものいりで発売したスポーツドリンクだった。もう十年も昔になるのだ。新製品導入キャンペーンの予算は二十億近かったのではないだろうか。その商品はひとシーズンで姿を消した。失敗したキャンペーンを覚えている者は誰もいない。広告は煙のような仕事だった。

雅人はクリエイティブディレクターとして、マーケティング部の駆けだしの麻衣佳と仕事をともにした。そのときには仕事以外での接点はない。

「十年まえは、おたがいに子どもだったよな」

「そうね、わたしは結婚して、離婚して、さんざん泣いてから、ようやく大人になれた気がする」

雅人は麻衣佳の肩にまわした手に力をこめた。三十代なかばになって、身体の隅々まで脂《あぶら》がまわったようだった。肩の先も、二の腕も、ひじも丸くやわらかい。指先が半円に沈む肌である。

「そうだな。おれも独立して、なんとか会社をまわしていくうちに、ようやく世のなかの裏と表が見えてきた気がする」

「男も女も大人になるのは時間がかかるね」

雅人は肩を抱いた手を、女の胸の先に伸ばした。麻衣佳の乳輪は濃くておおきい。遊んでいるといわれる形だが、崩れているのが逆に雅人の好みだった。

「だけど、まだまだ身体も気もちも若いよな」

乳首をつまんで、芯《しん》をほぐした。麻衣佳の身体が釣りあげられた魚のように一度だけ跳ねた。

「そんなことされたら、もう一回したくなっちゃうよ」

麻衣佳の手が胸から腹のほうへおりてきた。やわらかに横に流れた雅人のペニスをにぎる。

「うわ、べたべただね」

「麻衣佳のがついたんだろ」

「違うよ。雅人さんの精液だもん」

雅人はコンドームをつかっていなかった。麻衣佳は生理不順で、生理痛がひどい。ピルは避妊のためではなく、生理をコントロールするためにのんでいた。新型のピルには副作用はほとんどなく、生理もぴたりと計ったように周期的にやってきて、ごく軽くてすむのだ。麻衣佳は働く女性の友だという。

雅人は女の髪をつかんだ。頭を乱暴にペニスに押しやる。髪をつかまれるのが麻衣佳は好きだ。

「このごろ雅人さんて昔よりもやらしくなったし、セックス強くなったみたい。自分でもそう思わない」

返事はしなかった。愛液と精液で濡れたペニスに女の顔を押しつける。麻衣佳は口をいっぱいに開いた。ペニスの側面から伸ばした舌をつかい、きれいに舐《な》めあげていく。自分がなにか神聖な柱にでもなった気がした。

雅人は性器や精液が汚いという子どもの女が嫌いだった。四六時中外気にさらされた顔や、あらゆるものにふれる手にくらべ、性器のどこが汚れているというのだろうか。

麻衣佳の口のなかで、雅人は充実感をとりもどしていった。昔よりもセックスは素晴らしいと思うようになったけれど、自分がいやらしくなったのか、雅人にはわからなかった。ただベッドで腰をつかいながらときどき不思議になることがあった。

こうして十分に若い身体で、好きなようにセックスできるのは、あと何年だろうか。春の夜、花が散るのを見送るときの気分で考えるようになったのである。二十年後、自分は六十五歳になる。そのときも元気に女を抱いているのだろうか。現役で働いていることは想像もできなかったが、生きている限り仕事はなくても、身体は残っている。欲望もまた残っているのだろうか。

麻衣佳はうっとりと目を閉じて、ペニスをくわえ首を振っていた。頬が上気している。耳たぶがかわいくのぞいて、雅人はやわらかな耳を軟骨ごとつまんだ。

「麻衣佳、きこえるか」

うー、うーと口いっぱいに頬ばったまま、麻衣佳が返事をした。

「そのまま口だけでいけるか、試してごらん。どこにもさわらないから。ほら、足をはさんで」

雅人がいやらしくなったように、麻衣佳はこの四年間でひどく敏感になっていた。横座りした麻衣佳がななめに身体を崩した。雅人の足をしっかりと太もものあいだにはさみこむ。はさまれた足が痛むほど、きつくももを閉じながら麻衣佳は夢中で舐めている。根元をつかんで麻衣佳が口を離した。

「どうしてなの、なめてるだけなのにこんなに感じるなんて」

海中で酸素マスクをつけるように、ひと言いうと急いでペニスに口をもどした。麻衣佳の丸い身体が震えだす。もうすぐエクスタシーが迫っているのがわかった。雅人はやさしく背中をなでているだけだ。

「……いく」

その瞬間、背中全体にうっすらと霧吹きをつかったように汗が噴きだした。麻衣佳はがくがくと身体を震わせる。全身のつながりが解けてしまったようだった。

雅人は麻衣佳の髪をつかみ、音を立てて口からペニスを引き抜いた。無言で荒っぽく足を開かせる。その夜最初のセックスで内部の襞《ひだ》が伸び切った麻衣佳の性器に、そのままペニスをすすませた。先ほど放った精液のせいだろうか、滑りがよく抵抗感がまるでない。あたたかな泥のなかにペニスの先をひたしたようだ。

麻衣佳が腰をつかいながら泣いていた。涙は目じりのほうへと流れていく。

「どうして、こんなに……」

自分の口で女の口をふさぎ、雅人は思い切り動きだした。

4

深夜のタクシーはなかなかつかまらなかった。真夜中の一時をすこしすぎた時間である。六本木の路上にはたくさんの男女があふれだし、タクシーにむかい手をあげている。それを狙《ねら》って外国人の客引きがチラシを配っていた。

「もうちょっと時間潰《つぶ》せば、タクシーつかまる。いい店しってるよ」

どこかアフリカの最貧国からやってきたような男が必死の笑顔で、客を口説いていた。ようやくつかまえたタクシーに雅人が先にのりこんだ。麻衣佳もあとに続く。

「恵比寿《えびす》をまわって、神宮前に」

「はい、承知いたしました」

関西からきた新しいタクシー会社だった。ここの運転手はやけに言葉づかいがていねいである。

「比沙子さん、元気？」

腰のあたりに二度のセックスで、重い煙のようにだるさがたまっていた。麻衣佳はいきなり雅人の妻について質問してくる。

「ああ、元気だよ。生徒をけっこう集めて、フラワーアレンジメントの教室をやっている」

最初の年は赤字だったが、二年目からは見事に教室を黒字にしていた。雅人は趣味なのだから、たのしめばいい、無理をして生徒を集めることはないといっていた。麻衣佳はうれしそうな顔をした。

「そう、よかった。わたしには雅人さんと比沙子さんの仲がいいのがうれしいの」

六本木通りのネオンサインが、飛ぶようにすぎていった。街を歩くのは日本人と外国人が半々だ。これから朝まで遊ぶのだろう。まだ始まったばかりの夜には勢いがあった。

「いつもそんなふうにいうけど、なんでうちの奥さんのことが好きなんだ」

麻衣佳は暗いバックシートで指をからめてきた。タクシーのなかで相手にふれている時間が、雅人も好きである。

「理由はよくわからない。でも、今ある雅人さんができたのは、仕事だけじゃなく、ご両親とかお友達とかのおかげもあるよね。そのなかで比沙子さんの比重もすごくおおきいと思うの。雅人さんをこういう男の人にしてくれてよかった。感謝の気もちのほうが嫉妬《しっと》よりもすこしおおきいのかもしれない」

背景に流れる夜のネオンはにじんでいるが、麻衣佳の横顔はきりりと締まっていた。子の罪を許す母親のような表情である。雅人はいじわるな質問をした。

「おれが比沙子とセックスしてるのを想像すると、どんな気もちになるんだ」

麻衣佳がぎゅっと強く雅人の手をにぎり返してきた。ちらりとこちらを見るといった。

「そういう引っかけの質問はなしよ。確かにあれこれ考えると、妬《や》けちゃうこともあるけどね……雅人さん、ちょっと耳貸して」

雅人が身体《からだ》を倒すと、麻衣佳が耳元でいった。

「逆に雅人さんが奥さんとめちゃめちゃにやらしいセックスしてるところを想像して、

ひとりでしちゃうこともあるんだ」

雅人の胸のなかで心臓がどくどくとはずんだ。女性から欲望をあからさまに見せられる。それは学生のころから変わらない雅人のツボである。思わず声がかすれてしまった。

「麻衣佳、やらしいなあ」

ふっと息を吐いて、女は笑った。

「ねえ、だったら運転手さんにも見せてあげようよ。お別れのキスをして」

タバコくさいタクシーの後部座席だった。最初はふれるだけのキスが、舌を探りあう激しいものになった。車はもうすぐ恵比寿だ。麻衣佳はガーデンプレイスの裏にある新築マンションを購入したばかりだった。雅人はそこで麻衣佳と会うこともあったが、麻衣佳が思い切り声をだしたいときにはホテルをつかうことが多かった。

タクシーが停まったのは、ガラスの自動ドアのまえだった。二枚のガラス扉のむこうには、ホテルのロビーのような大理石のエントランスが静まっている。麻衣佳はシートで腰を滑らせながらいった。

「じゃあ、お仕事よろしく。比沙子さんも大切にしてあげてね。それから、わたしのことも大事にね」

かわいい女だった。雅人はうなずくといった。

「わかってる。あさって、会社に打ちあわせにいくよ。またメールする」

「おやすみなさい」

同じ言葉を返して、運転手にいった。

「やってください」

走りだしたタクシーのなかで、雅人は振り返った。黒いパンツスーツのシルエットがだんだんと遠ざかっていく。麻衣佳は車が見えなくなるまで、マンションのまえで自分を見送ってくれた。

背もたれに深く身体をあずけて、雅人は考えた。今この瞬間、自分ほど幸福な人間はいないかもしれない。仕事は順調で、妻は美しく、愛人は最高のベッドパートナーだった。これから帰る家は二年まえに四億で建てたのだが、現在の評価額は六億円だった。欠けているものがどこにあるというのだろう。

雅人は車のウインドウに映った自分の顔が笑っていることにまるで気がつかなかった。

5

男は一生罪悪感をもって歩く生きものなのだろうか。まえの晩よその女と会った翌朝は、慣れているはずの雅人でも薄い氷を踏むような気分だった。

「おはよう」

キッチンから声がかかった。雅人も挨拶《あいさつ》を返す。遅めのテーブルにつくと、すぐ新聞を開いた。頭のなかには普段の朝の手順を、もう一度確認している自分がいる。

リビングダイニングは二階だった。南むきの天窓からまぶしく日ざしが落ちてくる。吹き抜けの高さは五メートルほどあるだろうか。ベージュ系のワントーンで仕立てられた上品な内装である。白木のテーブルのうえには、平らなガラスの花器があった。横倒しになっているのは、オレンジ色のチューリップの束だ。根元は麻のひもで荒く縛ってある。妻が生けたものだ。そういえば、この家から花が絶えたことはなかった。

「朝ごはん、たべられそう？　サラダとチーズオムレツなら、すぐにできるけど」

妻の比沙子がカフェオレのカップを新聞の右手においてくれた。雅人はあまり朝から食欲のあるほうではない。

「クロワッサンをひとつ、あったためてくれればいいよ」

トヨタ、販売台数で世界一を射程に。経済面から顔をあげて妻を見た。比沙子は三歳したたるんだの歳しただから、今年四十二歳になる。体型はよく注意して見れば、すこしたるんだのだろうが、ほとんど若いころと変わらなかった。毎朝一時間は雅人よりも早く起き、しっかりと化粧をすませている。いまだにすっぴんを見られるのが恥ずかしいのだという。

フラワーアレンジメント教室の月謝は、エステサロンのチケットに消えてしまう、と笑いながらよく嘆いていた。雅人にも、それはわかっていた。四十歳を超えた女は、美しさを保つためにそれなりの出費が必要なのだ。

ブーツカットのタイトなジーンズに、ドルチェ&ガッバーナの長袖《ながそで》Tシャツ。今年はメタリックカラーが流行《はや》りで、ロゴは銀色に光って胸のふくらみにのっている。主婦むけのファッション誌の読者モデルとしても通用しそうだった。

バリ島にいったとき買った真っ青な皿にクロワッサンをのせて、比沙子がもどってきた。ホイップバターとアカシアのハチミツが添えられている。雅人のむかいに座ると頬づえをついた。いたずらっぽい目つきでいう。

「後藤さんの奥さん、たいへんなんだって」

後藤文子《ふみこ》は近くに住む専業主婦である。比沙子の教室の生徒で、三十代後半のすこし崩れた印象の女性だった。

関心のない雅人は生返事をした。

「ふーん」

「あそこのご主人って、浮気癖がひどいでしょう」

ちらりと視線だけあげた。比沙子はにこにことたのしげである。これは自分にかまをかけているのだろうか。これまでのところ麻衣佳のことは、ばれていないはずだ。

「それで、どうしたんだ」

「あんまりひどいから、自分でもボーイフレンドをつくることにしたんだって」

後藤文子のいつも眠たげに腫《は》れた目を思いだした。色っぽい目である。

「へえ、危険なことを考えるな」

比沙子がテーブルに身体をのりだしてきた。声を低くする。

「それでね、どうせだからうんと若い人にしたんですって」

新聞を読むのをあきらめて、雅人はいった。

「彼女、いくつだっけ」

「三十八歳。相手の人は十一歳も年したなの。まだ二十七歳のサラリーマンだって」

十一違いなら、雅人と麻衣佳と同じだった。意識しないうちに、雅人の声は慎重になった。

「女も年をとると若いほうが好きになるのかな」

比沙子は笑って首を横に振った。

「文子さんはいってたよ。二十代の男は肌もぴちぴちしていて、ぜんぜん違うんだって。でも、わたしには考えられないな。年うえのほうが昔から好きだから。それに若い人のまえで四十代の身体を見せるのは、恥ずかしくて」

自分はどうだろうか。麻衣佳のまえで裸になっても、なにも感じなかった。若いころよりは筋肉が落ちて、脂肪がついたようだが、まったく気にならない。男と女の差だろうか。

「ダンナのほうにはばれてないのか」

比沙子はおもしろがっているようだった。妻は素直でまっすぐな性格だが、それとこれとは話が別である。他人の家のごたごたほどおもしろいものはない。

「それがたいへんなの。彼のほうが文子さんの浮気に気づいて、大騒ぎになってしまったんだって」

雅人はどこかの雑誌のアンケートを思いだした。夫の八割、妻の四割が、結婚してから浮気の経験があるとこたえていたのだ。後藤文子の夫のように修羅場をくぐっている男は、無数にいるに違いない。現代の女たちは男と同じように愚かなことをしたがる。

「へえ、それでどうしたの」

くすりと笑って、比沙子はいった。

「最初は文子さん、平謝りだったそうよ」

「そのあとは違うの」

「そう。いくら謝ってもしつこいから、黙っていた分までふくめて、彼の浮気を全部話したんだって。そんなにひどいことをいうなら、もう離婚するって」

夫を一度見かけたことがあったはずだ。メガネをかけた地味な男だった。ああいう男にひどい浮気癖があるのか。男も女も外見ではわからないものだ。

「ほら、後藤さんのご主人って銀行マンでしょう」

雅人は即座に返事をした。

「なるほど、じゃあ離婚はできないな。出世にマイナスだから」

「そうなの。しかもね、若いころ同じ支店で出会って、上司の仲人《なこうど》で結婚してるんだって。別れるには、そうとうな覚悟がいるでしょう」

日本のサラリーマンの馬鹿《ばか》らしさを思った。下半身まで縛られて、あれっぽっちの給料で一生つかわれるのだ。

「かわいそうな男だな」

比沙子はすこし澄ました顔になった。こういうときは、雅人と意見のあわないことが多い。

「でも、散々浮気をしてきたのは、彼のほうだから。先に悪いことをしたのは男のほうでしょう」

いらぬ火の粉を浴びることはなかった。相手は友人でもない銀行員である。

「間抜けな男だと思うよ。それで、結局文子さんとはどうなったんだ」

勝利の笑顔で、妻はいった。

「最後はご主人のほうが、床に手をついて謝ったんだって。お願いだから、離婚はしないでくれって」

「ふーん」

比沙子はまた声をひそめた。

「でね、ここからがおもしろい話なの。文子さん、ご主人には別れるって約束したんだけど、若いボーイフレンドとは実は切れていないの。彼といるとすごくたのしいんだって。デートのたびに、笑いがとまらなくなってしまうみたい。このままいくところまでいって、ばれて離婚するならそれでもいいや、もう結婚にも夫にも未練はないっていってた」

雅人は低くため息をついた。そういうことか。夫婦もあらゆる関係と同じだった。相手に無関心なほうが主導権をにぎるのだ。男にとっては背筋が寒くなるようなゴシップだった。比沙子は無邪気な顔で、うわ目づかいに見つめてくる。

「でも、わたしは雅人さんでよかった」

自分と哀れな銀行員のどこが違うというのだろうか。雅人は妻の目をまっすぐに見た。多くの男は嘘《うそ》をつくとき、女の目を見ない。四十歳をすぎて、雅人は学習していた。嘘をつかなければならない場面が近づいたら、先に正面から相手の目を見るのだ。

「どうして」

比沙子は微笑《ほほえ》んでいった。

「今の話のポイントは、ご主人の浮気癖でも、文子さんの若いボーイフレンドでもないの。問題なのは、ふたりのあいだに愛情がもうカケラも残っていないことだと思う」

妻が真顔になった。

「うちは結婚して十二年になるでしょう。でも、わたし、雅人さんを見ていて、ときどきすごくいいなって惚《ほ》れ直しちゃうことがあるんだ。この人こんなに魅力的だったかなって、どきどきしちゃうの」

自分の言葉で比沙子は照れているようだった。そんなことをいわれて、どうすればいいのだろうか。雅人は礼儀ただしかった。目をそらさずにいう。

「ありがとう。ぼくもそう思う。比沙子もぜんぜん変わらないよ」

「お世辞でもうれしい」

妻は立ちあがると、キッチンに移動した。三十五畳ほどある広いＬＤＫである。ひとりになった雅人は冷えたクロワッサンをちぎって、濃いカフェオレにひたし、ぼそぼそとたべ始めた。

6

雅人の一軒家は神宮前にある。表参道を神宮前小学校の角で曲がり、まっすぐにすすんだ三丁目だった。土地は約七十坪である。地価が最低に落ちこんでいた二年まえに購入したものだ。

若い建築家の設計した家はモダンなカフェのようで、ときどき間違えて訪れる若い男女もいた。一階がフラワーアレンジメントの教室になっていて、広いガラス窓のむこうにテーブルが見えるせいかもしれない。

家をでたのは十時すぎだった。オフィスは青山通りをわたった南青山である。青山霊園と根津美術館のあいだにあるファッションビルの三階と四階だ。普通に歩いて十分と少々。天気のいい日は、気がむくと自転車で出勤することもあった。

このあたりの住宅街は緑が多かった。ソメイヨシノが散ったあとも、ツツジにシロヤマブキにハナミズキと、あちこちの植栽で花が咲いていた。雅人も妻のせいで、ずいぶん植物には詳しくなっている。

家をでて青山通りにむかう途中だった。ジャケットの内ポケットで、携帯電話が震えだした。開いてメールを確認する。

＞今朝はおかしな話でごめんね。
＞明日あたり生理になりそうなんだ。
＞雅人さんが遅くならなかったら、
＞今夜、しない？

＞比沙子♥

雅人は広い通りにでて、にやりと笑ってしまった。性欲が強くなったと麻衣佳にいわれたが、四十代の性欲は女も変わらず昂進《こうしん》するようだった。比沙子は恥ずかしがって口にはしないが、とくに生理のまえは必ずメールで求めてきた。横断歩道をわたりながら、雅人は短くOKとだけ返事を打った。

男の愛は七割がた性欲でできていると雅人は思っていた。そういう意味では、比沙子がいったとおりだった。結婚して十二年を経ても、まだ毎週のように求めあえる自分たちは恵まれているのだろう。話をしていると同世代の友人の半分ほどはセックスレスになっているようである。それを考えると、幸運といってもいいのかもしれない。

会社に着くとまっすぐ社長室にはいった。うえのフロアの奥にある八畳ほどの個室である。どうやら若い社員は、雅人が制作室をぶらついていると落ち着かないようだった。それならば、ビジネス上も早々に退散したほうがいい。雅人がデスクにむかい、パソコンのメールをチェックしていると、開いた扉をノックする音がした。

「奥山さん、ちょっといいですか」

三人いるクリエイティブディレクターのひとり、中里正行《まさゆき》だった。雅人の会社では役職ではなく、みな名前で呼びあっている。

「ああ、いいよ」

中里はデスクのむかいにあるソファにどさりと腰を落とした。

「だいじょうぶか。昨日も会社に泊まったのか」

中里は三人のなかではもっとも仕事のできる男だった。優良クライアントの城下精工をまかせている。目元を押さえながら中里はいった。

「昨日、いや今朝はシャワーだけ浴びに帰りましたよ。いよいよ城下のプレゼンも追いこみですから」

「ああ、よろしく頼む。最後の山場だ。終わったら、うまい酒でものもう」

新製品はプリンター、ファックス、電話機、ネット情報の閲覧と多機能につかえる家庭用デジタル複合機だった。品川にある本社でのプレゼンテーションは翌週に迫っている。

「いいシャンパンでも、のみたいですね。こっちはプレゼンのたびに寿命が縮みます。それで、奥山さん、今日から助《すけ》っ人《と》を頼んでるんですけど、ちょっと紹介させてもらっていいですか」

雅人は完全に忘れていた。

「アルバイト、それとも外注？」

「いやだなあ、先週いったじゃないですか。うちのチームの戦力を補充してもいいって。しりあいから紹介してもらった腕のいい子がいるんです。何カ月かいっしょにやってみて、よかったらうちのチームの一員にしようと思ってます」

正社員を増やすのは、税理士がいい顔をしないだろうが、別に雅人はかまわなかった。中里に気もちよく仕事をさせるためなら、若い社員がひとり増えるくらい問題ではない。

「わかった。そっちの判断で好きにしてくれ」

中里はチェックのネルシャツの腕を伸ばした。雅人の机の内線で制作室を呼びだす。

「早水《はやみ》さんに社長室まできてもらってくれ」

「なんだ手まわしがいいな」

中里はソファにもたれるといった。

「だって奥山さん、午後はまた出ずっぱりでしょう。最近ほんとにつかまらないんだから」

そのとき、奇妙に澄んだ声がした。

「すみません、失礼します」

若い女が両手をまえで重ね、開いたドア枠に立っていた。やせている。古着のジーンズに、ワンサイズおおきなTシャツ。肌は水で割ったミルクのように透明だった。化粧はしていないようだ。まだ二十一、二歳にしか見えない少女のような女である。ディレクターが紹介した。

「早水千映《ちえ》さんです。よろしく」

女は黒髪を波打たせ、黙ったままぺこりと頭をさげた。

雅人は千映を初めて見たとき、なにも感じなかった。いい女だとも、かわいい子だとも思わなかった。ただ新しくいっしょに仕事をする人間が増えると、頭の隅で考えただけである。運命の人などというのは、その瞬間にわかるはずがない。罠《わな》は初めから罠の形はしていないのだ。雅人が口にしたのは反射的な言葉だった。

「早水さんだっけ、今、いくつなの」

中里がソファで足を組んだままちゃかした。

「奥山さん、今じゃあ、年齢をきくのもセクハラらしいですよ」

ソファの横に立ち、千映はひきつったような笑顔を見せていた。

「二十五歳です」

若い女性の年をきくと、すぐに自分の年齢から引く癖が雅人にはあった。四十五引く二十五は二十だ。自分の成人式の年に、この女は生まれている。ずいぶんと若いものだ。

「へえ、それにしては童顔だね。ウェブデザインの経験は、どのくらいあるのかな」

透明な頰のしたに血の色が浮いていた。千映の肌は未熟な白桃のようだ。瞳《ひとみ》の色は、ひどく淡かった。雅人は社長室のデスクの奥から、緊張して硬く背を伸ばす女を見つめていた。

「短大をでてから三年間ほど、ネット関係の制作会社で働いていました。この二年くらいは、あちこちの会社でアルバイトをしたり、契約社員をしたりしています」

実社会にでて五年というと、ようやく仕事の流れがのみこめてきたところだろう。知識と体力はあるが、経験はすくなく、ビジネスの常識にも縛られていない。ものをつくる仕事では、その手の人間がもっともつかいやすく、爆発力があるものだ。

雅人は千映の靴を見た。白い革のスニーカーの爪先《つまさき》がかすかに汚れている。セクシーさとは無縁のカジュアルな靴だった。

「うちは仕事量も残業も多いけど、やりがいはある。中里ディレクターのしたなら腕も磨けるし、試用期間が終わって、きちんとした結果をだしてもらえば、正規の社員としてもらうこともできる。早水さん、がんばってください」

千映が頭をさげると、黒髪がさらさらとこぼれた。まえ髪を手でかきあげると、二十歳したの女がいった。

「どうもありがとうございます。でも、正社員の件はまたそのとき考えさせてください」

中里と目があった。ディレクターも不思議そうな表情を浮かべている。おかしなことをいうものだ。契約社員やアルバイトと正社員では、あつかいがまったく異なっていた。生涯賃金にすれば倍以上も違うのだ。千映くらいの年齢なら、そろそろ不安定なアルバイトから、正規雇用を目指すのが普通である。

「早水さんは、この仕事のほかになにかやりたいことでもあるの」

将来は音楽や演劇で身を立てたいという若者は多かった。雅人の会社ではそういう夢多き若者を採用することはない。いくら好きでもかまわないが、自分の才能の潜力をいい年になっても判断できない人間に、本業がうまくまわせるはずがなかった。夢を見ることばかり教える大人が悪いのだ。夢を切り捨てる力も、この世界で生きていくには欠かせないものだ。千映は悪びれた様子もなく笑っていた。

「別になにかをやりたいとか、そういうことはないんですけど、会社にはいるまえにもっと世界を広く見てみたいんです」

そのとき初めて雅人のなかで食指が動いた。この子はおもしろい子だ。『何でも見てやろう』『ベトナム戦記』『深夜特急』。若いころ読んだ何冊かの本のタイトルが浮かんだ。

昔はそんなことをいうのは男ばかりだったが、最近の男性社員には骨のある者はすくなかった。中里がいった。

「そうやって、世界を見てから、早水さんはなにをするのかな」

雅人にはディレクターが千映に興味をもっているのがわかった。淡々と文句もいわずに仕事ばかりしているまじめな部下がものたりないのだろう。

「わかりません。自分なりになにかを見つけるまで、予想もできないです。でも三十歳まであと五年ありますし、ゆっくり探して、いったんそれを見つけたら、残りの一生はずっとそのことを大切にして生きていきたいと思います」

青くさい話だった。だが、千映のようにまっすぐな若い人間にそういわれると、雅人のなかでなにか動くものがあった。自分は会社を経営している。金もはいってくる。けれどこれがほんとうに二十年まえに望んだことだったのだろうか。夢などかなってしまえば、ただの日常である。雅人の代わりにディレクターがいった。

「いやあ、若いっていいな。その真剣さで、うちの仕事にとりくんでください。もしかしたら、この会社に探していたなにかがあるかもしれないからね」

千映は最後に頭をさげた。

「はい、よろしくお願いします」

雅人はデスクで両手を組んで、千映の薄い背中を見送った。

7

その日の午後の予定は、社内ミーティングが二件と社外での新規ジョブのオリエンテーションが一件だった。三回の打ちあわせなら、ほぼ雅人の平均的な一日に等しい。あいまに決裁の文書やファックスに目をとおし、社の内外からのメール数百通をチェックする。まるで自分が情報のフィルターにでもなった気がした。いくらさばいても、津波のように情報はむこうから押し寄せてくる。

今から二十年以上昔を思った。雅人が広告代理店で、見習いコピーライターを始めたころ、まだ文章は手書きだった。オフィスにワードプロセッサーが導入されたのは数年後。マッキントッシュによって、デザインの現場に革命が起きたのは、そのさらに数年後のことである。

それが今では、自分がネット広告界の寵児《ちょうじ》として、ビジネス誌の取材を受ける身分なのだ。仕事のゆく末も、自分の人生の流れる先も、まったく予測不可能だった。けれども、それに恐怖を感じることはない。雅人は自分の直感と情報処理能力を信じていた。すくなくとも、目のまえで起きている変化に気づかないほど鈍感ではないつもりだ。この世界が変わり続けていく限り、ちいさな会社にもチャンスはある。変化に対応するスピードなら、大手に負けるはずがないのだから。いくら新しい情報の圧力を受けても、雅人の気もちに揺らぎはなかった。

夕食は手の空《す》いた若い社員を連れて、会社近くのイタリアンにいった。早めの時間なら、予約をしなくてもだいじょうぶなのだ。パスタとサラダを詰めこんで、すぐに会社にもどるので、レストランにとってもありがたい客だろう。ちいさなプロダクションでは残業代は払えなかった。夕食の代金は申しわけ程度の福利厚生の一環である。

春の夜道を散歩しがてら、雅人が自宅にむかったのは夜十時ごろだった。この時間ならまだ早いほうだ。歩きながらメールする。

＞今から帰る。

＞シャンパンをのんで、
＞いい気もちだ。
＞比沙子をうんと犯したいな。

結婚して十年以上たつ夫婦とは思えないメールだった。だが、雅人と比沙子のあいだでは、これがあたりまえになっている。四十代になってセックスの頻度は三十代のころよりもあがっていた。雅人は若いころからセックスが好きだった。けれども、それが生きる目的のひとつだったことはない。それが今は変わっていた。

仕事と同じくらい、いや現場の業務から離れたこの二年ほどは、仕事よりもセックスの比重がおおきくなることもあった。生まれ、学び、働き、老いて、死ぬ。人生のすべてのサイクルには目的があった。だが、人間の性は生殖という目的から切り離されている。一瞬の快楽以外に報酬はないのだ。自分の家には子どもはいない。もうつくることはできないだろう。終着点も目的もないセックスがいっそのこと雅人にはすがすがしく、好ましかった。

自宅の明かりはすべて消えていた。この時間になぜだろうか。鍵《かぎ》をつかい、特注の浅黄色に塗った玄関扉を開ける。

「お帰りなさい」

真っ黒な影が飛びついてきて、そうささやいた。雅人の唇にキスをして舌で軽く唇をなめてから、比沙子がいった。

「なんだか、夕方から待ち切れなかった。わたし、すごくインランになっちゃったのかもしれない。すこしだけど、鏡のまえでひとりでしちゃった」

終わりのほうは、吐く息でかすれ声になっていた。いきなり欲望をぶつけられるのは、雅人も嫌いではなかった。やせた身体《からだ》を抱くと、パジャマではなく、こうしたときのために買った透ける素材のベビードールだった。玄関の暗がりで妻の身体から生まれる熱がほのかに発光しているようだ。

「わかった。ぱっとシャワー浴びてくるから、待っててくれ」

切ない声で、比沙子はいう。

「ダメッ」

一度だけ思い切り雅人を抱いてから、比沙子の身体が沈んだ。バックルをはずし、パンツの前立てのファスナーをさげた。雅人のボクサーショーツに顔を押しつけてにおいをかいでいる。

「待てよ。まだきれいにしてないから」

「そんなことはいいの」

比沙子がショーツをさげた。雅人のペニスは半分ほどの硬度だった。まだななめしたをむいている。比沙子は大理石のたたきにひざをついて、したから見あげるような角度でペニスの先を口に収めた。やわらかな舌先で、ペニスの先端についた汚れを舐《な》めとっていく。きれいになったと思ったのだろう。今度は長いストロークで、ペニスの全長を唇が滑った。

「わたし、昔は口でするのが好きじゃなかったんだ。でも、このごろは違うの。こうして口を思い切り開いているのが好き」

またペニスを口にした。比沙子の口のなかは締まっていてこりこりとした感触だった。白身の魚の刺身のようである。麻衣佳の口の感覚を思いだした。あちらはやわらかで脂《あぶら》ののったマグロの中トロだろうか。

雅人は攻められるより、攻めるほうが好きである。腕をつかんで、比沙子を立たせた。位置を変え、冷たい金属の扉に薄物を着た女を押しつける。ショーツに手をいれると、いっぺんに中指がつけ根まで濡《ぬ》れてしまった。

「ひどいな、比沙子。ひとりでしたの、ちょっとだけじゃないだろ。何回いったんだ」

比沙子は裸足《はだし》で爪先立ちしていた。太ももの筋肉が張りつめている。だが、その脚のあいだにある肉は、何時間も煮こんだように溶けて、肉汁を流していた。クリトリスの包皮をむきだして、先端にごく軽くふれた。力は弱いほど、指の往復は遅いほどいいのだという。

「ごめんなさい、二回いってしまいました」

比沙子の尻《しり》が震えていた。もうすぐエクスタシーが近い兆《きざ》しである。手を伸ばして、クリトリスにふれながら、雅人は比沙子をうしろむきにした。自分もコットンパンツとボクサーショーツを片手で脱ぐ。こうしたことが器用になるのも、四十代なのかもしれない。雅人は流れるように下半身だけ裸になっていた。比沙子は両手を夜の冷たい扉についている。

「いきそうなのか」

妻はなにもいわずに頭を上下に振った。女らしい汗のにおいが玄関に満ちてくる。汗などたいして違うはずがないのに、なぜ女のものだというだけで甘く好もしいのだろう。雅人は右手の中指に力をいれた。

「じゃあ、クリトリスを潰《つぶ》してあげる」

指の腹の圧力だけ強くして、ゆっくりと芯《しん》のあるクリトリスを押し潰した。比沙子のため息は悲鳴になる。

「それ、ダメー。すぐにいっちゃう」

雅人は左手でペニスをつかんだ。腰の位置をさげて、比沙子の尻と高さをあわせる。比沙子がとまらない様子で叫んでいた。

「いきそうなの、もういってもいい？　お願い」

雅人は容赦なく腰を突きだした。抵抗感もなく、ずるずると比沙子の肉がペニスをのみこんでいく。不思議なことだが、女はみな口のなかの感触と性器の感触が同じだった。

「いくー」

細かに比沙子の尻が波打って、全身から力が抜けていった。ドアについた手が、耳ざわりな音を立てて、ずりさがっていく。同時に比沙子の腰が沈んでいった。

「もう立ってられない」

汗の浮いた妻の頭を雅人はゆっくりとなでた。ひどく熱い。この丸い骨のなかに、なにかを感じ、考え、言葉を生みだす器官がある。女の脳のなかに直接ペニスをさしこんだら、どんな感触なのだろう。荒く息をする比沙子にいった。

「すごかったな。比沙子は立ってうしろからするの好きだから」

のろのろと顔をあげて、比沙子が額に張りついた髪を直した。ふだんは落ち着いて穏やかな妻である。それがこんなふうに乱れるのが、雅人にはひどくうれしかった。

「だって、あの形だといいところにあたるんだもの」

子犬でもなでるように、雅人は妻の髪を乱した。

「さあ、動けるか。寝室にいこう。もっと比沙子を犯したい」

比沙子は立ちあがると、雅人のペニスをつかんだ。雅人は右手の中指を比沙子の性器のなかに沈めた。手をつなぐのではなく、手と性器を結んだ輪になり、二階に続く螺旋《らせん》階段をあがっていく。

(大人になると、男と女はこんなふうにつながって歩けるんだ)

ひんやりと冷たい夜の階段をのぼりながら、雅人は中指にだけ火傷《やけど》しそうな熱を感じていた。

8

広告代理店、広電社の新社屋は汐留《しおどめ》だった。再開発された地区のなかでも、ひときわ高いガラスの塔である。薄青いハーフミラーの壁はゆるやかな曲線を描いてうねり、巨大なディスプレイのように青い空とそこをいく雲を反射していた。リアルなものが現実には見えず、ただの反射にすぎないものが、より現実らしく感じられるのはなぜだろうか。この時代は逆立ちしていると、雅人は思った。

受付を抜け、入館証をガードマンに見せる。エレベーターにのるのもひと苦労だなんて、自分が在籍していたころの広電社では考えられなかった。広告というのは、もっとおおらかで、手づくり感があったものである。

四十二階でエレベーターが開いた。藤森麻衣佳が資料を胸に抱えて立っていた。ふくよかな唇を開いて笑っている。モニカ・ベルッチという女優はこんなスタイルだったのではないだろうか。黒のパンツスーツが凹凸のある身体に張りつくようだ。

「こんにちは。そろそろいらっしゃるころだと思っていました。今日の打ちあわせはG会議室です。すぐにもどりますから、先にいってらしてください」

雅人は軽く会釈《えしやく》した。部下の営業がひとりとクリエイティブがふたり、ともに挨拶《あいさつ》を返す。麻衣佳はやってきたエレベーターにのりこんでしまった。ドアが閉まる直前に、一瞬視線をあわせてくる。そのときだけは、ベッドのなかでいっしょにいるときの目だった。ぞくりと雅人の腰の奥で動くものがある。

（あの身体をおれは隅々までしっている。汗のにおいも、性器の味もしっているんだ）

若い営業部員、島本信吾《しまもとしんご》がこらえきれないようにいった。

「いやあ、藤森さんて離婚してから、ますます色っぽくなりましたよね。誰かいい人でもいるのかなあ」

無機質な灰色のカーペットが敷きこまれた廊下を、雅人を先頭に移動していった。このフロアは全体が大小の会議室になっている。デザイナーの長松曜子《ながまつようこ》がいう。

「島本さんは年上のセクシー系の人を見るといつもお願いしたいっていいますよね」

確かにこの営業は二十代後半だが、年うえ好みのようだった。営業マンはいった。

「それはそうだろ。色っぽいお姉さまにあれこれ教えてもらいたい。おれらの同世代だとそっちのほうが多数派って感じだけど」

クリエイティブディレクターの石崎晋《いしざきしん》が、雅人のほうを横目で見てにやりと笑った。

「だから、若い女はみんなずっと年の離れた男たちのほうにやってくる。そうですよね、奥山さん」

石崎も今年で四十歳だった。若い男の性欲が淡くなっているのは、日々ふれる部下の会話からも感じていることだった。二十代で誰もがセックスを面倒だ、決まりきったルーティンだという。それなら、毎日三度の食事をとることや通勤通学はルーティンではないのだろうか。この世界はほとんどルーティンでできていて、それを退屈にするか、素晴らしい冒険にするかは、個人の力にまかされているのだ。雅人はG会議室のドアノブに手をかけていった。

「さあ、仕事をしよう。藤森さんにはうちの営業部にファンがいるとあとでいっておくよ」

島本が歓声をあげた。

「のみに連れていってくださいって、伝えてもらえますか」

「はいはい」

会議室の奥には、一面汐留のビル群が広がっていた。ガラスとステンレスとコンクリートの林である。こんなものばかり毎日眺めていたら、若い男の欲望が消えていくのもあたりまえかもしれない。そこには砂粒のような人間ひとりの欲望では動かしがたい圧倒的な重量感がある。

雅人は間にあってよかったと思った。欲望や生きることの愚かさをまるまる肯定したバブルの時代を若いころ経験できてよかった。そうでなければ、自分もこの風景に欲望を吹き消されていたかもしれない。欲望は生のエンジンである。なくしてしまえば、人は飛び続けることができない。その火が消えたら、中年になった自分など喜怒哀楽の感情をなくして、人生後半の下り坂をだらだらと落ちていくだけだろう。

ミーティングの内容は、新たにネットモールに出店する健康食品会社のブランディングだった。すでに同業他社が十数軒の店を開いていた。どんなデザインやイメージ戦略で、個性化を図り、凡庸さのなかから抜けだせるか。すべての仕事において究極の目的は、群を抜くことだと雅人は考えている。魅力的に単独であること、そこに価値がある。

打ちあわせが始まって十五分ほどしたときのことだった。デザイナーの長松がそわそわとしだした。となりに座るクリエイティブディレクターに耳打ちする。石崎はそれをきいて顔をしかめた。

「すみません。ちょっと手違いでライバルショップの資料を事務所に忘れてしまったようです」

クライアントである代理店側からの参加者は、営業、マーケティング、制作をあわせて五名だった。会議室の空気がわずかだが、温度をさげた。雅人はすかさずいった。

「まだこのミーティングには二時間くらいかかるだろう。すぐ電話して誰かにもってこさせてくれ」

はいとうなずくと石崎が携帯電話を片手に、会議室をでていった。

「もうしわけありません」

雅人は軽く頭をさげた。自分の会社の人間のミスで頭をさげることには慣れている。とり返しのつかないミスなど、何年かに一度くらいのものだ。雑誌などで雅人の記事を目にしているのだろう。広電社のディレクターが片手をあげていった。

「いやいや、奥山さんが謝るほどのことでもないですよ」

何年かまえとは事態は様変わりしていた。あのころなら、いきなり怒鳴られることもあったのだ。成功は当人ではなく、周囲を変える。麻衣佳は黙ったまま、視線だけでうなずいてみせた。

ドアがノックされたのは、三十分ほどしてからだった。石崎がいった。

「おー、待ってました。どうぞ」

オフィスというより北欧風のカフェに似あいそうな木目の扉が開いた。

「失礼します」

頭をさげて立っていたのは、早水千映だった。白いTシャツに、ほとんどホワイトジーンズに近いほど脱色したジーンズ。この子はこれほど色が白かったのだ。千映はためらわずに歩き、石崎に事務所の封筒を手わたした。雅人は気づいたときにはいっていた。

「せっかくきたんだから、ミーティングに参加していくか」

千映はまた軽く頭をさげた。

「いいえ、中里さんからつぎの仕事の指示をもらっていますので、すぐに帰ります」

別に残念という気もちはなかった。だが、麻衣佳はテーブルのむこうから、かすかに目を細めて雅人を見ていた。

「わかった。ご苦労さん」

雅人はそのまま気にもかけずに、ブランディング会議にもどった。

9

「性欲のなくなった若い男たちに乾杯！　そいつはおれたちにはめでたいことじゃないか」

歯医者がスコッチの水割を黒塗りの天井にむかってあげた。丸く削った氷が水晶球のように、光をはじいている。

「だったら、ここにいる四十代で若い女をみんないただいちゃおうぜ。やつらがいらないというなら、よろこんでおれたちがもらうさ」

精力自慢の脇田らしい宣言だった。そこはイート・ア・ピーチのVIPルームである。雅人はこのところ週の夜の半分は、バーの奥の黒い小部屋ですごしている。まだ早い時間だが、いつものメンバーが顔をそろえていた。文房具屋の坂はおおきな身体《からだ》を丸めて、ソファのコーナーに座っている。自分の身体のおおきさをもてあますクマのようだった。

「だけど、なんで若い男たちから性欲が消えちゃったんだろうな。ぼくたちのころはやっぱり二十代が一番激しかったじゃないか」

雅人はバーボンのソーダ割を口に運びながら考えた。あのころは誰でもいいからセックスがしたくてたまらず、傷ついた獣のように一日中盛り場をうろうろとしていたものだ。性犯罪者に同情することさえあった。同じ欲望に支配されながら、やつらはむこう側に落ちていった不運で愚かな人間である。

「やっぱり、すべてがそろったからじゃないかな」

雅人がそういうと、脇田も丸い顔を縦に振ってみせた。

「そうだろうな。素人《しろうと》の女だけでなく、AVでも、フーゾクでも、キャバクラでもなんでもある。安くて、手軽で、サービスはきっちり」

雅人は苦笑いした。ここにいる四人のなかで、四十をすぎて風俗がよいをしているのは、この歯医者だけだった。雅人はいった。

「目のまえにあらゆるものがそろっていて、いつでも手をだせば欲求を満たせる。そうなったら、そうそうたべたくはならない。買いおきしたポテトチップスみたいなものかもしれない。あれって、いつのまにか湿《し》けってるよな」

坂がにやりと笑った。

「賞味期限があるという点では、若い女とポテトチップスってよく似てるかもしれない。あと昔の女よりも、最近の子って、サクサクとクリスピーじゃないかな。ドライで引きずらない。セックスも恋愛もすごくあっさりしてるというかさ。うす塩味みたいだ」

気の抜けた笑い声が起きた。確かにそうした傾向はあるようだ。いつからか人と人を結ぶ力は、砂のようにさらさらに解けやすくなった。あれは世紀の変わり目ごろからだろうか。こんな時代に恋愛や結婚をするのは、たいへんな難事業かもしれない。黙っていた川北英次がグラスをテーブルにおくといった。

「なんでもあるから欲望が消えたというのは、今起きている事態の半分なんじゃないか」

東大卒の腕利《き》きディーラーのいうことには、誰もが一目おいていた。全員の視線がオールバックに集中する。

「財やサービスだけでなく、問題は時間にあると、おれは思う」

脇田が眉《まゆ》をひそめた。

「時間？　おまえ、またむずかしいことをいいそうだな」

川北の深刻な顔つきは変わらなかった。淡々と続ける。

「最初に欲望が生まれる。だが、それを育てるのは物理的な時間なんだ。たとえば精《せい》巣《そう》のなかで精子がつくられるのを考えてみろよ。じりじりと数十万匹ずつ製造されて、満タンになってあふれだす」

雅人は身体の外に飛びだした内臓で起きていることを想像した。それは不気味でもあり、ユーモラスでもあった。自分は今日一日で何千万匹の精虫を生んだのだろうか。

「それは欲望だって変わらない。必ずタイムラグというか、ためが必要なんだ。だが、現代にはためがなくなった。欲望を育てる時間がなくなったんだ」

雅人はバーボンでのどを湿らせた。

「わかったぞ。おれたちはみんな待てなくなったんだ。なにかわからないことがあれば、すぐにネットで検索して仮のこたえを見つける。誰かに会おうと思えば、すぐ携帯電話でつかまえられる。腹が空《す》いたら、とりあえずコンビニでくいものが手にはいる。すべて便利になったが、なにかを待つことができなくなってるんだ」

川北はぼんやりと黒い部屋の黒い壁を眺めていた。

「本来、人と人が結びついたり、欲望をわけあったりするには、恐ろしいくらい無駄な時間がかかるものだ。そういう意味では、なにも生みださない恋愛というのは、現代ではなによりも贅沢《ぜいたく》なものかもしれない。今の若い男たちみたいに、もの心ついたときから時間に追われていたら、恋愛や欲望にあこがれる気もちさえなくなるんじゃないか。だって、恋愛には得することなんて、ひとつもないんだ」

川北の苦しそうな顔で、雅人は直感的にわかった。

「おまえ、今好きな人がいるんだろ」

脂気《あぶらけ》の抜けた髪をかきあげて、ディーリング部長は皮肉そうに笑った。

「まいったな。雅人にはかなわない。おまえは理屈は苦手なのに、やけに勘だけ冴《さ》えてるんだよな」

話をきいていた脇田が、川北と雅人のあいだに顔を突っこんできた。

「なんだ。うちのプロフェッサーに新しい恋人ができたのか。英次、ばらしちゃえよ」

川北はにやりと笑うと、うつむいてしまった。誰とも目をあわせずにいった。

「わかったよ。いつかそのときがきたら話す」

VIPルームのインターホンが鳴った。紘輝のざらりと荒い声がきこえる。

「雅人さん、お客さまがお見えです。麻衣佳さんですが、そちらにおとおししてもいいですか」

雅人は空中にむかって返事をした。

「かまわない」

ほぼ同時に黒い扉が開いた。木枠にもたれて、昼間と同じパンツスーツ姿の麻衣佳が立っている。かすかに酔っているようだった。麻衣佳は目を細めて、雅人をにらんだ。

「雅人さん、あの子はダメだよ。きっと、あなたとわたしと比沙子さんに、よくないことが起きる」

脇田が陽気に叫んだ。

「なんだ、雅人、おまえも新人見つけたのか」

麻衣佳は左右にゆったりと腰を振りながらＶＩＰルームにはいってくると、雅人のとなりに丸い尻《しり》を落とした。

「おいおい勘弁してくれよ」

酒に強い麻衣佳の目のまわりが、赤くなっていた。めずらしいことである。第一、今夜デートの約束はしていなかったはずだ。麻衣佳はこのバーへ、いきなり押しかけてきた。ふたりは大人のつきあいである。これまで慎重に距離を測り、おたがいのプライベートに踏みこむことはなかったはずだ。インターホンにむかって、麻衣佳が叫んだ。

「紘輝さん、わたしにもバーボンのソーダ割ひとつ」

脇田がトラブルのにおいをかぎつけたようである。にやにやしながら、麻衣佳にいった。

「美人の奥さんとダイナマイトボディの麻衣佳ちゃんがいるくせに、第三の女か。雅人はもてるからな。ねえ、麻衣佳ちゃん、その子どんな子なの」

愛人よりも早く、雅人がこたえた。

「どんなも、こんなもないよ。今週からうちの会社に手伝いにきてるデザイナーの女の子だ。まだ一度か二度しか口をきいたことはない。麻衣佳の思いすごしだ」

坂がおっとりといった。

「だけど、その思いすごしがよくあたるんだよな。女の勘って、ある種の超能力だと思わないか」

雅人に援軍はいないようだった。VIPルームのその他三名は、こちらの窮地をたのしんでいた。だいたい指をふれたこともない女のためになぜ自分が追いつめられなければならないのだろうか。

雅人は男の原罪を思った。実際の姦淫《かんいん》だけでなく、心のなかで犯した姦淫さえ罪だとする恐ろしく野蛮な西洋の教えである。雅人はまだ千映を対象に妄想さえ抱いたことはなかった。だが、未来に抱くかもしれない性的イメージのせいで、すでに守勢にまわってしまった自分がいる。

男たちの防壁がかくももろいのは、女たちよりも格段にあからさまな想像力と自責のせいかもしれない。男はとかく自分がふまじめであることに対してまじめなのだ。逆に女たちは頭のなかで野放図になにを考えても、しらん顔ができる生きものだ。

黙っていた川北が、口を開いた。

「だけど、昔からいうよな。浮気相手がひとりだと逆に安定しない。三角形、六角形とどんどん頂点の数を増やして、等距離外交を続けていけば、がっしりするし、回転もなめらかになる」

まじめな顔をしているが、ディーラーの目は笑っていた。実際に雅人のしりあいにも愛人を六人抱えている男がいた。女はひとりでもたいへんなのに、想像すらできない負担である。その男は全員と二週間に一度ずつ規則ただしくデートしているらしい。

雅人は憮然《ぶぜん》としていった。

「おれは引退したサラブレッドじゃない。そんな数の相手ができるか」

ガラス球のような馬の目を思った。現役時代はさんざん鞭《むち》で尻をたたかれ、引退後はげっぷがでるほど牝《めす》をあてがわれる。とても幸福な生きかたとはいえなかった。紘輝がバーボンのロンググラスをのせた銀の盆をもってやってきた。

「お待たせしました」

肩口からぷつぷつとソーダのはじけるグラスがおりてくる。歯医者がいった。

「紘輝くん、雅人に新しい相手があらわれたらしいんだけど、どう思う」

紘輝のボウタイは測ったように水平だった。このバーテンダーはひと晩の仕事を終えても乱れたところはいっさい見せない。手術で男性になった紘輝は、ざらざらになった声でいった。

「自分にはあまりむずかしいことはわかりません」

雅人はこのバーのオーナー四人のうちのひとりなのだ。あたりさわりのないことしかいえないだろう。紘輝はちらりと麻衣佳を見ていった。

「ですが、雅人さんはいいかげんなことはしない人です」

麻衣佳がソーダ割をひと口のんでいった。

「そこが逆に心配なの。適当に若い子と寄り道して、二、三回エッチしてもどってくるなら許せるけど、なんだか面倒くさいことになりそうで」

紘輝は墓穴を掘ったことに気づいたようである。ぺこりと雅人に頭をさげていった。

「お代わりどうしますか」

二杯目のグラスが空になっていた。うなずくと紘輝はすぐに居心地の悪くなったVIPルームをでていった。

「わたしだって、雅人さんとあの子のあいだになにかがあったといってるわけじゃないの」

麻衣佳はすこし淋《さみ》しそうに、黒い壁のほうに顔をむけていた。

「でも、ふたりがいっしょにいる場面を見ていたら、急にお腹《なか》のなかが空っぽになったみたいな感じがした。内臓を全部抜かれちゃったみたいに。なんだか胸がどきどきしちゃった」

脇田が混ぜ返した。

「ははあ、古い言葉だけど、子宮で感じるというやつかな」

坂がいった。

「雅人はそのとき、なにも思わなかったのか」

汐留の新しいビルのなかにある会議室である。どの部屋といれ替えてもわからないような非人称的な空間だった。早水千映は白っぽい服装をしていたようだが、それもよく思いだせない。あらためて、自分の心の動きを確かめた。

きれいな空白があるだけで、なんの手ごたえもなかった。

「麻衣佳がいってることの意味がわからない。ぼくはまだ彼女のことをぜんぜんしらないし、頭のなかでおもちゃにしたこともない」

麻衣佳は不思議そうにいう。

「普通、男の人って女性をそんなふうにするものなの」

脇田が雅人を押さえていった。

「する、する。ちょっといい女だなと一瞬でも思ったら、絶対にする。ここにいる雅人以外の三人で、麻衣佳ちゃんの裸を想像したことのないやつはひとりもいないよ。

いや、あのバーテンだって、脳は男だからきっと全部脱がせてるな。断言する」

脇田があまりにも懸命なので、雅人は笑ってしまった。麻衣佳はその場にいるもっともまじめそうな男にたずねた。

「川北さん、今の話ほんとうなの」

東大卒のディーラーはにこりともせずに、麻衣佳を見つめ返した。

「ぼくも断言する」

麻衣佳はため息をついた。

「そうなんだ。男の人って、ほんとうにどうしようもないのね」

「どうしようもない」と歯医者。

「救いようがない」と専務。

ひと言落ちをつければ、しゃれた会話が締まったのだろうが、雅人はついいってしまった。

「だけど、そういうのが生きる力になってるんだよ。どうして、街中のあちこちに水着のポスターが貼《は》ってあるのかわかる」

麻衣佳は首を横に振った。黙ってそんな仕草をすると少女のようだった。

「男たちはみんなああいう性的なイメージから、ほんのすこしだけ生きる力をわけてもらうのさ。毎日の仕事にはうんざりしている。家族だってバラバラで、今じゃ心がつうじあっているとはいえない。ひとりぼっちで、疲れ果てたとき、ポスターやグラビアの女の子から生の火花をわけてもらう。それでなんとか勢いをつけて、目のまえの仕事にとりかかるんだ」

脇田がいった。

「グラビアアイドルのおっぱいに乾杯」

坂がおおきな背中をさらに丸めた。

「ぼくは胸より尻派だから、若い女のお尻に乾杯」

川北が続ける。

「胸とか尻とかいってるうちは、まだまだだな。おれはぽちゃぽちゃした二の腕がいい。もんでも、つねっても、はさんでも最高だ」

雅人は笑った。政治や経済でなく、女たちの話をしていると時間は飛ぶようにすぎていく。

「おまえは東大にはいるくらいだから、若いころ勉強しすぎて変態になったんだな」

「じゃあ、おまえはどこがいいんだ」

雅人はとなりに座る麻衣佳のひざから腰の線を目でなぞった。この身体《からだ》のどこがいいかなど選べなかった。

「全部。女性がいてくれるというだけで、くだらない人生にも生きる価値ができる」

おまえだけずるいなーという声が、VIPルームで重なった。雅人は男たちの声を無視して、女の耳元でいった。

「麻衣佳みたいないい女だったら、ほんとに全部だ。嘘《うそ》じゃない」

麻衣佳はききわけのない子どもでもなだめるようにぽんぽんと軽く雅人のひざをたたいた。

10

麻衣佳のマンションは、1LDKだった。もともとは3LDKの間取りを独身者用に変えたものだ。寝室は南国のリゾート風で、ダブルベッドもソファセットも濃い色あいの籐製《とうせい》である。ベッドの柱は暗い天井にむかって高く伸び、薄手の布が四隅をゆったりと結んでいる。

大柄な麻衣佳が雅人の頭を胸に抱いていた。雅人の左手は乳首に、右手は麻衣佳の閉じた脚のあいだにある。この横抱きの姿勢のまま、もう二十分ほどすぎていた。雅人の右手はてのひらまで、麻衣佳の水に濡《ぬ》らされていた。

「どうして、ダメなの」

七度目までは雅人も数えていた。だが、今では何度目のじらしだか、自分でもわからなくなっている。太もものあいだから流れた麻衣佳の水がシーツを丸く透かしていた。

「理由なんかないけど、今日は麻衣佳をいじめたくなった」

最初はいきなり約束もなくバーに押しかけてきた麻衣佳に罰をあたえるつもりだった。クリトリスをなでる指先を麻衣佳がいきそうになると、直前でとめてしまうのだ。麻衣佳はそのたびに息を荒くして、全身に汗をかいた。雅人にまわした手で背中をたたく。

「もうおかしくなってるよ」

麻衣佳の脚が痙攣《けいれん》していた。うちももの脂肪がさざなみのように揺れている。麻衣佳は前髪を汗で額につけたまま、いっぱいに口を開いた。

「キスして。さっきから、ずっといってるみたいなの」

雅人がオープンマウスのキスをすると、麻衣佳の舌が口のなかを荒らしまわった。歯を探り、舌をからめ、頬の内側をなめあげる。女の舌に口のなかを犯されているようだった。雅人は負けないように、ゆっくりとクリトリスをこすりだした。指の力は抜いてしまっている。ただふれるだけの中指の腹が、麻衣佳の神経をじかに刺激している。指先を数ミリ動かすだけで、麻衣佳はびくびくと腰を動かした。腰だけが女の身体から独立してしまったようだ。自分でも制御できないのだろう。

汗だくになった麻衣佳が、切ない目で見つめてきた。眉《まゆ》の両端がさがっていた。瞳《ひとみ》と瞳の距離は十五センチほどしかないだろう。横になったまま、その距離で女と見つめあうと、世界のすべてが女の目になった気がした。

「雅人さん、お願い。いかせて」

雅人はじりじりと虫が這《は》うくらいの速度で、麻衣佳のクリトリスをなでていた。

「ダメ」

「どうして、ひどい」

抗議の声にも甘さがにじんでいた。雅人はほんのすこしだけ、中指に力を加えた。セックスには繊細な神経が必要だと、あらためて感じる。麻衣佳は腹に筋肉の柱を浮きあがらせて、悲鳴をあげた。

「それ、ダメ、きちゃう。お願い」

麻衣佳の汗のにおいが寝室に満ちていた。男は塩辛く、女は甘い。雅人はさらに中指に力を加えた。重さにしたら、コピー用紙数枚程度のものだろう。それだけで麻衣佳の汗が激しくなった。

「きちんとお願いしなさい」

雅人の好きなゲームだった。ベッドのなかで言葉をたくさんつかうのが、雅人も麻衣佳も好きだった。

「お願いします。いかせてください」

目を閉じて麻衣佳が棒読みでいった。

「ダメ。目を開けて、ぼくを見て」

追いつめられた目で、麻衣佳が雅人に訴えてくる。

「お願い。いかせてください」

雅人は指の速度を遅くした。

「どうして、ひどいよ」

にやりと笑いかけて、女にいう。

「ダメ。今のは気もちがはいってないから。ちゃんと本気でお願いしなさい」

麻衣佳はおずおずと見あげてきた。

「お願いします。雅人さん、麻衣佳をいかせて……くっ」

麻衣佳の懇願の途中で、雅人は指の圧力を最大限にあげた。指の往復速度は変えていない。雅人は麻衣佳が痛みを感じる強さをしっていた。指の力はそのわずかしたに設定してある。クリトリスをすり潰《つぶ》すような前後運動が始まった。耳元できく麻衣佳の声は、命ごいのような激しさだった。

「ダメー、いく、ほんとにいっちゃうよ。いいの、雅人さん」

雅人は黙ってじりじりとちいさな器官をすり潰し続けた。肩をつかむ麻衣佳の爪《つめ》が立った。点々と鋭い痛みが走る。だが、雅人は指を休めなかったし、麻衣佳によせともいわなかった。その代わり、低い声で麻衣佳の胸にむかっていった。目は閉じている。

「いきなさい」

もどってきたのは、女という獣の腹からしぼりだされた叫び声だった。両脚を思い切り閉じて、麻衣佳が身体を震わせていた。雅人はしっかりとその身体を抱いてやる。雅人の胸をたたいて、麻衣佳がいった。

「こんなにいじめるなんて、ひどいよ」

雅人は笑った。

「でも、すごくよかったろ」

麻衣佳は額に汗の粒を浮かべてうなずいてみせる。

「うん、すごくよかったけど……あっ、なんか変なの」

女が再び全力で抱きついてきた。今いったばかりなのだが、麻衣佳はまたエクスタシーで身体を弓なりに反らせた。

「怖い……とまらなくなった」

雅人は痙攣を続ける麻衣佳の脚を開き、一気に進入した。

11

城下精工のプレゼンが近づいて、雅人の会社に緊張感が走っていた。ディレクターの中里のチームは全員ぼろぼろだった。日本の若者は昔のようには働かないという人間がいるが、あれは嘘である。雅人の会社の若手は実によく働いていた。深夜帰宅と泊まりこみを交互に繰り返しているのだ。朝のフロアの一角は、野戦病院のようだった。床に段ボールを敷き、寝袋にこもった社員が苦しげないびきをかいている。

中里は千映だけでなく、外注のプログラマーやデザイナーをかき集めて、なんとかネット広告の仕掛けを完成させようとしていた。雅人は社長として最終チェックはするが、細かな部分に注文をつけることはなかった。優秀な部下がいるなら、その邪魔をしないことが一番の仕事である。単純な仕事上の法則だが、いくつになってもそれがわからない男は、どんな企業にもいる。

雅人は寝袋を避けて、社長室にはいった。いつもの習慣でネットラジオのスイッチをいれる。大学時代に流行《はや》ったフュージョン専門局である。雅人は東京の私大の経済学部卒だが、あのころのキャンパスではみなラリー・カールトンやグローヴァー・ワシントン・ジュニアをきいていた。黒人音楽のビートとジャズの演奏テクニックがあわさったこのジャンルの音楽が、一番おしゃれと思われていたのだ。

経理部の小暮節子《こぐれせつこ》が開いたままのドアをノックした。小暮は中学生になる子どもがいるバツイチだ。細身のジーンズと微妙に襟の形が違う白いシャツが制服代わりだった。経理の仕事だけでなく、雅人の個人秘書の役割も担《にな》っている。

「おはようございます、奥山さん」

「ああ、おはよう」

こちらの機嫌を毎朝うかがう秘書が自分についている。いまだにくすぐったい気がしてならない。

「今日の予定は午前中、決裁書類の整理。だいぶたまっているので、経理としてはよろしくお願いします。午後は十三時半ユニバーサル広告社、十五時ハタモト通信社、十七時からは男性誌『GUTS』の取材です。こちらのほうは誰か社員をいっしょにいかせましょうか」

雅人は頭のなかでスケジュールを再確認した。朝その一日のダンドリを組む十分間。この時間に自分は一日で一番頭をつかうのではないだろうか。

「ひとりでいい。取材の場所はどこ」

「汐留のコンラッド東京です」

「GUTS」といえば、主婦には評判の悪い、中年男性むけの不倫推奨マガジンだった。若い女性へのプレゼントを、この雑誌を見て決めるという男を雅人もしっていた。

「テーマはなんだっけ」

取材依頼のファックスが送られてきたはずだが、内容は忘れてしまった。雅人は会社のPRをかねて、雑誌の依頼を受けた。それから途切れることなく取材依頼が続いていた。最初はネットや広告関連の専門誌だったのだが、最近では一般誌や男性誌にまで幅が広がっている。

小暮はファイルを開いて読みあげた。

「ネット広告の現在と未来。それにあの雑誌ですから、四十代の男性としての経験的な恋愛論もおききしたいとのことです」

雅人は思わず笑ってしまった。

「ぼくなんかに恋愛の話をきいて、どうしようっていうんだろうな」

秘書もちらりと笑顔を見せる。

「どうでしょうね。でも、読者には参考になるんじゃないですか」

「そんなものかな」

小暮はきっぱりと自信をこめていった。

「ええ、四十代で素敵な男性というのは、けっこう限られていますから。このままだと、奥山さんも週刊誌に書かれるようになるかもしれませんよ」

国会議員と夜の路上でキスをした女性キャスターを思いだした。あれは実にきれいな写真だった。麻衣佳と自分があんなふうに撮られるところを想像してみる。

「恐ろしいことというな」

不倫程度のことなら、誰でもやっている。それが目の敵にされるのが、雅人にはよくわからなかった。どこかの俳優が漏らした本音は真実ではないだろうか。実際の不倫は徹底的に攻撃する女性たちが、同じ題材をテーマにした小説や映画ではうっとりと滂沱《ぼうだ》の涙を流している。

不思議なことが、もうひとつあった。あの国会議員もそうだが、なぜか不倫が発覚したあとでペナルティを科せられるのは女の側だけである。あのキャスターは番組を降板させられたが、男のほうが議員を辞職したという話はきかなかった。女は女に厳しく、男の欲望には甘かった。不倫のおおかたは男の欲望から発しているのだから、それもおかしな話である。

「了解。今日もよろしく」

小暮はファイルを胸に抱えて会釈《えしゃく》すると、社長室をでていった。

12

ハタモト通信社は虎《とら》ノ門《もん》だった。春のビジネス街は空気も日ざしも、ぼんやりと丸い。約束時間の二十分まえ、雅人はゆっくりと汐留の再開発地域にむかって歩きだした。ワンメーターの距離だが、タクシーよりも歩くほうが街をよく観察できる。

雅人は普段、青山や六本木にいることが多いけれど、サラリーマンの街・新橋が嫌いではなかった。まだ就業時間内だが、すでに酔って顔を赤くしている会社員がたくさんいる。エリートなどとは無縁の気安い街だ。

外堀通りに面した焼き鳥屋からは、盛大にタレの焦《こ》げる煙が歩道に流れだしていた。胃の形がわかるほどの空腹を感じる。こんなときはいつも、なにがパスタでフォアグラだと思う。食通の振りなどバカらしい。ついこのあいだまで、自分たちはナポリタンとミートソースしかしらなかったではないか。

新橋駅まえの広場には、街金融の立看板をもった男たちが、ただ立ち尽くしていた。ブラック・多重・学生・主婦・水商売ＯＫ・即日スピード融資!! 地獄の入口を告知するコピーである。カラフルな看板のむこうの空に、超高層ビルがガラスの盾のように寄り集まってそびえていた。

（きっとむこうも怖いのだ）

雅人は空にまぶしく輝くガラスの塔を眺めた。こちら側の貧しさから、むこう岸の豊かさまで、日本ではほんのひと跳びだった。むこうも駅まえの貧しい世界と混ざりあうのが怖いのだろう。どれほどおおきな企業でも、いつ滑り落ちるかわからない時代である。

その証拠が雅人自身だった。日本の格差は個人の力でどうにでも超えられる程度のものでしかない。この国には娘の結婚のために腎臓《じんぞう》を売る父親も、数十円のワクチンが打てずに死んでいく赤ん坊もいないのだ。

　ＪＲのガードをくぐりながら、雅人は思った。なぜ、人間という生きものはただ自分の仕事のことだけ考えていられないのだろうか。自分には必要のない無数の他者の問題を、すべて自分のこととして引き受けてしまう。世界から自分を切り離せるなら、ずいぶん気楽に生きられるだろう。だが、この愚かで息をのむように鮮やかな世界に生きていて、目を閉ざすのは誰にとっても困難なことだった。


「奥山さんご自身では、成功の秘訣《ひけつ》はなんだと思われますか」

　コンラッド東京のスイートルームで、雅人はひとりがけのソファに座っていた。カメラのライティングは、横からと天井にバウンスさせたフラッシュのあわせて二灯だ。そんな秘訣があるなら、十年まえにきいてみたかったものだ。

「いや、別にないと思いますよ。いるべき場所に、いるべき時間にいた。それだけです」

　ライターは三十代前半の女性だった。室内にいるのは、他に編集者とカメラマン、それにアシスタントの四名である。

「では、成功を左右するのは運なのでしょうか」

　この質問には慣れていた。考える振りをしてから、雅人は用意してあるこたえを口にした。

「そこそこ優秀な人間なら、同じ仕事をしていれば、誰でも結果はだせるものです。そうなると自分のいる業界が伸びているかどうかのほうが問題になる。ぼくはいいときに、ネット広告の仕事をしていた。これは二〇〇五年の数字ですが、ネット広告は前年比で五十五パーセントも成長している。テレビ、新聞、雑誌、ラジオ、ほかの広告媒体のすべてがわずかだけれど減少しているなかでですよ。もちろん努力をするのはあたりまえですけどね」

すでに二十分ほど、自分の経歴について話していた。腕も脚もつまめないほどタイトなモード系の黒いスーツを着た男性編集者がいった。

「じゃあ、そろそろうちの名物の恋愛話に参りましょうか。奥山さん、そっちのほうは、ただいいときにいい場所にいるだけじゃもてないですよね」

今度は腕を組んでしまった。ビジネスの話なら、半分眠っていてもこたえられるが、女のことについてはわからないことが多い。すかさずカメラマンがシャッターを切った。窓のむこうに浜離宮と東京湾が広がるスイートルームが一瞬真っ白に濁った。

「もてるとか、もてないとか、よくわからないなあ。そういうのはルックスや年齢やお金や細かな条件はあんまり関係ないと思うし」

女性ライターが驚いたようにいった。

「ルックスも経済力も関係ないですか」

雅人はイート・ア・ピーチの友人たちを思いだした。ついにやりと笑ってしまう。

「すくなくとも、もてるのはカッコのいい男じゃなくて、マメな男です。マメってどういう意味かわかりますか」

ライターは不思議そうな顔をした。

「メールとか電話とかプレゼントとかを頻繁にする。でも、そういう男の人は誰にでもそうしますよね」

ちょっと返事のポイントがずれているようだった。

「そうした物理的なマメさじゃないです。それらの行為の大本にある力というのかな」

「GUTS」の男性編集者が口を開いた。指にごつい銀のリングが光っている。ドクロはいつまで流行るのだろう。

「へえ、奥山さんて、おもしろいですね。いったいなんですか」

雅人は一拍間をおいていった。

「言葉にしたら、すごく単純です。女性のことが好きな人が、女性にもてるんです。

くたびれ果てて、眠る時間もない。そういうときでも、女性のことを考えられる。そういう人が結局はもてるんだと思う」

「なるほどねえ」

編集者とライターの声がそろった。

「結局ぼくたちは自分が探しているものを見つけることになる。人生って、心の底で望んでいることに、最終的にはこたえてくれるんじゃないかな。もちろん、成功には程度の差がありますよ。だけど、金を望む人には金が、名誉を望む人には名誉が、自分なりの生きかたを望む人には、それなりの生きかたが配当される。ほんとは単純なものじゃないかな」

雅人は雑誌の取材で思いつきをこたえている自分が不思議だった。そういう自分が心の底で望んでいることはなんなのだろう。他人の人生についてなら簡単にだせるこたえが、急にあやふやになってしまう。いきなりライターが切りこんできた。

「奥山さんは最近、恋愛してますか」

雅人は苦笑した。これはトラップの質問である。

「ご結婚されて十二年になりますよね。それは存じあげています。結婚してから恋をしたことはありますか」

女性ライターはなかなかの美人で、目に力があった。正面から雅人を見つめて、こたえを迫ってくる。

「原稿はぼくのほうでチェックできるんですよね」

黒いスーツの編集者がいった。

「はい、もちろん」

雅人は室内を見わたした。窓辺にはカウチが、奥の続き部屋にはベッドの半分と洗面台が見えた。鏡は周囲をランプがかこむ円形だった。麻衣佳に見せたらきっとよろこぶだろう。

「ええ、しています。結婚してからも何人も、何年も」

女性ライターの厳しかった顔がやわらいだ。ＩＣレコーダーだけでなく、ペンを走らせながらいった。

「素敵ですね。あれは遊びだ、浮気だという人は多いけれど、奥山さんみたいにストレートに結婚外の恋愛を認めてしまう人は、なかなかいないです」

雅人は適当に受け流すだけだった。素敵だといわれたとき、男はなにをすればいいのだろう。

「ありがとう。でも、多くの夫が口にしないだけで、ぼくと同じことをしてますよ。

それも雑誌なんかには載らない、金もちでも、おしゃれでも、カッコよくもない男たちがね」

ライターはノートから顔をあげた。万年筆をつかう女性はめずらしい。キャップの先にモンブランの白いマークがのぞいていた。

「奥山さんは四十代ですよね。なぜ、恋愛を繰り返すのだと思いますか」

そんなことは考えたこともなかった。最初に思いついたこたえは、自分が愚かで欲が深いから。魅力的な女性がたくさんいるから。それはただ単純にやりたいからでもいいだろう。だが、雅人が口にしていたのは、まるで別な言葉だった。

「恋愛がわからないからだと思う。仕事はある程度経験を積めば、だいたい予測がつくようになります。でも、恋愛はそうはならない。いくら中年になっても、上達もしないし、学習もできない。毎回ゼロかイチかの繰り返しです。なんでも簡単にわかってしまい、誰かに全部解説されてしまう世のなかで、恋愛みたいな謎《なぞ》はないですよ」

一生をそのために生きても、決して解けない魅力的な謎。それこそが生きる目的なのではないだろうか。雅人はソファにゆったりと背をあずけて、カメラのフラッシュのなか、つぎの質問を待った。

13

城下精工のプレゼンを翌日に控えた午後だった。中里のチームを中心に雅人の会社は殺気立っていた。ぎりぎりの時間まで、微調整と改良を繰り返してじたばたするのは、日本の広告マンの性《さが》である。チームの全員が今夜は会社に泊まりこみになることだろう。

雅人はその騒ぎを遠くから眺めているだけだった。現場の仕事を離れた淋《さみ》しさはあるが、そちらのほうが仕事がうまくまわるのだからしかたない。社長室のデスクで電話機が鳴った。

「奥山さん、おかしな国際電話なんですけど」

経理の小暮節子だった。

「ぼくあてなの」

「いいえ、違うんです。契約社員の早水さんあてなんですけど、ベトナムからのコレクトコールなんです」

「なんだって」

わけがわからなかった。貧乏旅行中のバックパッカーの友人でもいて、調子にのって電話をかけてきたのだろうか。

「相手は男なの、女なの」

小暮のこたえは歯切れが悪かった。

「それが、ほんとかどうかわからないんですけど、早水千映の父親だと名のってるんです」

雅人はアーロンチェアで座り直し、背を伸ばした。

「わかった。ぼくがでてみる」

「外線三番です」

経理からの電話を切ってから、点滅していたボタンを押した。

「デジタルマウンテンの奥山です。そちらはどなたさまですか」

ざわざわと人の動く気配がした。雅人は理由もなく南国のホテルのロビーを思いだした。一拍遅れて声が返ってくる。

「初めまして。ご迷惑をおかけします。わたくし、早水孝太郎と申しまして、千映の父親でございます。旅先で手元不如意《ふにょい》なものですから、コレクトコールで失礼しています。すぐにすみますので、千映と話をさせていただけないでしょうか」

落ち着いた紳士的な話しかただった。微妙に作為を感じないではないが、娘が働く会社に着払いで国際電話をかけているのだ。恐縮しているのかもしれない。

「わかりました。ちょっとお待ちください」

雅人は保留にして、千映の内線番号を押した。あの会議以来、麻衣佳が危険だという若い娘とは口をきいていなかった。なにも自分からトラブルに近づくことはない。妻の比沙子と愛人の麻衣佳。ふたりの女で雅人は十分に満足だった。

「はい、早水です」

千映の声は少女のように澄んでいるが、ほのかに暗い。電話で初めて耳にして、そう思った。

「きみのお父さんという人から、電話がきてる。ベトナムからのコレクトコールだよ。三番だ」

電話のむこうは無音だったが、千映が深々とため息をついたのに雅人は気づいた。

「わかりました。代わります。ご迷惑をおかけして、すみません」

そのまま雅人は国際電話のことなど忘れてしまった。ＩＴ関連の雑誌に依頼された社長日記を、スケジュール帳を見ながら書きすすめていく。仕事がメインで、プライベートはほんのわずかだった。

麻衣佳と会った夜のことは、きれいに無視してしまう。世のなかに日記は数多いが、ほとんどは創作だと雅人は思った。なにかを意図して書かないというだけで、日記はリアルな世界とはまるで別物になるのだ。

スケジュール帳を見ると、先月はテレビ・ラジオの出演が三回。雑誌の取材が八件だった。今では週に一日マスコミ対応に特化した日をつくらなければならなかった。本業のほうも多忙なので、身体《からだ》はだいじょうぶなのかと人にきかれることが増えていた。だが、雅人のなかには嵐《あらし》の中心にいる自分自身をたのしんでいるもうひとりの自分がいた。

とくに規則的な運動をしているわけではないが、体調はほぼ完璧《かんぺき》だった。ひと晩眠るだけで、きれいに疲労は抜けてしまう。肩こりも腰痛《ようつう》もない便利な身体だった。体重も大学生のころから、二キロほどしか増えていなかった。逆に性的には二十代のころよりもアクティブになっているかもしれない。

今の自分は、きっと人生の黄金の収穫期にあるのだろう。目のまえの果実をいくらでもくらえばいいのだ。いつか果実に手を伸ばすことも、口にしてものみこむことさえできなくなる日がやってくる。これまでの四十年と同じように、つぎの四十年も気がつけばすぎていることだろう。

三十分ほどたったころ、開いたままのドアをノックする音がした。

「あの、奥山さん、ちょっといいでしょうか」

顔をあげると千映だった。Tシャツにジーンズ姿だが、雅人は胸のプリントに目を奪われた。

（オールマンブラザーズバンド）

「ライブ・アット・フィルモア・イースト」のジャケットをプリントしたロックTシャツだった。レコードがでたのは七〇年代前半である。きっと千映はクラシック・ロックが好きな年うえの男とつきあった経験があるのだろう。

「はいってくれ。電話はなにか悪いしらせじゃなかったんだよね」

千映は社長室のソファの横に立ったが、腰かけはしなかった。

「はい。別にいいしらせでもありませんでしたけど」

あらためて千映を観察した。薄い胸と硬そうな尻《しり》。肌は薄氷のように透明だが、顔もとりたてて美人というわけではない。麻衣佳はなぜこの娘にあれほどの敵対心をもったのだろうか。

「だったら、いいよ。しょっちゅうコレクトコールをかけられたら、うちとしても困るけど」

雅人は笑ったが、千映は思いつめた目で見つめ返してきた。

「そのことなんですけど、つぎのお給料から先ほどの電話代を引いておいてください。お願いします」

ベトナムからの国際電話がいくらかかるのかわからなかった。だが、ほんの数分のことだろう。

「別にいいよ。それくらい」

千映の視線はすがりつくようだった。父親からの電話代を会社に負担させることが、それほど苦痛なのだろうか。押し問答になるのが嫌で、雅人は話をそらした。

「それよりお父さんは、なんでベトナムにいるの。仕事？　観光？」

千映はちらりとうしろを振りむいた。誰もいないのを確認していう。

「どちらでもありません。うちの父は逃げてるんです」

あっけにとられて、雅人は千映を見た。意味がわからない。

「これからも会社に迷惑をおかけするかもしれないので、奥山さんにだけ話しておきたいんですが」

そういうと千映はまたうしろを確かめた。うわ目づかいで切ない視線を送ってくる。

「あの、ドアを閉めてかまわないでしょうか」

雅人は黙ってうなずいた。


浅くソファに腰かけた千映は、目を伏せていった。

「うちの父は山師なんです」

最近耳にしたことのない言葉だった。山師といえば詐欺師《さぎし》のことだろう。千映の声には自嘲《じちょう》の響きがあった。

「でも、本人はまともな事業家だと思っているんです。昔からおおきなことばかりいって、借金をしては新しい事業を興《おこ》し、会社を潰《つぶ》しては逃げるの繰り返しで」

「そうだったのか」

雅人には言葉もなかった。古い小説のなかにならよく登場する人物像だが、身近できいたのは初めてだった。

「さっきの電話は、わたしのことを心配してかけてきたんです。悪い筋からお金を借りているので、わたしや会社のほうにまで返済の催促がきていないか。あるいは父の居場所を探りにきていないか」

ごく普通の若い娘だと思っていた千映に、おかしな過去がある。世のなかというのは不思議なものだった。

「だけど、法律上は父親の借金を娘が返す義務なんてないんだろう。はねつけておけばいいじゃないか」

千映はこくりとうなずいた。力なく笑う。

「普通の金融機関なら、それですみますけれど、裏のほうから借りているお金もだいぶあるみたいなんです」

プロダクションを経営しているくらいだから、闇金融《やみ》に手をだして身を滅ぼした同業者を、雅人も何人かしっていた。むこうの世界では、いまだに借金とりに容赦はない。どんな手をつかっても回収するのだ。身包《みぐる》みどころか、ときに命までさしださなくてはならないこともある。法の手がおよばない闇のなかの商売だった。

「そうか。困ったことになったな。早水さんはそういう事態に、慣れているのか」

「嫌でも慣れちゃいました。子どものころから思っていたんです。どの家でもお父さんっていうのは、ときどき理由もなく消えてしまうものだって」

千映の笑顔は強靭《きょうじん》だった。線は細いが揺るがない強さがある。

「それで、お父さんが消えたあとには、必ず借金とりがやってくる。普通の家って、そういうものなんだ。だから、同級生のお父さんが、毎日会社にいって、週末にはいっしょに遊んでくれるときいて、びっくりしてしまったんです。行方不明にならないお父さんも、この世界にはいるんだって」

千映は声をあげて笑った。雅人もつられて笑ってしまった。あとになって思えば、このとき初めてふたりの気もちがつながったのかもしれない。千映は壁の時計に目をやった。ソファから飛びあがる。

「いけない。中里さんから、新しいバナーのデザインをあげるようにいわれていたんです。さっきの電話代、必ず引いてください。お願いします」

さっと頭をさげて、千映は社長室をでていこうとした。ノブに手をかけた背中にいった。

「お父さんのこともあって、うちに正社員として入社するのは気がすすまなかったのかな」

千映は顔だけ振りむいていう。

「それもありますけど、三十歳まであと五年間は、ほんとに世界をいろいろ見てみたいんです。じゃあ、失礼します」

若い女が扉を開いてでていった。雅人は社長室に爽《さわ》やかな風が吹いたのを感じていた。

14

プレゼンの競合相手は三社だった。広電社とデジタルマウンテンに与えられたもち時間は四十分である。代理店からは麻衣佳をふくむ四人、雅人のほうは中里とチーフデザイナーをあわせた三人が出席した。

リゾートホテルのプールほどのおおきさがあるテーブルのむかいには、城下精工の担当者十数名が厳しい顔をして座っていた。最初に代理店のクリエイティブディレクターが、新製品のネット広告のコンセプトを説明する。さすがに緊張しているようだ。肩に力がはいって、軽い冗談もすべりっ放しだった。プレゼンでは最初にひとつ笑いをとることが大切なのだ。

雅人は勇気をだして、ネクタイを締めたメーカーの社員にむかって冗談をいった。ネットおなべとネットおかまが恋をした実話なのだが、そこそこの笑いがとれた。そこからネット広告の特性について、話をつないでいく。艶《つや》のあるグレイのスーツを着た麻衣佳が雅人にうなずきかけてきた。城下精工のプレゼンは過去に三連勝している。担当者がテーブルに身をのりだしてくるのを見て、雅人は確かな手ごたえを感じた。

夢中だったプレゼンは、時間を七分オーバーして終了した。四十日におよんだ作業の成果を圧縮して見せるのだ。終盤はたいへんな力演になった。

電子部品メーカーの本社エントランスで、代理店のメンバーと解散した。ガラス張りの吹き抜けは、ななめにさした夕日で一色に染まっている。すっかり汗のひいたディレクターがいった。

「さすがに奥山さんは、プレゼン慣れしてるな。今度、別な仕事があるんだけど、プレゼンだけやってくれませんか」

雅人は笑って、手を振った。

「こちらだって、プレゼンのたびに命が縮みますよ。いいしらせがくるのを待っています」

パソコンのはいったハードケースをさげた麻衣佳がいった。

「奥山さんのところでは、いつものように今夜は打ち上げですよね」

若い社員を慰労するために、プレゼンを終えた夜はいつも無礼講の打ち上げと決まっていた。今回は青山のちいさなレストランを貸切にしてあった。麻衣佳と視線をあわせると、なにかあたたかなものを交換した気がした。自分たちの関係がわからないなんて、男たちの目は節穴ではないだろうか。

「ええ、そうです。何時に終わるか、わからないですよ。年だから、あまり夜が遅いのは苦手なんですけどね。では、失礼します」

代理店の一行と別れ、エントランスを抜けると、中里がいった。

「ようやく今夜から、家で眠れます。さあ、帰って机だけ片づけて、ばりばりのむぞ」

「ご苦労さま、よくやってくれた。まだ結果はわからないけど、手ごたえはバッチリだ」

大通りにでて、タクシーを拾った。雅人のプレゼン用のスーツのポケットで、携帯電話がうなりだした。フラップを開いてメールを読む。麻衣佳だ。

＞今夜、何時でもいいから、
＞終わったらうちにきて。
＞雅人さんのプレゼンを見て、
＞わたし、すごく燃えちゃった。
＞めちゃくちゃにして欲しいな♥

緊張がほぐれて、雅人はその日初めて疲労を感じた。タクシーの後部座席に座ったまま、ペニスに血が集まってくるのがわかる。雅人はイエスとひと言だけの返事を打った。

15

そこは一軒家のイタリアンだった。平屋建てで、中庭にはガラス張りの広いサンルームが張りだしている。透明な屋根越しに、まったく星のない夜空が書割のようにのぞいていた。

雅人はすこし離れたカウンターから、ひとりでパーティ会場を眺めていた。自分の会社の二十人を超える社員がワイングラスを手に立ち歩きながら、にぎやかにおしゃべりをしている。盛りあがっている若い人を見ているのが、雅人は好きだった。自分はその渦にはいらなくてもいい。たのしんでいる人を見るのが好きなのだ。

「プレゼン、お疲れさまでしたー」

ディレクターの中里がやってきて、無理やり乾杯を求めた。雅人はシャンパングラスを打ちあわせた。

「そっちこそ、お疲れ。この一週間ほとんど帰ってないだろう」

中里の顔は真っ赤だった。いつもならこんなに急に酔うことはない。

「ええ、しんどかった。でも、この緊張と弛緩《しかん》がたまらないんですよ。あれだけがんばったから、今夜のよろこびがある。いやあ、気分がいいなあ」

雅人はちらりと腕時計を確認した。ジャガー・ルクルトの金時計は、プレゼンのときの正装の一部だ。予約の時間の終了まで、あと十五分だった。

「待ってくださいよ、奥山さん。今夜は二次会にも顔だしてもらいますからね」

つぎの店は大箱のカラオケ店だった。ヴィンテージのシャンパンリストがおいてある豪華な内装の大人むけの店だ。雅人は麻衣佳のメールを思いだした。今ごろ彼女はシャワーをすませて、自分のことを待っているはずだった。

「勘弁してくれよ。ぼくがいくと、若い人たちが縮こまってしまうだろ。明日の午前中は休みにしていいから、思い切りはめをはずさせてやってくれ」

「また、そんなことといって、奥山さんはいつも夜中になると、どこかに消えちゃうんだからなあ。わかりました、せいぜい遊ばせてもらいます」

つぎにからむ相手を探しに、ディレクターがいってしまうと、いれ替わりに千映がやってきた。泡立つグラスを手にしている。ライムの切れ端が浮かんでいた。

「カクテル？　ジントニックかな」

千映はスツールの横に立ち、にこりと笑った。

「ライムいりのペリエです」

「アルコールはダメなのか」

未熟な桃のように青白い肌を、アルコールの力で染めてみたらおもしろいかもしれない。すこし酔った雅人はそんなことを考えてみた。

「いいえ、きっと強いと思うんですけど、お酒はのまないようにしてるんです」

謎《なぞ》の多い女だった。けれど、淋《さみ》しげで生真面目《きまじめ》な顔は、笑うとたんに不思議なやわらかさを放つ。相手の心の鎧《よろい》を脱がせてしまう力だった。

「それも、昨日の昼間のあの人と関係しているのかな」

千映あてにベトナムからかかってきたコレクトコールを思いだした。相手は逃亡中の父親だという。若い女はすこし考える顔になった。

「そうですね、家庭の事情です」

なんにでもつかえる便利な言葉だった。家庭の事情は誰にでもある。雅人は日本に何千万件とある複雑な事情を思った。

「あの、電話代のことはくれぐれもよろしくお願いします。あと、父のことも秘密にしておいてください」

雅人は軽くうなずいた。

「わかったよ」

遠くで、中里が叫んだ。

「じゃあ、この店はお開きだ。つぎは朝まで歌うから、覚悟してこいよ。明日の午前中は公休だって、そこにいるイケメンIT社長がいってくれた。みんな、感謝の拍手」

片手をあげて、雅人は社員からの拍手にこたえた。

南青山の路上にでると、集団はじりじりと動きだした。これから長い表参道をくだり、途中で缶ビールでも補給しながら、原宿まで歩いていくのだ。若いころは雅人もよくそのコースで朝まで遊んだものだった。残っているのは、女子社員が数名である。こちらは地下鉄の駅にむかっていく。契約社員の千映は、正社員からすこし離れて、路地の隅に立っていた。白いロックTシャツが清潔そうだ。雅人は誰も見ていないのを確認していった。

「早水さんは家どこなの」

千映はまたやわらかに笑う。

「学芸大学です」

それなら麻衣佳のマンションがある恵比寿の先だった。

「だったら、いっしょにタクシーでいかないか。ぼくは途中でおりるから、早水さんは自宅までいけばいい。領収書をもらってくれたら、あとで精算するよ」

「いいんですか」

深夜のタクシー帰宅代は、もともと会社もちである。

「うん」


タクシーにのりこむと、窓のほうをむいたまま千映がいった。

「あの、うちの父と母は結婚していないんです」

「そう」

返事などいらない独白だった。

「父にはほんとうの家族が別にあって、母は二番目の人でした。もしかしたら、三番目の人だったのかもしれない。なんだか、別な愛人さんとのトラブルを子どものころきいた気がするから」

千映の笑いかたにはふたとおりあるようだった。先ほどのイタリアンで見せた花がほころぶようなやわらかな笑いかた。それに、今暗い後部座席で見せている誰にも自分を傷つけさせないという強靭《きょうじん》な笑いかた。雅人は無言でうなずいているだけだった。

「わたしはちいさなころから、母親の手ひとつで育てられたんです。うちのお母さんはよくいっていました。男なんかより、仕事のほうが大切だ。男は裏切るけれど、仕事は裏切らないって」

ようやくなにか口にすることができそうだった。

「それで、早水さんは仕事が好きなんだな」

雅人は中里から千映の評価をきいていた。試用期間が終われば、即戦力としてすぐに正社員にしたい人材だという。

「はい。仕事は大好きです。男に頼らずに自分の力で生きるように、ちいさなころからいわれていたので、一生働いていきたいと思っています」

タクシーは西麻布《にしあざぶ》をすぎて、もう恵比寿にはいっていた。ガーデンプレイスの明るくライトアップされたヨーロッパ風の街なみが見えてくる。

「でも、男と女っておかしなものですよね。うちのお母さんは、父親のことをあんなに悪くいっていたのに、父のスーツとかをきちんとクローゼットのなかにとっておくんです。自分の服なんてめったに買わないくせに、いつ帰ってくるかわからない父の衣類をよく買っていました」

雅人がタクシーをとめたのは、ウェスティンホテルのまえだった。ここから歩いて一分ほどだが、千映をのせた車を麻衣佳のマンションにつけたくなかったのである。

「じゃあ、早水さん、おやすみ。その話には続きがあるんだろ」

千映は顔を崩して笑った。

「はい。このお話は大長篇なんです」

つい雅人も笑ってしまった。

「わかったよ。またね」

すると千映がいきなりタクシーのシートをずれて、腕を広げた。雅人に抱きついて一瞬だけ細い腕に力をいれる。

驚いてなにもいえずにいると、千映は笑いながら見あげてきた。

「これはお友達のハグです。奥山さん、この話の続き、いつかちゃんときいてくださいね」

「わかった」

雅人はタクシーをおりた。赤いテールライトを見送る。身体《からだ》にはしっかりと巻きついた若い女の腕の感触が、刺青《いれずみ》でもいれたように残っていた。

16

その夜から、雅人は千映のことが気にかかってしかたなくなった。まだ異性としては見ていないと自分では思っている。正規の社員でないとはいえ、相手は自分の会社で働いている若い女性である。雅人は当然のルールとして、社内での交際を自己に禁じていた。

社長が部下に手をだす。関係が長く続けば、いつか秘密は漏れるだろう。会社の空気は微妙なので、それは決していい影響をおよぼすはずがなかった。オフィスの士気がゆるむだろうし、ムードメイカーの女子社員のあいだで摩擦が生まれ、雰囲気がぎすぎすしてくるだろう。

さいわい千映のほうも賢い女性だった。ことさら距離をつめてこようとはしないし、これみよがしの合図を送ってくることもなかった。妻の比沙子と愛人の麻衣佳。ふたりとは順調なクルーズが続いていた。新たに加わってきた新顔の千映との関係を積極的に育てる理由はない。

　雅人は流されるように生きていた。仕事に流され、女たちに流され、自分の欲望に流される。これほどたくさんの仕事をこなし、会社を経営し、ふたりの女のあいだを玉突きのように往復しながら、自分が人生の主体であるようには感じられなかった。生きることは個別の状況への最適なリアクションの連続なのだ。目的地などないし、なにかを悟ったわけでもなかった。四十代のなかばになり、それなりに地位と名誉は手にいれたが、雑誌の取材でわかった顔をしてこたえているような生の教訓など、雅人はなにひとつ学んでいなかった。そんなものなど学んでやるかと、心の底では思っていたのである。


　その電話がかかってきたのは、プレゼンから数日後のことだった。社長室で受話器をとると、小暮の声がした。

「広電社の山際《やまぎわ》さんからです」

「わかった」

　雅人は深呼吸して、外線のボタンを押した。

「はい、奥山です」

「ふふっ」

代理店のディレクターが含み笑いをしていた。それだけで身体のなかに勝利の満足と達成感が広がっていく。何度目のプレゼンでも、勝つというのはうれしいことだった。

「四連勝、おめでとう。明後日《あさって》、打ちあわせにきてほしいそうです」

「了解です。あとで中里のほうと時間を調整しておきますので、ご連絡します」

ディレクターの声ははずんでいた。

「デジタルマウンテンと広電社のコンビは無敵ですね。これからもよろしくお願いします」

雅人は開いたままの社長室のドアに目をやった。中里のチームの全員が顔をのぞかせている。雅人はわざとらしいウインクをして、電話のむこうにいった。

「うちのほうこそ、よろしくお願いします。では、のちほど」

受話器をおいたとたんに、若い社員の歓声が爆発した。なだれこむように狭い社長室にはいってくる。興奮で頬を赤く染めた千映の顔も見えた。

「おめでとう、みんなが勝った。中里D、明後日の打ちあわせの時間をセッティングしてくれ」

中里は城下精工のプレゼンを終えて、毎日本屋や映画館めぐりをしながら、ぶらぶらと遊んでいた。根っからクリエイター気質《かたぎ》なのだろう。たのしそうではあったが、張りのない顔をしていた。それが急に引き締まるのだから、仕事好きな男というのはおもしろいものだ。苦しく、つらいほうがきっと楽しいのだ。

「わかりました。だけど、城下もわかってないなあ。ほかの制作会社が束になったってかなわないんだから、面倒なプレゼンなんてやめて、うち一本に絞ればいいのに」

強気の発言に社員たちが拍手と笑いでこたえた。

「さあ、もういいだろ。仕事にもどってくれ」

ぞろぞろとジーンズ姿の社員がでていった。最後尾の千映が雅人を振りむくと、目と唇の端で盗むように笑って見せた。雅人は直接心臓をつかまれたような気がしたが、表情を変えずにうなずいてみせただけだった。

社長室のパソコンにメールが来たのは、その日の午後のことである。雅人の会社では毎日無数の社内メールが飛び交っている。

∨お話の続きは

＞いつきいてくれますか？
＞わたしはどうも同世代が
＞ダメみたいなので、
＞奥山さんのような
＞大人の人がいいんです。

千映からだった。そのあとには、携帯電話の番号とアドレスがそえられている。口元をゆるめながら、自分の携帯に登録している途中で、ドアをノックする音がした。あわててフラップを閉じて、顔をあげた。

「奥山さん、明後日の打ちあわせの時間はどうします」

ディレクターの中里だった。こちらの様子がおかしいのに気づかれなかっただろうか。手帳を見て、返事をする。

「午前中がいいな。十時半に先方でどうかな」

「わかりました」

中里は社長室をのぞきこんだまま、開いたドアのわきに立っている。

「どうしたんだ」

仕事中毒のディレクターがにやりと笑った。

「なにかいいこと、あったみたいですね」

返事ができずにいると、中里がいった。

「長いつきあいだから、わかりますよ。奥山さんはいいことがあると、無理して平気な顔をするんです」

自分ではまったく気づかなかった。

「そんなにわかりやすいのかな」

「いや、そんなことはないです。どっちにしても、ぼくは奥山さんの敵じゃないですから。じゃあ」

中里はひとりでなにかを合点して、いってしまった。千映は中里のチームのアシスタントだ。ここからはよほど注意しなければならないだろう。だが、その時点でも雅人は千映とつきあうつもりなどなかった。すでに手にしているふたつの成熟した花、妻と愛人とはまったく種類の異なるつぼみのような若い女をおもしろく思っていただけである。

雅人はデスクを離れ、ドアを閉めた。携帯電話への登録を再開する。それからすこし考えて、千映への返信を打ち始めた。

17

東急東横線学芸大学駅。

この駅にきたのは、大学生のころ以来で、二十数年ぶりのことだった。広場にはびっしりと金属の虫のように放置自転車がたまっている。商店街も下町のようなにぎやかさで、どこかにある焼き鳥屋から、甘いタレの焦《こ》げるにおいが流れていた。雅人はいった。

「なんだか意外だったな」

ガードをくぐって、東口の商店街にでた。雅人のとなりを千映が平気な顔をして歩いていた。昼のあいだ何度かメールのやりとりをして、夕食は千映が住む普段着の街に決まった。

「だって、奥山さんは青山や西麻布の高級なレストランには慣れてますよね。それだとつまらないと思って。わたしもあまり贅沢《ぜいたく》なお店は緊張して、ゆっくり話ができないですし」

帰宅を急ぐサラリーマンのなかに、酔った学生やサンダルばきの老人が混ざっているような道幅の狭い商店街だった。しばらく駅まえの通りをすすんで、千映は狭い路地を指さした。

「ここです」

通りの両側にびっしりと飲食店や酒場がならんでいた。控えめなネオンサインが春の夜ににじんでいる。千映がはいったのは、ちいさな日本料理屋だった。拭《ふ》き清められた白木のカウンターがコの字型にある店だ。先客は反対側に若い会社員のカップルがひと組いるだけだった。

「わたし、子どものころから脂《あぶら》っこいものが苦手で、どうしても和食を選んでしまうんです」

スツールに腰をかけながら、あらためて千映の身体に目をやった。麻衣佳の身体は外国人のように、胴が丸く立体感があった。千映は横から見ると薄い板のような身体をしている。胸も尻《しり》も、もうしわけ程度の肉をうっすらと盛りあげているだけだった。

「奥山さんは生ビールでいいですね。コースで注文してありますから」

この子は手際《てぎわ》がいいと雅人は思った。まるで接待でも受けているようだ。男の扱いには慣れているのかもしれない。

冷たい緑茶とビールで乾杯した。雅人はリラックスして、千映の目を見た。白目がすっきりと澄んで、年齢の若さと経験のすくなさを物語るようだ。

「さあ、大長篇の続きを話してもらおうか」

「こんなすぐにですか」

ひと息で生ビールを半分空けて、雅人はいった。

「ぼくはせっかちなんだ」

「わかりました」

千映の顔が引き締まった。まじめになると急に切なさと幼さが浮かびあがってくる。千映は子どものような顔をしていた。

「奥山さんは世界で一番怖い音がなんだか、わかりますか」

つきだしが届いた。タコとキュウリとウドの酢のものだ。なかなかうまい。

「急にいわれても、わからないよ。近くに稲妻の落ちる音かな」

千映は悲しそうな顔をゆっくりと横に振った。

「それは空っぽのグラスに氷が落ちる音です」

まるで意味がわからない。だが、千映がなにかとても重要でパーソナルな話をしようとしているのは、確かに感じられた。

「続けてくれ」

「はい。わたしの家は母とふたり暮らしです。小学生のころ日曜日の朝、目を覚ましますね。あの年頃だから、朝起きただけでもうお腹《なか》はぺこぺこなんです」

雅人にも記憶があった。子どものころの空腹は、ほとんど暴力と変わらないくらい激しいものだ。

「仕事で疲れて寝ているお母さんを、千映ちゃんは起こしにいっていたんだね」

千映はまた首を横に振った。目にはすがりつくような色が見える。

「いいえ。お腹が空《す》いていても、うちではすぐに朝ごはんというわけにはいかなかったんです。キッチンの扉のまえで、耳を澄まさなければいけなかった。あの恐ろしい音がきこえてこないかって」

日曜日の朝にきく、グラスに氷があたる音。

「じゃあ、お母さんは……」

千映は空《うつ》ろに明るい顔でうなずいた。

「はい。朝からウイスキーのオンザロックを何杯ものんでいるんです。そういうときには、どんなにお腹が空いていても、キッチンにはいっていくことはできませんでした。ぺこぺこのお腹を抱えて、もう一度ベッドにもどる。それで、お母さんが落ち着くまで、無理して眠るんです」

雅人には言葉もなかった。アダルトチルドレンといえば、しばらくまえの流行語である。すでに分類され、どこか安全なファイルのなかに収められている言葉だった。だが、目のまえで乾いた笑みを浮かべている千映は、今の時代を生きている人間だ。多くの人々がその存在を言葉として認識したことで、なにかが変わるというのだろうか。

「そうか、小学生でね……」

千映の肌のように漂白された白木のカウンターだった。若い女の指先が、そこに繊細に重ねられている。

「母はずっと自分は中毒ではないといっていました。いつでも酒ならやめられる。ただ女手ひとつで、子どもを育てるストレスを酒で解消しているだけだって」

のどが渇いてしかたなかった。生ビールの残りをのんだ。ひどく苦いのは、千映の話のせいだろう。

「今でも、お母さんはのんでるのかな」

千映は整った眉《まゆ》だけ、動かしてみせた。

「わたしが高校生のとき、いよいよ連続飲酒がとまらなくなったんです。休日の土日だけ、朝から夜までのんでいたんですけど、それが月曜の朝にもやめられなくなって。

自分でも気づいたみたいで、病院にいきました」

「よかった」

「はい。いつスリップするかわからないけど、今うちのお母さんはお酒をのんではいません」

「そうだったのか。こっちはもうすこしのみたいんだけど、注文していいかな」

「あっ、だいじょうぶです。わたしは気もちよく酔っている人を見るのは好きですから。とくに奥山さんみたいな年の離れた男の人は。なんだか、ちいさなころからお父さんが家にいなかったので、ほっとするのかもしれません」

雅人は料理にあわせて、吟醸酒を頼んだ。小ぶりの杯がふたつ届く。ちらりと器に目をやって、雅人はいった。

「それで、このまえも早水さんはのまなかったんだな」

千映の白い指がするりと備前の杯に伸びた。

「でも、今日はとても気分がいいから、一杯だけいただきます」

若い女が両手でさしだす器に、冷えた吟醸酒を注いでやった。雅人の分は千映が満たしてくれた。そっと杯の縁をふれあわせる。

「乾杯」

千映もちいさな声でいう。

「乾杯。わたしが生まれて初めてのむお酒の相手が、奥山さんでよかった」

しみじみと身体《からだ》のなかで、なにかが満ちてくるようだった。欲望をふくまない千映に対するあたたかな好意である。

「でも、不思議ですね。一番怖かったオンザロックグラスが、一番つらかったときに、わたしを救ってくれたんですから」

千映は空になった杯をおくと、静かに話し始めた。

「日本酒って、おいしいんですね。男の人とのむお酒がこんなにおいしいなんて、想像したこともなかった」

雅人は杯を水のような酒で満たしてやった。

「ありがとうございます」

焦げ目がつくほどしっかりと焼いた伏見とうがらしがでてきた。かつおぶしと生醤《きじょう》油《ゆ》がかかっている。青い苦味が口のなかを満たした。簡単な料理だがうまいものだ。

「母は厳しい人でした」

雅人はアダルトチルドレンについて書かれた本を思いだした。虐待《ぎゃくたい》やネグレクトといった常軌を逸した親の行動についてである。千映は雅人が身がまえていることに気づいたようだ。

「あの、ひどい虐待とか、暴力はなかったですから。母は一生懸命にわたしを育ててくれました」

千映は意志の力で笑っているようだった。雅人はついひと言いいたくなってしまう。

「休みの日に朝から一日中ウイスキーをのんではいたけど、いいお母さんだったのかな」

ちらりととなりのスツールに座る雅人に目をやって、千映はうなずいた。

「ええ、悪い人ではありません。父のせいで傷ついていたんだと、今は思います。わたしには男の人に気をつけるようにいっていました」

「気をつけるって、どうやって」

「男性にすきを見せてはいけない。肌をだすような格好をしてはいけない。男の人とふたりきりになってはいけない。セックスは子どもをつくるためだけにするものだ。わたしはそんなふうに幼いころから、何度もいいきかされてきたんです」

子どもをつくるためのセックス。あらためて考えてみると、雅人はその目的だけでセックスをしたことなど、妻の比沙子とのあいだでさえなかった。

「それはまた厳しい話だな」

うなずくと千映はいう。

「はい。そして、女は男に頼らずに一生きちんと働いて、生きていかなければいけない。仕事は手を抜かずにやりなさい。なにか専門的な技術を身につけなさい」

「それで、きみはウェブデザインを勉強した」

つぎの皿はカツオとスズキの刺身だった。ワサビとショウガをとくために、小皿がふたつでてくる。雅人は刻んだミョウガをたっぷりとのせて、カツオの厚い切り身を口に放りこんだ。どんなに暗い話をしていても、舌は素直だった。脂がのったカツオの腹身は、舌に溶けるようにうまい。

「でも、困ったことになったんです」

すかさず雅人はいった。

「お母さんがアルコール依存症になった？」

千映は首を横に振った。若い女の首筋はコピー用紙のように白い。

「いいえ、わたしのことなんです。母に厳しく育てられたせいで、男性が怖くなってしまったんです。小学校から短大まで十四年間、わたしは男の子とほとんど口をきいたことがありませんでした。怖くて、ふたりきりになることもできなかった」

「誰ともつきあわなかったんだ」

近ごろの若い女性にしてはめずらしい話だろう。雅人は杯を空けて、つぎの吟醸酒を注文した。

「だけど、早水さんは今こうして、ぼくと話しているし、日本酒までのんでいる」

千映は白木のカウンターから顔をあげて、まっすぐに雅人の目を見つめた。頰がチークをいれたように染まっているのは、のみなれない酒のせいかもしれない。千映の視線には物理的な圧力があるようだった。女には慣れている雅人がたじろぐような力がある。

「男性恐怖症はなかなか治りませんでした。カウンセリングにもいったし、何度か告白された男の子とつきあう真似事《まねごと》をしたこともありました。でも、やっぱり男性といっしょにいてリラックスすることはできなかった。助けてくれたのは、あのグラスだったんです」

「そのグラスというのは、どんなものなの」

千映はふっと息を吐いて笑った。肩が丸く落ちて、子どものような表情になる。

「ウイスキーの大瓶を買うとおまけでついてくるような安物のオンザロックグラスです。うちのお母さんが愛用して、傷だらけになったグラス」

千映はその景品のグラスで救われたという。雅人はカウンターにまえのめりになった。

「奥山さん、こんな話を長々として、退屈ではありませんか。大人の男の人に、自分のことばかり話すなんて初めてだから、よくわからないんです。もしつまらないなら、そういってください。お願いします」

千映はまたこちらの目の奥まで貫くような視線で見つめてきた。

「だいじょうぶだ。ちっとも退屈なんかしてない。話してくれ、きみのことがもっとしりたい」

女性の心のなかをしりたくなるのは、雅人にとって危険な印だった。相手を深くしることで、初めて肉体の欲望が生まれてくるからだ。

「わかりました」

千映の話はつぎの暗闇《くらやみ》におりていくことになった。

18

「このままでは、一生男の人と口をきくこともできない。恋愛や男性に対するあこがれはあったんですけど、子どものころから母に押しつけられた教えは絶対でした。毎日が苦しくてしかたなかった。この世界にはこんなにたくさん素敵な男の人がいるのに、わたしには話しかけることも、つきあうことも、指一本ふれることもできない。そうやって年をとり、わたしは二十歳をすぎて、働き始めました」

雅人は自分の二十代前半を思いだした。自分が稼いだ金で大人の女と遊ぶ。恋愛のときめきを初めて学んだ時期だったはずだ。千映はその時期に男性恐怖症で立ちすくんでいる。

「そのころ、ある女性誌でヒーリングキャンプについて読んだんです。ネイティブアメリカンが肉体と心と魂を清めるためにおこなう儀式の話です。そのキャンプの日本版が、仙台市の郊外にある。わたしは自分を清めて、救いたかった。怖かったけれど、電話をしてみました」

スピリチュアル。今の若い子は霊魂や宿命について関心が深いのだろうか。雅人は自分の魂についてなど考えたこともなかった。きっと傷だらけで灰色に汚れていることだろう。

「申しこみをすませると、電話の相手が、自分の苦しみを象徴するものをひとつもってきてほしいというんです」

雅人にもようやく話が見えてきた。

「早水さんは、それでお母さんのロックグラスをもっていった」

千映はしっかりとうなずいた。

「はい。その日スエットロッジにはいった参加者は四人でした。地面に刺した木の枝を中央で結んだ骨組みに、毛布や毛皮をどんどんかけていくんです。半円形のロッジのまんなかには、人ひとりがはいれるくらいの穴が掘ってあります。丸いロッジは母なる大地の子宮なのだそうです。参加者はみなショートパンツとTシャツ姿。ロッジのなかは真っ暗でした。日本人なんですけど、ソングバードという名前のメディスンウーマンが四つの方角に祈りをささげます。すると、布の垂れ幕をあげて男の人たちが石を運んできました。ラグビーボールくらいある石で、もう半日くらい焚《た》き火のなかで焼いておいたものです。すぐにスエットロッジのなかの気温があがりました」

雅人はロッジのなかの暑苦しい暗闇を想像した。その場にいなくてよかった。千映は催眠術でもかけられたかのように、微笑《ほほえ》みながら話し続けた。

「暗がりのなかで、石が真っ赤に光っていたのを思いだします。ソングバードのおばさんが、石のうえにローズマリーオイルを垂らしました。松葉のような香りがロッジのなかに立ちのぼります。わたしはTシャツだけでなく、下着まで汗でびしょびしょに濡《ぬ》れていました。そこで、おばさんが焼けた石に水をかけました。ピシッ、細いガラスの柱でも折るような音がして、ロッジのなかは水蒸気でなにも見えなくなりました。あとできいたんですが、スエットロッジは九十度くらいの高温になるそうです」

　サウナの嫌いな雅人には、それがどれくらいの暑さなのかわからなかった。ただ息をするのも苦しいだろうと思うだけだ。

「すると真っ白な闇のなかで、懐中電灯がつきました。ソングバードがいいます。さあ、みなさん、自分がもってきたものをだして。わたしは母のロックグラスを穴の縁におきました。きまじめそうな中年の男の人は、古いモンブランの万年筆をだしました。横浜からきたご夫婦は、ご主人がキーホルダーを、奥さんがジッポのライターをおきました。メディスンウーマンがいいます。自分でもってきたもの以外のものをひとつ選びとりなさい」

　話をきいているだけなのに、なぜこんなにのどが渇くのだろう。汗がとまらない。雅人は追加で生ビールを注文した。

「わたしには革で編んだリボン型のアクセサリーがついたキーホルダーが、闇のなかで光っているように見えました。手を伸ばそうとすると、奥さんが先にロックグラスを手にとっていいました。わたしは生まれてから、こんなにきれいなグラスを見たことがない。なんだか、おかしいですね。わたしは全身汗だらけなのに、そういわれたとたんに泣いちゃったんです。中年の人がオイルライターをとり、わたしがキーホルダーをとり、奥さんはグラスをとり、ご主人は万年筆をとりました。メディスンウーマンがいいました。今、過去の苦しみが交換された。これからはその苦しみが、よろこびの種になる。さあ、ひとりずつ順番にそのものがなぜ自分の苦しみのシンボルなのか、理由を話しなさい。ソングバードのおばさんはそういうと、真っ赤に焼けた石にまた水をかけました」

届けられた生ビールをのんで、雅人はようやく渇きをいやした。勇気づけるようにいう。

「それで早水さんは、世界で一番怖い音の話をした」

千映はにこりとうなずいた。

「そうです。中年の男性は、大学の准《じゅん》教授でした。あの万年筆は亡《な》くなった恩師の形見だったそうです。先生の遺志にこたえるだけの成果を学問であげていないといって、自分のことを責めていました」

「そういうことだったのか」

人の世には不思議がある。雅人はそれを単純に信じていないが、同時に否定もしていなかった。魂よりも、欲望で生きる。そういう人間だったのである。

「わたしが選んだキーホルダーは、バイク事故で亡くなったご夫婦の長男のものでした。ご主人は仏壇にそなえるために息子さんが亡くなってから、毎日四箱も五箱もタバコに火をつけていたそうです。奥さんがもってきたライターは、そのためのものだったんです」

雅人にはなにもいえなかった。ただそういうことが、事実としてあったのだろうとうなずくだけである。

「わたしたちは話しながら泣き、おたがいに抱き締めあいました。わたしの母のロックグラスは、今息子さんの骨壺《こつつぼ》に水をそなえるためにつかわれています。ご主人はもち帰った万年筆で、息子さんの思い出をノートに記録しているそうです。ライターはパイプの好きだった恩師の遺影のまえにおいてあるとききました」

料理は最後になったようだった。ちいさな白い茶碗《ちゃわん》のなかには、チリメンジャコののったごはんが見えた。赤だしのみそ汁の具は、たっぷりのミツバとナメコだ。箸《はし》でごはんを口に運ぶたびに、雅人は自分もなにか神聖なことをしている気になった。

「四つの方位にささげるために、四回水をかけるんですけど、わたしはそのあいだずっと母のことを考えていました。ここまで女手ひとつで育ててくれて感謝はしていますす。でも、アルコール依存症で、わたしも苦しめられたし、なによりも男の人に対する理由のない恐怖を植えつけられて、憎らしくてしかたない。許せれば楽になるのに、許すことはできないし、ずっと人にもいえなかった」

わたしのお母さんはアルコール中毒ですといえる小学生の女の子がいるだろうか。雅人は千映の苦しみに胸が締めつけられた。

「でも、何時間もスエットロッジのなかで汗を流していたら、あるとき急に楽になったんです。わたしは横になっていたんですけど、涼しい風に全身を吹かれたようだった。わたしの胸に手をあてて、ソングバードのおばさんがいいました。ほら、ここに穴が空いてる。あなたの苦しみがある場所だよ。そこに神経を集中させると、キッチンのドアのむこうにいる母が見えました。母は日曜日の朝から、ストレートのウイスキーをのんで泣いていた。そのとき、わかったんです。許すことも、許されることも必要じゃないんだ。わたしはこの人から距離をおこう。わたしはこの人から生まれたけれど、この人のもちものではない。母に自分を縛りつけていたのは、ずっと自分だったんだって」

千映は白いごはんをたべ、赤だしをすすりながら、そう話した。白木のカウンターで姿勢よく食事をする姿は、どこかの宗教儀式の祭司のように見える。

「それがいつのことだったの」

千映は雅人のほうに顔をむけて、無邪気に笑って見せた。

「今年の一月です」

まだ半年もたっていないのだ。周囲の人間との距離のおきかたが独特で不器用なはずである。千映は今も、生きることを学び直しているのだろう。

箸を静かにおくと、千映はジーンズのポケットに手をいれた。なにかをカウンターのうえにおく。茶色い革の組ひもがついた青年の形見のキーホルダーだった。

「まだわたしは、このキーホルダーをよろこびの種には変えていないんです」

まっすぐな目を雅人にむけると、千映は穏やかにいった。

「このあと、わたしの部屋にきてくれませんか……雅人さん」

19

学芸大学駅まえの商店街を、雅人と千映はゆっくりと歩いた。自分より二十歳も若い女性と夜の街を肩をならべてすすんでいく。それだけでなぜか罪の意識をもつのが、雅人は自分でもおかしかった。

夜も更《ふ》けているので、ほとんどの店でシャッターがおろされていた。点々と明かりを漏らしているのは、気安い飲食店だけである。焼き鳥、焼肉、居酒屋……どの店も気どってはいないが、実にうまそうだった。この街には無理してめかしこんだ都心の空気とは正反対のくつろぎがあった。雅人は電柱にとりつけられた表示板の地名を読んだ。

（目黒区鷹番《たかばん》）

雅人は女性を地名とセットで覚える癖があった。麻衣佳なら恵比寿、妻の比沙子は神宮前。ネイティブアメリカンの不思議な儀式で、アルコール依存症の母から解放されたという千映なら、鷹番はふさわしい地名かもしれない。鷹は力強い翼をもち、空高く風を切って飛翔《ひしょう》する生きものだ。

「こちらです。雅人さん」

千映はもう奥山さんとも社長ともいわなかった。店をでたときから、したの名前で呼んでいる。それがくすぐったいような気がして困ってしまった。千映は先に立って、商店街の細い路地を右に折れていく。

「狭い部屋ですけど、気にしないでくださいね」

千映が住むのは古びた白いマンションだった。三階建てだがエレベーターはないようだ。外階段を千映が先にのぼっていく。右手の先に、革の組ひもがついたキーホルダーが揺れていた。三階の一番奥の部屋に到着した。千映は手のなかの鍵《かぎ》をかかげて、雅人に笑って見せた。

「雅人さんがいっしょにきてくれたから、このキーホルダーが今日からよろこびの種です」

ドアが開くと千映がなかにはいり、玄関の明かりをつけた。たたきには飾り気のないスニーカーがならんでいた。

「どうぞ、おあがりください」

短い廊下の奥はフローリングの部屋だった。八畳ほどはあるだろうか。ベッドではなく、床に直接マットを敷いて寝ているようだ。部屋の隅にはちいさな液晶テレビと、テーブルがひとつ。あとは家具らしい家具はなにもなかった。何度か女性のひとり暮らしの部屋を訪れたことのある雅人だが、千映の部屋の空虚さに軽いショックを受けた。若い女性の部屋にある華やぎがいっさいないのだ。千映がクッションをだしてくれた。

「こちらで座っていてください。今、コーヒーいれます。わたしのところにはアルコールはないので」

千映は部屋の片隅にあるミニキッチンにむかった。がりがりと音を立て豆をひく。

背中越しに千映はいった。

「わたしは働き始めてから、ずっとひとり暮らしがしたかったんですけど、どうしてもできなかったんです。うちの母は、せいせいするからとっととでていってくれなんていっていたんだけど」

お湯の沸く音が古いマンションの一室に響いた。ひきたての豆をいれたフィルターに糸のように細く湯を落としていく。とたんに部屋中をコーヒーの香りが満たした。

「でていこうとするたびに、わたしは自分を責めることになりました。お母さんを捨てていくのか。ひとりきりでわたしを育ててくれた人を捨てて、自分だけ自由になってもいいのか。うちの母はいつスリップして、またアルコール依存症にもどるかわからないのに」

千映は微笑んで、コーヒーカップをもってきた。アンティークのテーブルのうえにおく。

「お砂糖とミルクはどうしますか」

雅人は首を横に振った。

「結局、問題はわたしのなかにあったんです。わたしはあれこれといいわけをしながら、母に依存していた。あのキャンプにいかなければ、母を守るといって一生誰も愛さずに、ふたりで暮らしていたと思います」

雅人はコーヒーをのみながら考えていた。これからの千映とのことである。話をきくのはいいだろう。だが、部屋にあがり、個室のなかでふたりきりでいるのは、また別な問題である。千映は驚くほど純粋でまっすぐな女性だった。雅人がいつも遊んでいるような、肉体と心を切り離しておける大人の女ではない。

「わたし、社長室で最初に雅人さんを見たときに思ったんです。ああ、この人だったんだって」

雅人は急に怖くなった。自分はこの若い女とどうなっていくのだろうか。千映は立ちあがり、壁のスイッチを押した。カーテンを閉め切った部屋は真っ暗になった。先ほどまで話にきいていたスエットロッジのなかのようだ。

「お願いします」

千映に耳元でささやかれた。女の髪のにおいがする。熱をもった腕が雅人にからみついてきた。すくなくとも今夜はここまでにしておこう。最初に千映にふれるまで、雅人は冷静だった。だが、つぎの瞬間、雅人の頰と千映の頰が重なった。

「あっ……」

思わず声が漏れてしまう。正確には覚えていないが、雅人は数十人を超える女性と抱きあっている。けれども最初に肌がふれあっただけで声をだしてしまったのは、そのときが初めてだった。

千映の肌はやわらかく、なめらかだった。夜になりひげの伸びかけた雅人の頰に隙《すき》間《ま》なく重なっている。ちりちりと微弱な電流でも流れているようだった。肌と肌がふれているだけで、もうそこから快感が生まれている。千映が目を閉じて顔をうえにむけた。雅人は夢中になって唇を重ねた。唇がこれほど敏感になっているのはなぜなのだろう。あせりの気もちで、雅人は舌をつかうことも忘れ、千映の唇をむさぼっていた。

20

抱きあっているうちに、暗闇《くらやみ》に慣れたようである。うっすらと目を開けると、目のまえに涙で濡《ぬ》れた千映のまつげが反っていた。頰に銀のあとを残して、滴《しずく》が転げ落ちていく。千映が身体《からだ》を離すといった。

「ありがとうございます」

若い女は暗い部屋のなかで立ちあがった。Tシャツを脱ぎ、ベルトをはずし、ジーンズをさげる。迷いなく手を動かしたが、目を伏せて一度も雅人のほうを見なかった。

雅人はまたスエットロッジの話を思いだしていた。そこでは真っ赤に焼けた石が光っていたという。この部屋では千映の身体が白くぼんやりと輝き、目をそむけたくなるほどの熱を放っていた。のどが渇いてしかたない。

千映はすこし迷って白いショーツをおろし、脚を抜いた。ショーツで平に潰《つぶ》された淡い体毛がやさしい丘に張りついている。腕と足は細く長いが、胴体は子どものようにきゃしゃだった。胸は薄く皿をふせたように盛りあがり、そこに淡い色の乳首をのせている。若い女は両手をさげて、まっすぐに立っていた。

雅人は自分が追いつめられたことをしった。ここまできてしまえば、この女を抱くことも抱かないこともいっしょだった。誰にもいえなかったという心の秘密を明かされ、今度は身体のすべてを見せられたのだ。

「ひとりであせってしまって、すみません。でも、どうしても今夜全部をすませてしまいたいんです」

しゃがれた声で、雅人はいった。

「どうして」

千映は裸のままうつむいて、うわ目づかいで雅人を見た。胸のうえ、首筋、頬、どこもあざやかな血の色が浮かんでいる。

「わたしは来月二十六歳になります。つまらないこだわりなんですけど、二十五歳のうちにすませてしまいたいんです。二十六歳だと、二十代後半っていう感じがしますよね」

恥ずかしがって、若い女は笑った。どういう意味なのだろうか。しばらく雅人にはわからなかった。気づいたときには言葉がでていた。

「千映ちゃんは、初めてなのか」

うつむいたまま、千映はうなずいた。

「……はい」

雅人は立ちあがり、千映の熱い身体を抱きしめた。てのひらが女の身体にふれると、そこからしびれるような快感が流れてくる。千映も声を漏らしていた。

「あの……こういうのが……普通なんですか……雅人さんにさわられるだけで……身体中がおかしくなる」

こんなことが普通のはずがなかった。だが、もう口をきくのも面倒である。雅人は自分も服を脱ぎ捨てた。裸になって、千映を抱く。空っぽのワンルームマンションの中央に立ち尽くし、処女だという女の身体を抱いた。千映と同じようにただ肌がふれるだけで、休みなく声がでてしまう。

太ももを千映の脚のあいだに、割りいれた。乳房にも性器にもふれていないのに、千映からあふれた水で雅人の脚はひざまで濡らされてしまった。


雅人はヴァージンは初めてだった。熱めの風呂《ふろ》に入浴させ、肉をやわらかくしてからおこなえば、痛みはすくないと遊び人の男からきいたことがある。けれども、千映とのあいだではそんなゆとりなどなかった。

いつもなら相手の反応を確かめながら、ふれるかふれないかの力でゆっくりと前戯を続ける。千映とでは裸で抱きあうだけで、性器を口でむさぼりあうほどの快感が生まれてしまうのだ。肩をなでる、胸の先をかする、太ももの内側をすべる。意識しない指先の動きで、千映は泣き声をあげるのだった。千映はちいさく雅人の背中をたたいて何度もいった。

「すごい」

「ひどい」

「自分だけずるい」

だが、そのあいだ雅人も必死に声をあげないようにこらえていた。千映の身体がしたのほうにずれていった。

「わたしばっかりいじめられてるから、じっとしててください」

千映はちいさな手を雅人のペニスに伸ばした。指の先でつまむようにする。

「ちょっと待って。洗ってないし、最初から無理することないよ」

千映は暗闇のなか白目を青白く光らせていった。

「無理なんて、今日はひとつもしてません。いいから、わたしにもさせて」

雅人のペニスは透明な滴で濡れていた。高まっているのは、千映だけではない。舌の先でつつくようにすると、千映は目を閉じた。ぬめりをなめとってから、ふくらんだ先端を丸々口に収めてしまう。千映は首を振ることはしらないようだった。ゆっくりと舌をつかうだけだ。それでも、雅人は腰を浮かせてしまった。突きあげるような動きをとめられない。のどの奥まで侵入してしまったのだろう。涙目になったが、千映はペニスから口を離さなかった。

「もういいよ、千映ちゃん」

雅人は自分のペニスの味がする千映の唇にキスをして、若い女の身体をうえに引きあげた。軽く立てた脚を開かせる。

「いくよ」

千映はちいさくうなずいて、はっきりといった。

「はい」

雅人は先端を千映の性器にあてた。ゆっくりと押しこむ。じりじりとペニスの先端の半分を、千映の初めての性器にいれた。

「痛くない？」

千映は眉《まゆ》を寄せて、声をこらえているようだった。首を振っていう。

「ぜんぜん痛くないんですけど……おかしい……すごく、よくて」

それは雅人も感じていた。肌をふれあわせたときの何倍もの快感が、粘膜同士のふれあいにはあった。ちいさな口がペニスの先に吸いついているようだ。

「もうすこし奥までいくよ。痛かったらいって」

雅人はさらにペニスをすすませた。全長の三分の一ほどで、先端に薄い抵抗を感じた。これが処女膜なのだろうか。千映はうなずくといった。

「ちょっとぴりってしますけど、だいじょうぶです。最後までお願いします」

ゆっくりと腰を沈めていった。

「あっ……」

千映が短く叫んだとき、一気にペニスの先から抵抗が消えた。雅人はあせらなかった。休んではすすみを繰り返す。体重は千映にかけないように、自分のひじで支えた。その胸に千映はしたからしがみついてくる。

「だいじょうぶです。もう全部ください」

雅人はペニスをすべて、千映のなかに収めた。腰と腰が密着する。まだ往復運動に移ってはいなかった。そのとき不思議なことが起こった。雅人のペニスの形に千映のなかが変化したのである。すきまなく、ぴたりと張りついて、やわらかな圧力でペニスを包んでくる。雅人はなんとか声を抑えていった。

「はいったよ。もう千映ちゃんはヴァージンじゃない。大人の女だ」

千映は切ない目で見あげてきた。

「……こんなに……いいなんて……大人って……すごい」

千映の全身が震えだした。雅人はただ腰をあわせて抱きあっているだけである。あわてたように千映が叫んだ。

「……なにか、きちゃう……おかしい」

千映は言葉にならない声をあげて、身体を痙攣《けいれん》させた。雅人のペニスを千映の性器が何度もやわらかくつかんだ。

ただつながっているだけで、これほどの快感がある。これまで自分がしてきた三十年近いセックスとはなんだったのだろう。後頭部をなぐられたような衝撃のなかで、雅人は叫んでいた。

「千映ちゃん、そんなふうにつかんだらダメだ」

いつもなら一時間でも可能な雅人だが、千映との初めてのときはまったくコントロールがきかなかった。ひとつになって五分とたたないうちに、腰にしびれるような快感が走った。避妊していないのに、千映のなかに射精してしまった。それも、終わることがないのではないかという長々しい射精である。

(これが肌があうってことなんだろうか)

雅人は恐ろしくてたまらなかった。これほどの快楽は、きっとどこか真っ暗な場所につうじている。そう思われてならなかったのである。

21

翌日、雅人はなにをしてもうわの空だった。

社内会議でも、クライアントと会っても、ビジネスメールを読んでいても、心はなんの反応もしない。千映とのセックスの衝撃で、心と頭がずれてしまったようである。

頭というのは便利なもので、そういう状態でも仕事は淡々と片づいていった。あまり迷わない分、普段よりも効率的なほどである。だが、雅人の心のなかは違っていた。波立つ嵐《あらし》の海のように千映のことばかりが、浮かんでは消えていく。

昨夜起きたことは、一夜限りの奇跡だったのではないか。もう一度試せば、あの快楽ははかなく消えてしまっているのかもしれない。あるいは、二十歳も年の離れた自分は破瓜《はか》だけでお役御免になったのではないか。羽ばたいてしまえば、千映にはいくらでも若い男がいるだろう。また千映が社内の人間であるのも、社長としては頭が痛かった。これから、千映とのことをどうしていったらいいのだろう。

雅人は一時間半ほど残業して、オフィスをでることにした。制作室のまえをとおると、中里ディレクターと千映が立ち話をしていた。プレゼンで勝利を収めたばかりのディレクターは陽気にいった。

「奥山さん、今日は早いんですね。夜のおつきあいですか」

千映はどんな感情も映さない水のような目で、雅人を見ていた。若い女の薄い胸と腰を思いだして息が苦しくなる。

「いいや、今夜はプライベートのみ会だ。毎晩、仕事でのむのはきついからね」

雅人の業界では、夜のつきあいもなくてはならないものである。千映がかすかに笑っていった。

「お疲れさまでした。じゃあ、今夜はゆっくり奥山さんもお休みできるんですね」

ひと晩で二回半のセックスは雅人にはめずらしいことである。その相手が目のまえで、涼しい顔をしている。背景はたくさんのポスターや広告の張られた自分の会社だ。目がくらみそうだった。

「そうだね。早水さんも、あまり無理して残業しないように。ディレクターの人づかいが荒いようなら、ぼくのほうにクレームをいっていいよ」

「やめてくださいよ。城下はこれからが本番なんですから」

三人の笑い声が同時にはじけた。雅人は目を細めて笑いながら、千映の目を見た。千映もその場に調子をあわせていたが、まっすぐに見つめ返してくる。若い女がなにを考えているのか、雅人にはまったくわからなかった。

22

六本木の夜は、平日でも祭りのようなにぎわいだった。誰よりも先に世のなかの空気の変化をつかむのが仕事の雅人にとって、景気はとっくに回復していた。ミニバブルといってもおかしくないほどである。いきつけの鮨屋《すしや》で、ひとりカウンターで鮨をつまみながら考えた。あの悪友たちに千映とのことをどう伝えればいいのだろうか。みな麻衣佳ともしりあいなのだ。妻の比沙子と愛人の麻衣佳。女がふたりまではまだ事態は単純だった。表と裏のふたつの顔をつくっておけばいい。白でないときは、必ず黒なのだ。

だが、そこに千映が加わって雅人の生活は一気に複雑になった。あの若い女とのことは、これまでなにも隠さずに打ち明けていた悪友たちと麻衣佳にも秘密にしておかなければならない。遊びだと割り切ってしまえば楽になるのだろうが、それにしては雅人は千映のなかにはいりこみすぎていた。四十代もなかばになって、女性問題でこれほど苦しむとは予想外の展開である。

イート・ア・ピーチのＶＩＰルームには、いつもの顔がそろっていた。歯医者の脇田はまたすこし頬が丸くなったようである。雅人が席に着くと、声をかけてきた。

「今度、麻衣佳ちゃんの友達といっしょに合コンやるんだけど、雅人もこないか」

紘輝がバーボンのソーダ割をもってきてくれた。夜の口開けの一杯は、のどに染《し》みるほどうまい。一気に七分目ほどグラスを空けてしまった。老舗《しにせ》の文具店の専務、坂はダンヒルのスーツを上品に着こなしている。

「そののみっぷりを見てると、久々にソーダ割のみたくなるな。合コンに雅人がいってもしょうがないだろ。お目つけ役で麻衣佳さんがいるんじゃ、悪さもできないしね」

東大出のディーラー、川北はひとり別なほうを見て、むずかしい顔をしていた。雅人はぽつりといった。

「あのさ、肌があう女って、会ったことあるか」

川北の顔がぴくりと引きつった。メガネを直したが、なにもいわない。脇田が雅人の肩をつついた。

「なんだよ、お安くないな。なにかあったんなら、白状しろよ」

女好きの歯医者を無視して、雅人はいった。

「いや、このまえ人からきいてね。肌があう女とセックスすると、もう離れられなくなるって話なんだけど」

おっとりと銀座の文房具屋の跡取り息子がいった。

「いったいどんなのを、肌があうっていうんだ」

雅人は前夜に起きたことを思い返していた。じっとりとてのひらと腰のうしろに汗をかきそうだ。

「よくわかんないけど、その人はいっていた。もう肌と肌がふれただけで、まったく違うそうなんだ。しっとり吸いつくようなのに、弱い電気が流れてるみたいにぴりぴりした刺激がずっととまらないんだって」

脇田が口笛を吹いた。高価なスコッチをがぶりとのむ。

「おれもかなり数だけはこなしてきたけど、そういうのはまだないな。あこがれるなあ。肌と肌がふれあうだけで電気なら、やっちまったら稲妻に打たれるようなもんだな」

実際にそのとおりだった。千映のなかに雅人のペニスが収まったとき、確かになにかが変わったのだ。男をしらない千映の内部は、雅人のペニスを記憶するように形を変えて、ぴたりと吸いついてきた。ペニスの全長を包むあの感触を思いだしただけで、雅人は腰が浮きそうになった。この感覚を他人からきいた経験として、どう伝えればいいのだろうか。雅人が迷っていると、川北がいった。

「地獄だよ」

脇田がおかしな声をあげた。

「なんだよ、雅人がきいたのはおまえからだったのか」

ディーラーは眉をひそめたまま、首を横に振った。

「ただ気もちがいいなんてものじゃない。ほんとうに肌があう女ってのは、凶器といっしょだ。セックスは気が遠くなるくらいいいが、やるたびに怖くなる。このままどこまでよくなるんだろう。おれたちはいったいどうなっていくんだろう」

川北は苦いものでも吐くようにそういった。脇田を見た視線を雅人に移す。皮肉げに口元をゆがめた。

「まあ、合コンがどうのとかいってるあいだは、なかなかわからんかもしれないけどな」

原宿の歯科医は丸い身体《からだ》をねじるようにして叫んだ。

「なんだよ、おまえばっかり大人ぶりやがって。それなら、おれのこの夏の目標は、そういう肌のあう女を探すことにしよう。なあ、康之もまだそんな女に会ったことないだろ」

坂はおおきな身体を丸めていた。この男にはどこにいても、自分の身体をもてあましているような印象がある。

「ないよ。でも、英次のいうとおりかもしれない。そんな女に会うのは、ちょっと怖いよ。しかも、そいつは結婚相手じゃないんだろ」

川北が顔を伏せたままちいさくうなずいた。胸が苦しそうだ。雅人にはその痛みが自分のもののようだった。そっと声をかける。

「そっちの相手はどんな人なんだ」

理論派のディーラーは、まったく酔っていない顔でいった。

「人妻だよ」

脇田がいった。

「どこで会ったんだ」

「このすぐ近く。グランドハイアットで開かれたうちの会社主催の投資セミナーだ」

坂があきれた顔をした。

「お客に手をつけたのか」

「ああ、飛び切りの優良顧客だ。うちのファンドに十桁《けた》の金をいれてる資産家の妻だ」

脇田がため息をついていった。

「十億円以上か」

しばらくVIPルームが静まり返った。雅人は苦しげな顔をした男を眺めていた。川北は目をそらし、黒い部屋の黒い壁を見ている。カミソリのように切れるこの男が、それほど女に夢中になっている。雅人はそれが哀れでもあり、うらやましいような気もした。

「どのくらい続いているんだ」

雅人の質問に、にっと笑って川北がこたえた。

「十カ月と二週間」

カレンダーを見て、毎週のように確認しているのだろう。きっとこの男だけでなく、資産家の人妻も限られた逢瀬《おうせ》を指折りかぞえているはずだった。歯医者がいった。

「それで、あっちのほうはどうなんだ。やっぱり超絶的にすごいのか」

川北がじっと脇田を見つめ返した。先に目をそらしたのは、小太りの歯医者である。

「やっていることは、普段とたいして変わらない。でも、ぜんぜん違うんだ。おれは超絶的快感の定義はしらないが、ほかにくらべようがないという意味なら、超絶なのかもしれない」

雅人はうなずくだけだった。川北のいうことが身体にしみてくる。

「恥ずかしい話だが、おれは最初に彼女としたとき泣いたんだ。むこうも泣いていた。あまりに気もちがよかったし、おれたちはたがいに家庭をもっている。なぜ、あなただったのといわれて、おれも同じことをいい返すしかなかった」

隠れ部屋のなかの空気がねばりを増したようだった。息をするのも苦しくなる。

「おれだって、大学をでてからはそこそこ遊んださ。でも、彼女のように最高にフィットする女性と出会ったことはなかった。だけど、彼女は人のものなんだよ。おれは今幸せだけど、これからどうしたらいいのか、まるでわからない」

四人の男が黙りこんだ。雅人はバーボンをお代わりするために、インターホンをつかった。最高のパートナーに会うのは、幽霊とでくわすようなものかもしれない。いやおうなしに魅せられてしまうが、必ず後悔することになる。

23

午後十一時をまわっていた。雅人がそろそろバーをでようと思っていたときだった。ジャケットの内ポケットで、携帯電話が震えだした。開いてメールを読む。麻衣佳からだ。


＞雅人さん、今なにしてる？

＞わたしは会社ののみ会が

＞終わって、解散したところ。
＞なんだかシャンパンのんだら
＞すごくHな気分に
＞なっちゃった。
＞今日、これから
＞部屋にこない？
＞いいことたくさん
＞してあげる

脇田が横からのぞきこんできた。雅人はすぐにフラップを閉じてしまう。こうして麻衣佳から誘われたとき、これまで断ったことはなかった。だが、昨日の夜の疲れがまだ身体の芯《しん》に残っている。川北の話も身につまされた。今夜は帰って、静かに眠ろう。

雅人がディスプレイを隠して、返信を始めたときだった。新しいメールが届いた。

＞プライベートののみ会、

＞盛りあがっていますか？
＞わたしはなんだか、
＞おかしくなったみたいです。
＞なにをしていても、
＞雅人さんのことばかり
＞考えてしまう……
＞もし、お時間がとれるよう
＞でしたら、十分でもいいので
＞わたしの部屋にきて、
＞そっと抱き締めて
＞ほしいのです。

千映からだった。麻衣佳のメールで浮かんだいいわけが、読んでいくうちにきれいに蒸発してしまった。身体など疲れてはいないし、かえって昨夜の名残で腰の裏がむずむずしてたまらない。雅人は千映にこれからすぐにむかうとメールを打った。麻衣佳には、今夜は疲れている。またつぎの機会に埋めあわせをすると返事をした。

携帯電話を閉じて顔をあげると、川北がじっとこちらを見つめていた。

「なんだか、雅人もたいへんそうだな」

メールを読まれてはいないだろう。立て続けに二通も短い返信をしたので、なにか勘づいたのかもしれない。雅人は立ちあがりながらいった。

「さっきの肌があう女の話、今度ゆっくりきかせてくれ」

川北はにやりと笑った。

「ああ、わかった。ここにいるメンツで、あんな恐ろしい目にあったのは、おれと雅人だけみたいだからな。だけど、女ってほんとにかわいいよ」

雅人にはうなずくことしかできなかった。千映のメールを読んでから、腰に気だるい熱が生まれている。歯医者がいった。

「なんだよ、おまえたちだけ、わかったふりして」

雅人は笑って、右手を振った。

「お子さまは合コンでもしてればいいんだ、じゃあ、みんな、お先に」

川北と坂がうなずいた。雅人の腰で鈍い炎が燃えていた。この火を消せるのは、あの女だけなのだ。雅人は豪華なＶＩＰルームをあとにするとき、千映のなにもない部屋を思った。もう一度抱いてしまえば、もう離れられなくなるかもしれない。数十分後に迫った快楽の裏には、カミソリのような恐怖が張りついていた。

24

駅前商店街の路地の奥だった。街灯がひとつともる先には、かつては純白だった古びたマンションが建っていた。タクシーをおりて、雅人はしばらく千映の住む建物のまえで立っていた。契約社員の若い女性には、このくらいの部屋を借りるのも精いっぱいなのかもしれない。

雅人は若さの素晴らしさを思った。貧しさと可能性、なにももっていないことのシンプルな潔《いさぎよ》さ。すべて雅人がなくして久しいものだった。四十代もなかばになるが、雅人はそれまで自分が大人になったとも、年老いたとも感じたことはなかった。だが、若い女の命の力は、雅人のなかに積もった歳月を感じさせてくれたのである。

外階段を三階まであがり、インターホンを押した。金属の扉のまえで待っていると、しばらくしてドアが爆発的に開いた。

「雅人さん」

裸足《はだし》の千映が思い切り身体をぶつけてくる。入浴をすませているようだった。肩口で洗い髪のにおいがした。濡《ぬ》れた髪をなでて、雅人はいった。

「ここは廊下だよ。もうちょっとなかにはいろう。ドアが閉まらない」

抱きあったまま、狭いたたきにはいった。千映は顔を伏せたまま手を伸ばすと、玄関の明かりを消してしまった。

「わたし、なんだか怖いんです。昨日までとは、身体が変わってしまったみたいで」

千映の声は暗闇《くらやみ》のなかで震えていた。雅人の腰の裏側にたまった熱が、身体の前面にまわってきた。ペニスは千映の腹にふれて、半分充実している。雅人はあせっていた。昨夜は肌と肌をあわせたときに、弱い電流のようなものが流れていた。それがこの夜は衣服をとおしてさえ感じられるのだ。サマージャケット越しに千映の控えめな乳房にふれる雅人の胸は遠い火であぶられるようだった。

ふたりはなにもいわずに抱きあっていた。しばらくして、雅人の手が動きだした。薄手のTシャツの肩をすべり、背中をてのひら全体で広く均《なら》すようにふれていく。腕のなかで千映が身体を震わせた。声が漏れてくる。

「……やっぱり……昨日だけじゃなかった……雅人さんは……指になにかおかしなクスリとか塗ってない……ですよね」

だが、唇をかんでいたのは雅人も同じだった。両手の指先の十の腹。指紋の渦巻くあのちいさな面積にこれほどの神経が走っているなんて。千映の身体にふれると、指先がよろこぶのである。指にさえ性器と変わらないほどの快感があった。

千映が雅人の胸に顔を埋《うず》めて、においをかいでいた。額と頬をぐりぐりと押しつけてくる。

「雅人さんの汗のにおい……すごくいいです」

「そう、ありがとう」

千映がさっと顔をあげた。

「礼儀正しくお礼なんかいわないでください」

ごめんといいそうになって、雅人は千映の薄い胸を抱く腕に力をこめた。

「わたし、変なんです。今日は一日中、雅人さんに抱かれることばかり考えていた。昨日まで男の人と抱きあったことさえなかったのに、こんなふうになる。うちのお母さんのいっていたとおりなのかもしれない」

雅人は笑いながらいった。

「男はオオカミって話かな」

「いいえ。女の身体《からだ》には、自分でもどうにもならない力がある。だから、ほんとうの意味で大人にならなければ、セックスをしてはいけない。人を好きになるのは簡単だけど、セックスは、それは恐ろしいものだって」

雅人はワンルームマンションの玄関で千映を抱きながら考えた。現代の社会は、性的に解放されているのかもしれない。誰もがセックスはお手軽で、ほんものの恋愛のほうが困難だと思っている。だが、心などより、もっと微妙なのは身体のほうではないだろうか。心など見えないもので、いくらでもごまかしがきく。

けれど、身体は別である。ふれた瞬間に誰でもわかるのだ。この肌が違う、この指が違う、この汗のにおいも、性器のにおいも違う。富や知識や教養は抜け落ちて、ただ裸の身体にもどる時間。文化やテクノロジーにがんじがらめにされた人間が、最後の野性にもどるのが性の局面ではないだろうか。

千映がうっすらと唇を開いて、顔をうえにむけた。暗がりでも千映の肌は夜光塗料を塗ったようにかすかに青白く光っている。肌のすぐしたから光がこぼれてくるようだった。雅人は唇に唇を重ねた。この時間さえあれば、なんとかくだらない生活にも耐えられる。舌でふれる舌のやわらかさに言葉を失って、雅人は千映の細いウエストに腕をまわした。

裸でマットレスのうえに横たわった。千映はただ抱き締めているだけで、絶え間なく声をあげていた。雅人も同じように感じてはいたのだが、二十歳も年上の男性というメンツもあり、必死になって声をこらえた。頭のなかには、川北の言葉が響いている。

25

（なぜ、あなただったの）

どうして仕事もプライベートも絶好調だったこの時期に、千映はやってきたのだろうか。それはなぜ、妻の比沙子や麻衣佳ではなく、千映でなければならなかったのか。考えるほど混乱は深くなるが、目のまえにある快楽は圧倒的だった。

指と舌だけで、すでに何度か達している千映は、切ない目で見あげてくる。

「お願い、最後まで……ください」

雅人はゆっくりと千映のなかにペニスをすすませた。千映は先端のふくらみをのむと、苦しげな顔をした。

「だいじょうぶ？」

「はい。でも、ちょっとぴりっと痛むみたいです」

雅人は腰の圧力をゆるめた。中途半端《はんぱ》なポジションで、じっと体重を支える。

「わかった。しばらくこのままでいよう。痛かったら、ちゃんというんだよ」

千映は首を伸ばして、雅人の胸の真ん中にキスをした。

「はい」

先端だけ千映のなかに埋まったペニスからは、微弱な電気が流れ続けていた。千映も雅人も、腰はまったく動かしていない。

「なんでこんなふうになるのか、よくわからないよ。千映ちゃんはこれがあたりまえだと思ってるかもしれないけど、男と女がこんなふうになるなんて、宝くじにあたるようなものなんだ」

それがどれほど苦しいことかは黙っていた。千映は目を閉じて、雅人の腰に手をまわした。

「もうだいじょうぶみたいです。もっと奥までください」

強い力で雅人の腰を引き寄せてくる。

「わかった。でも、まだ二回目なんだ。そんなにあせったらいけない」

雅人は千映の手をはずして、ゆっくりと内部を確かめるように、ペニスの先をじりじりとすすめていった。つけ根まで収まる直前のことである。千映のなかで、またあの変化が起こった。それまではゆとりがあった千映の性器の内部が、雅人のペニスにあわせて形を変えたのである。それはきつい手袋やソックスを身につけるときの感覚に似ていた。最初はなかなかはきにくい。だがきちんと収めてしまえば、なにもつけていないように自由に動ける。しかもどんな形になっても、しなやかに寄り添いぴたりと動きをフォローしてくれる。そのとき、千映がさらに声をあげた。

「あっ……」

雅人はじっとしたまま、ペニスに吸いつく内部の感触に酔っていた。

「千映ちゃんもわかった？」

千映は頬を染めてうなずいた。

「はい、今、雅人さんとわたしが、ぴたりとひとつになりました」

「昨日も、こんなふうになった。気づいていた？」

千映が首を横に振ると、淡い胸の先が左右に揺れた。

「わかりませんでした……でも、これ、ちょっと」

千映のなかにいると敏感な先端だけでなく、ペニスのつけ根にさえ微妙な快感があった。雅人はずるりと数センチ、ペニスを後退させた。

「ダメー、それ……おかしくなる」

雅人はそこでとまらなかった。ずるずると濡れた音を立てて、また先端だけ収まるほど、腰を引いてしまう。千映はそのあいだずっと泣き続けていた。

「ひどいです……お願いだから、もう」

雅人は引いていた腰を、また最初のときと同じようにじりじりとすすませていった。全長が収まると、きちんとさっきの感触がもどってくる。女性ものの絹の手袋のなか、隙間《すきま》なく満ちる五本の指。千映の内部は濡れて張りつく絹の袋のようだ。

「わかる？　千映ちゃん。一度ああして肌があうと、あとはなにをしてもだいじょうぶなんだ。なにをしても気もちいいし、どんなふうにでも動ける。ほんとうはこんなこと、絶対におかしいんだけど」

雅人は千映の奥を突くように腰を押しつけ、ゆっくりとまわした。逃げ場を失ったクリトリスが悲鳴をあげる。

「それ、ダメです……雅人さん……わたし、おかしい」

千映は身体を震わせ、全身に汗を噴きだしながら、その夜何度目かのエクスタシーを迎えた。雅人は千映の肌に酔った。どんな動きにも、素晴らしい反応が返ってくる。それは男を有頂天にさせる身体だった。自由自在に女性をあやつっている気になるのだ。

だが、性のなかでは男女の差などどきっとどこにもないのだろう。そこにはあやつる者も、あやつられる者もいない。生命の仕掛けにとらわれて、必死にもがくふたつの命があるだけだ。

雅人は何度かの休息をはさんで、千映とつながり続けた。今度はある程度の時間、もちこたえることができたし、射精は千映の白い腹におこなった。千映は手を伸ばし、指先でねばりを確かめた。

「すごく濃い。なんだかゼリーみたいですね」

いつまでも指で命の元をもてあそんでいる。雅人はクライマックスのあとの気だるい頭で考えていた。これで二度目だ。この若い女に、自分は完全につかまってしまった。自分からすすんで罠《わな》にはまったのだ。

26

神宮前の自宅にもどったのは、深夜二時すぎだった。普段ならとうに消えているはずの二階のリビングに明かりがついている。天窓から四角く光が漏れていた。

雅人は内心ぞっとしながら、玄関先で身体検査をした。ジャケットに長い髪はついていないか。シャツにファンデーションは残っていないか。唇にルージュのあとはないか。最後に自分の肩先に鼻をつけて、女のにおいがないか確かめてみる。

比沙子が起きていたのは想定外で、雅人はあわててしまった。ドアノブに手をかけて考え直した。男は良心をもつ生きものである。反省して変にドギマギするからばれるのだ。浮気をする主婦のように堂々としていればいい。いつもの自分は深夜にのんで帰れば、やたらに調子がいいか、疲れたといって愚痴るかのどちらかだ。妻の様子を見て、どのコースでいけばいいか考えよう。ドアを開けて、暗い玄関で声をかけた。

「ただいま。まだ、起きてたんだ」

螺旋《らせん》階段を抜けて、妻のやわらかな声がもどってくる。

「おかえりなさい。お疲れさまでした、あなた」

雅人は比沙子の声が好きだった。また今夜も妻を裏切ってしまった。良心が痛む。階段をあがり、リビングに顔をだした。比沙子は革のソファではなく、テーブルにむかって頬づえをついていた。まえには本が一冊おいてある。

「ああ、疲れた。今夜は遅くまで引きまわされて、もうくたくただよ」

テーブルのそばまできて、妻の様子に気づいた。

「泣いてるのか、比沙子」

なぜ、もうよその女のことがばれているのだろうか。背中の冷や汗がとまらない。だが、妻は指先で目をぬぐうと笑った。

「今、読み終えたところなの。ちょっと感動しちゃった」

雅人は安堵《あんど》を隠して、テーブルの本を手にとった。同世代の男性作家の恋愛小説である。なにか賞をもらっていたはずだ。雅人が読まないタイプの作品である。

「その本ね、四十五歳の女の人と十七歳したの男の子の恋愛が書いてあるの」

雅人は椅子《いす》を引いて、腰をおろした。ぱらぱらとページをめくってみる。ヒロインは版画家のようだ。

「へえ、おもしろかった?」

比沙子はすこし考えた。ノーメイクの顔に千映との十七歳の違いがはっきりとわかった。こちらももちろん美しいけれど、二十代ではない。

「単純におもしろいというのとは、ちょっと違うかな。泣かされちゃったけどね」

雅人は妻の関心が自分ではなく、本にむかったことをよろこんでいた。

「へえ、どうして」

比沙子はいたずらっ子のような目で、夫を見た。手を伸ばしてくる。雅人は違和感を覚えながら、妻の手をにぎった。

「わたしはあなたといて幸せだけれど、心がすこし乾いていないかなあ。この本の主人公みたいに、わたしの気もちがうるおう日はあるのかな。そんなふうに思っていたら、ちょっと泣けてきちゃった」

雅人は天井を見あげた。天窓には星のない東京都心の紺の空。笑いをふくんだ声でいう。

「だったら、比沙子も十七歳したのボーイフレンドでもつくってみたらどうだ？　比沙子なら絶対若い男が寄ってくるし、その気になれば選りどりみどりだよ」

「そんなことをいってくれるのは、あなただけよ。わたしだってもう四十をすぎたもの。若い子にはおばさんよ」

自分が千映と出会ったのは四十五歳だといいたかった。だが、なにげない会話が恐ろしいくらい未来を予見していたとは、そのときの雅人が気づくはずもなかった。

27

初夏の数日が静かに流れた。雅人は千映との三度目を必死にこらえていた。仕事も家庭も、もうひとりの愛人のことも、すべてを忘れるほど若い女にはまりたくはない。ちいさなプロダクションの社長業がどれほどいそがしいといっても、息を抜く時間も一日のうちいくらかはあった。そんなとき、雅人は書店かＣＤショップをめぐることにしている。タイトルを確かめずに、映画館にはいってしまうのもいい。今の時代の風にふれておく。それは雅人の仕事にとって、大切な要件のひとつだった。

その日の夕方、雅人は六本木ヒルズの裏にあるＴＳＵＴＡＹＡにいた。海外のデザイン誌や写真集が充実した店だ。ここで本を買い、オープンテラスのデッキチェアで中身を確かめる。晴れた日の気もちのいいひま潰《つぶ》しだった。見あげると夕空の半分を占めて、森タワーがシャンデリアのように透明に輝いている。人間という生きものがつくりだす空恐ろしいほどの無駄を、雅人は感じずにはいられなかった。

メールが着信して、テーブルのうえで携帯電話が震えだした。フラップを開いて確認する。麻衣佳だ。

＞雅人さん、久しぶり。
＞今夜はいそがしい？
＞わたしは生理直前で、

＞身体《からだ》が雅人さんを
＞求めています。
＞今度振られたら、
＞誰でもいいから
＞声をかけてきた男の人と
＞しちゃうかもしれない……

大人の女性の性欲が、雅人にはかわいらしかった。女の性欲を認めない男というのは困ったものである。男が抱きたいように、女も抱かれたい。いや積極的に抱きたいと思っている。成人雑誌やＡＶなどで垂れ流される受身の女性のイメージは、青少年には害毒ではないのだろうか。

前回麻衣佳からもらったメールを、雅人は思いだした。あのときは千映の誘いとバッティングして、麻衣佳を断り、若い女のほうを選んだのだった。雅人はすぐにメールを打った。空はまだ明るいが、ビルの足元を飾るケヤキ並木のあいだには、澄んだ暗闇《くらやみ》がたまっている。

＞このまえはゴメン！
＞今夜はだいじょうぶだよ。
＞いつ、どこにいけばいい？
＞麻衣佳がだれかれかまわず
＞通行人を襲うところ、
＞見てみたい気も
＞するけどね（笑）

自分のメールを読み直して、微笑しながら送信した。ロバート・メイプルソープの花と男性器の写真を眺めながら、返事を待つ。家も買った。妻もいる。自分の会社は順調な業績を重ねている。美しい愛人もいる。雅人がだし抜けに焼きつくような幸福感に打たれるのは、こんな時間である。震えだした携帯電話をゆっくりと開いた。

＞わたしの部屋で8時。
＞きっとだいじょうぶだろうと
＞思って、何日もまえから

＞ヴィンテージのシャンパンを
＞冷やしてあるんだ。
＞わたしはぎりぎりまで
＞仕事して
＞会社で夕食をすませます。
＞雅人さんもなにか
＞たべてきてね。
＞簡単なおつまみくらいなら
＞つくれるんだけど。
＞今夜はディナーはいいの。
＞たくさん抱いてください。

雅人の顔がゆるんだ。つきあいの長い愛人には、妻とはまた別な意味での遠慮のない関係がある。同じようにセックスをするのでも、やはり妻とでは微妙に生活感がにおうのだった。

腕時計を確認した。ジャガー・ルクルトの針は、六時半をさしている。買いこんだ本でも読みながら、ヒルズのイタリアンでパスタでもたべようか。席を立とうとしたところで、再び携帯電話が震えだした。

∨雅人さん、今日は
∨直帰なんですね。
∨いそがしいかな?
∨わたしはめずらしく
∨残業がないんです。
∨もう会社を
∨でられるんですけど、
∨ちょっと会えませんか?

今夜は麻衣佳のためにつかうはずだった。ひとり静かに冷えた白ワインをのみながらパスタをたべる。それで優雅な夕食だと思っていた気もちが揺らぎ始めてしまう。雅人は麻衣佳にすまないと感じながら、返事を打った。

＞今、ヒルズにいます。
＞ひとりで晩飯にするところ。
＞8時にはこちらをでるけど、
＞いっしょにパスタでも
＞たべる？
＞タクシーですぐにおいで。
＞待ってるよ、千映。

いつか地獄に落ちるとしても、雅人は今のこのときさえ幸せならかまわなかった。好きに生きて、女を愛し、死んだあとのことになど、どんな意味があるというのだろうか。どちらにしても、地獄にはイート・ア・ピーチの仲間ではないが、よくしる顔ぶれがそろっていることだろう。

28

毛利庭園の緑を見おろすテラス席で、千映と冷製のパスタをたべた。糸のように細いカペッリーニと湯むきしたフルーツトマトが、オリーブオイルと岩塩であえてある。ほぐした毛ガニの身はかえって邪魔だった。妙になまぐさいのだ。もっともこのカニをつかわなければ、一皿二千円以上はとてもとれないのだろうが。

千映との会話は、よくはずんだ。最初のころこそ、ほんの数日にせよ身体をあわせてから時間があいたのでぎこちなかったが、ワインの酔いと空からおりてきた夜のせいで、硬さはきれいにほぐれていく。

肌があう相手というのは、心もあうものだろうか。千映とはなにを話しても心地よく、ずっと笑いあっていた。会話の内容を考える時間も必要ない。ただおたがいの心が言葉の形をとって響きあうだけだ。

フランボワーズのソルベと紅茶のケーキが最後のドルチェだった。紅色のソルベを銀のスプーンで崩して、千映がいった。

「今夜は雅人さん、先約があるんですよね」

うつむいたまま千映が前髪を夜風に揺らしている。雅人はよほど麻衣佳との約束をキャンセルしようかと思った。

「ああ、すまない。まえまえからの約束で動かせなくて」

冷たいドルチェをひとさじ口に運んで、千映が笑った。

「でも、今夜は会えたからよかったです。わたし、ほんとうは不安だった。映画とか小説とかにでてくる男の人って、一度してしまうと女の人にたいして冷たくなったりするでしょう」

つい先週まで処女だった千映が、もう男の心配をしている。能天気な男たちとは違い、女の成長は速かった。雅人は急にとなりの席に座る女性がいじらしくなった。

「心配しなくてもいいよ。千映ちゃんに惹《ひ》かれていなければ、二度目の夜も、今夜の食事もなかった。また、つぎの機会にね」

千映はスプーンをおいて、急に雅人の手をとった。自分の胸に抱えるようにして、指の先にキスをした。

「この手だけでももって帰りたいです。雅人さんの身体のあちこちのこと、何回も何回も思いだしました。こんなふうになるなんて、怖い」

千映が静かに泣いていた。雅人は胸のふくらみに押しつけられた手のひらをとおして、千映の熱を感じていた。視線ははるかしたの庭園に落ちている。周回路を若い恋人たちが歩いていた。自分たちとあのカップルのどこが違うのだろうか。雅人が腕時計に目をやったのに、千映が気づいたようだった。先に席を立ったのは千映である。

「ちょっとお手洗いで、顔を直してきます」

雅人はそのあいだにウエイターを呼んで会計をすませ、ぼんやりとヒルズの裏の夜を眺めていた。

テレビ朝日のまえで、タクシーをとめた。そっと千映の背中を押していう。

「先にのって。つぎのでぼくはいく」

うなずくと、千映は急に身体をひるがえした。背伸びするように雅人の唇にキスをしてくる。ほんの一瞬のキスだった。飛び離れると、千映は髪を乱したまま笑った。

「ごちそうさまでした。今夜のごほうびはもらったから、今日はいい子で帰ります。でも、また誘ってくれないと嫌ですからね」

千映はぺこりと頭をさげて、タクシーのなかに消えてしまう。雅人はずっと唇に指をあてながら、赤いテールライトを見送った。

女の唇というのは、なぜこれほどやわらかいのだろうか。この世界に意味はなくても、きっとそのやわらかさには意味があるような気がするのだった。

29

かよい慣れた麻衣佳の部屋だった。リビングのソファは籐製《とうせい》でクッションは紺だ。雅人用に麻衣佳が用意していたタオル地のガウンも深い艶《つや》のある紺色のベロアだった。そのガウンのまえを開くように、雅人の足のあいだに麻衣佳が座っていた。床に横座りしている。そのポジションが麻衣佳は一番落ち着くという。もう何度も乾杯をしていた。サイドテーブルには、雅人がプレゼントしたアイスペールとシャンパンが見える。

麻衣佳の左手はシャンパンのフルートグラスを、右手は雅人のペニスのつけ根をにぎっていた。直立したペニスは麻衣佳の好きなおつまみである。雅人はシャンパンで冷えた口で何度も丸く濡《ぬ》れた先端をなめまわされている。

「あー、しあわせ」

麻衣佳はそういうと舌だけだして、ペニスの頂を左右に刷《は》くようにした。ちりちりとした刺激が生まれるが、それは千映とのときのような電流は生まなかった。麻衣佳はペニスに頬を寄せた。

「雅人さんのここの味のキャンディとか誰かつくってくれないかな。そうしたら、仕事中ずっとなめてるんだけど」

麻衣佳の肩に手をおいた。やわらかな脂肪のなかに指が埋まっていきそうだ。千映の硬い身体《からだ》とは違うが、これはこれで指がよろこんでいる。

「そんなキャンディがあっても、麻衣佳くらいしか買わないよ。第一、それじゃあ仕事にならないだろ」

麻衣佳のバスローブは白だった。雅人は手を伸ばして、メロンのような房をにぎった。敏感な乳首にいくまえに、なるべく全体を均一にふれておく。いつもの雅人のさわりかただった。

「ダーメ。今日はわたしがいいっていうまで、さわらないで。気が散って、雅人さんのここの味がわからなくなる」

雅人はあきらめて、シャンパンとペニスの先に生まれる快感に集中することにした。麻衣佳の舌はよく動いた。ペニスの表と裏、両側面、つけ根と先端。不思議な形で身体から生えだした器官の全表面を、計測でもするようにすべて舌先で確かめていく。声がでてしまうほど感じるときも、靴のうえからかくほどにしか感じないときもあった。だが、麻衣佳は雅人の快感とは別の原理で動いているようだった。このペニスが愛《いと》しくて、雅人にではなくその気もちを直接ペニスにぶつけているようなのだ。思う存分味わってから、口のまわりをべたりと光らせて麻衣佳がいった。

「なんだか、いつもの雅人さんと形が違うみたい」

千映とは二度セックスしただけだ。それでペニスの形まで変わるはずがなかった。だが、雅人の心臓はどくどくと脈打っている。それがペニスにまで届くのがなんだか滑稽《こっけい》だ。

「大人になったら、そうそう形なんて変わらないだろう。ほんとに麻衣佳はそんなふうに感じるのか」

足のあいだに潜りこみ、舌でつけ根をなめた。指で太さを確かめている。

「うーん、気のせいだといわれたら、そうかもしれないけど、なんだかここがすこしくびれた気がするんだ」

千映とぴたりと張りついたとき、締めつけられた部分である。ペニスのつけ根だ。雅人は笑ってごまかした。

「へえ、そんなことあるのか」

ペニスの先端に透明な滴《しずく》が生まれた。麻衣佳はとがらせた舌で露をすぐになめとってしまう。

「別にどっちでもいいけど。でも、もしここが細くなっちゃうくらい締まる人がいたら、雅人さん、離れられなくなっちゃうね」

若い桃のような産毛《うぶげ》の生えた肌を思った。千映の白い肌だ。麻衣佳は熟しきって、赤くやわらかになった果肉だった。雅人は胸のなかをひやりとさせながらいった。

「ほんとだな。そんな女がいたら、手放せなくなるかもしれない」

麻衣佳が顔をあげて、足のあいだから雅人をじっと見あげてきた。

「もし、そうなっても、わたしともちゃんとしてくれなきゃ嫌だからね」

投げ捨てるようにそういうと、雅人の顔も見ずにペニスをくわえた。先ほどまでとは比較にならない激しさである。唇を輪ゴムのように締めて、張りつめた先端だけ吸いあげるようにする。雅人は低く声を漏らした。

「そんなことされたら、やばくなりそうだ。そろそろ麻衣佳にいれさせてくれよ」

麻衣佳はペニスに頬を寄せて、妖《あや》しい目でいった。

「わたし最近、雅人さんのをなめてるだけでいきそうになるんだ。だから、今夜はぎりぎりまでなめるから、いきそうになったら、このソファでいれて。雅人さんもそれまではいかないように我慢するんだからね」

うなずいた雅人はそれから二十分間、麻衣佳の猛攻に耐えた。ソファに手をついた麻衣佳のなかへの最初の往復で、情けないほどの声をだして、射精してしまった。麻衣佳もほぼ同時に達している。エクスタシーで震えながら、雅人は思った。女性の器官は解剖学的にはすべて同一なはずなのに、なぜこれほどひとりひとり異なっているのだろう。花はすべて植物の性器だが、花の美しさはひとつとして同じではない。男たちの地獄は、そこに始まるのかもしれなかった。

30

社長室の机のうえには、書き散らしのコピー用紙が何枚か広げてあった。そこには仕事の手順といっしょに、ぐりぐりとダーマトグラフで描かれた三角形や四角形が見える。

雅人はスケジューリングこそ仕事の要《かなめ》だと思っていた。ある時間集中すれば、自分にどれだけの分量の仕事ができるかはもうわかっていた。できる限り効率をあげるためには、段どりをよくしていくしかない。半年分、三カ月分、ひと月分、一週間分、そして毎朝自分の席につくたび一日分、雅人はスケジュールの見直しを、必ず自分で実行していた。

その日は恒例の十分間のリスケジューリングのあとで、じっくりと自分のプライベートについて考えこんでいた。四角関係にまで発展してしまった女性問題についてである。

妻の比沙子の座は揺るぎなかった。愛情も残っているし、家庭や親戚《しんせき》関係もある。子どもはいなかったが、ふたりで築いてきたものも、神宮前の家やこの会社をはじめ数え切れない。妻とは共通の知人友人も多かった。なによりも、比沙子とは中年夫婦のあいだで流行《はや》り病《やまい》のようになったセックスレスではなかった。今も毎週のように求めあっているのだ。

麻衣佳とはつきあいも長くなって、すっかり情が移っていた。仕事の相談などは、妻よりも同じ業界で仕事をしている麻衣佳にすることのほうが多い。身体もなじんで、麻衣佳自身もこれまでの人生で、今が女性としてピークにあると自分でいっている。とても手放すことなど考えられない愛人一号だった。

どっしりと安定した正三角形。雅人はつい先日まで、自分がその揺るぎない頂点にいると思っていた。けれども、そこに千映があらわれてしまった。

（二十歳年した、会社の部下、しかも処女）

数えあげれば危険このうえない三条件を重ねもった相手だった。それがたった一度のセックスで、運命的に肌があってしまったのだ。雅人にはそれが天国なのか、地獄なのかわからなかった。ただあの泥沼から抜けだせそうにないと感じるだけである。

もちろん雅人も四十代なかばと大人になっていたから、このままでは危険なことはよくわかっていた。もっとも安全な道は、新参の愛人・千映を切ることだろう。なにもなかった振りをして、冷たく千映に接する。そのうち期限が来れば、契約社員の若い女性は、自分から会社を去っていくことだろう。千映はすくなくとも、それでとり乱すようなタイプではない。

だが、あの身体を即座に手放せるかというと、頭とは逆のこたえを身体がだすのだった。麻衣佳を久々に抱いたときにはっきりとわかってしまった。今の雅人のセックスは、すべて千映が基準になってしまったのである。

身体を重ねるたびに、性の深淵《しんえん》をのぞき見ることになるあの肉体。最高の快楽は恐怖の別名だと痛感させられる交わり。このまま四角関係を続ければ、致命的なクラッシュコースにのるのは間違いないだろう。いつかおおきな事件に遭遇して、すべてが崩壊していく。雅人は恐怖と欲望のあいだで立ちすくんでいた。

初夏の社長室で、雅人は孤独だった。仕事はある意味、単純作業である。もう自分の手を動かすこともなく、会社という自動機械が富と成功を生みだしてくれる。だが、人生なかばの黄金期を迎えた自分自身の肉体や欲望は別物だった。ひとりきりでなんとかマネージメントしなければならないのだ。これだけは妻にも愛人にも、友人たちにも頼ることはできなかった。

第三者は贅沢《ぜいたく》な悩みだというかもしれない。けれど、どれほど愚かしい問題でも、当事者にとって悩みは悩みである。生きるべきか、死ぬべきか。抱くべきか、抱かざるべきか。社長室の雅人は、イタリア製のジャケットを着た愚かなハムレットだった。

モダンなガラス天板のデスクのうえで電話が鳴った。雅人は三回ベルを数えてからのろのろと受話器をとった。とてもビジネスの話をする気にはなれない。

「はい、なにかな」

秘書代わりの小暮節子の声だった。

「外線です。川北さんとおっしゃるかたですが、どの会社とも所属はおっしゃいませんでした」

イート・ア・ピーチのVIPルームで苦しげな顔をしていたディーラーを思いだす。

「わかった。仕事の関係じゃなくて、友達だ。すぐに、でるから」

点滅中の外線ボタンを押して雅人はいった。

「よう、どうした。そっちから電話がくるなんて、めずらしいな」

川北は電話もメールも不精な男である。

「ああ、急で悪いんだが、今夜時間はとれないか」

「なんなんだ、いったい。おまえらしくないな」

川北は論理と情報の人である。そうでなければ、外国人のボスと部下をもつのは困難だろう。それがすまなそうに今日の夜の予定をきいてくる。

「このまえの夜の話を、彼女にしたんだ。彼女がおまえと話してみたいといった。むこうは月に二回しか、夜の外出ができないんだ。できたら、今夜だとありがたい」

クライアントの妻に手をつけた。肌があうのが地獄だといった川北である。雅人は即座に返事をした。

「だいじょうぶだ。どこにいけばいい」

「東京ミッドタウンのレストランだ。ニューヨーク風と話題になった店しってるか」

「あそこはなかなか予約がとれないので有名だろ」

むこうの人気店をそのまま六本木に運んできたと評判のレストランである。川北はつまらなそうにいった。

「うちの会社でよくつかっていてね。上得意なんだ。マネージャーになんとか予約をひとつねじこんでもらった。じゃあ、七時でいいか」

雅人はスケジュールを確認した。今夜は広告関係の打ちあわせはない。仮にあっても、そちらのほうはきっと時間をずらしたことだろう。友人がずぶずぶにはまりこんだ運命の女の顔を見る。これほど暗く、魅力的な顔あわせがほかにあるだろうか。

31

窓の外は照明を浴びた夜の芝だった。目のつんだ緑のカーペットのむこうには、都心のビル群がガラススタンドのように林立している。初対面の外国人ウエイターは、古くからの友人のようににこやかに挨拶《あいさつ》をしてきた。川北の女がいった。

「最初はシャンパーニュでいいかしら」

雅人と川北がうなずいた。ウエイターはワインリストをもって去っていく。川北がとなりに座る女のほうへ目をやった。

「こちらが瀬沼恵美《せぬまめぐみ》さん。もうわかってるからいいだろうが人妻だ。名古屋周辺に五十店舗のパチンコチェーンをもってる瀬沼グループ代表の奥さんなんだ」

パチンコ屋のチェーンか。雅人の表情を読んだようである。川北の目は鋭い。

「瀬沼グループの金融資産は二百億円をすこし超えたところだ。うちはそのうち二十パーセントをまかされている」

川北は外資系の証券会社に勤めていた。そこに四十億円の資産運用をまかせている。

優良顧客もいいところである。雅人は背筋が冷たくなった。

「ということは、そっちの関係が代表にばれたら、英次の首が飛ぶんだな」

フルートグラスがみっつ届いた。三人は無言で糸のように細くシャンパンが注がれるのを眺めていた。雅人は恵美をそれとなく観察した。

年齢は三十代なかばだろうか。縦ロールの茶髪に、金糸を縫いこんだシャネルスーツ。銀座のクラブでママが務まりそうな整った冷たい印象の美人だった。川北は仕立てはいいが、いつも地味なダークスーツばかりである。雰囲気は対照的だった。身体《からだ》はモデル体型で、雅人の趣味ではない。バランスよく整っているだけでは十分でないのだ。女性の身体の魅力は不思議だった。

グラスに手を伸ばして、雅人はいう。

「じゃあ、運命のふたりに乾杯しよう。一生肌があう相手と出会うこともなく、死んでいくかわいそうな男女だっていくらでもいるんだ。ふたりが出会えた幸運に乾杯！」

他人の色恋なら、雅人にもいくらでも余裕があるのだった。くすりと笑って、恵美がいった。

「奥山さんのお話もききました。出会ってしまったんでしょう。おたがい苦しいみたいですね」

千映の顔を思いだす。とたんに胸が締めつけられた。腰のすわりが悪くなる。

「だいたい、どっちのほうが先に声をかけたんですか。英次はぜんぜん口がうまいタイプじゃないけど」

川北と恵美は目を見あわせた。それだけで、恋するカップルの空気があたりに濃厚に立ちのぼった。自分と千映も他人から見るとこんなふうだろうか。

「代表と恵美さんがいっしょに投資セミナーに出席してくれてね。そのあとで歓迎の食事会を開いたんだ。代表は翌日帰るといったが、恵美さんはあと一日東京に残るという。それで、うちのボスがふざけていったんだよ。おれをボディガードにつける。規定の投資顧問料以外のスペシャルサービスだって」

雅人はシャンパンをひと口やった。甘くはないのだが、蜜《みつ》のにおいが口に残った。

「すると、翌日おれの携帯が鳴った。番号を教えていなかったのに、彼女だった。なぜ、電話してきたのかは恵美さんにきいてくれ」

雅人は全身から金のにおいを放つ人妻を見た。シンプルにきく。

「なぜ、電話したんですか」

恵美は華やかに笑って、そっと川北の肩にふれた。ネイルはジャケットと同じゴールドである。

「英次さんのこと、ディナーのときから、ちょっと素敵だなとは思っていたの。それで彼のボスに電話番号をきいたんです。電話したときには、別になにも考えてはいなかった。まさか、こんな関係になるなんて」

ふたりはテーブルクロスのしたで手を結んだようである。いい年をした男と女だが、それは微笑《ほほえ》ましい風景だった。

「ボスは本気だったんだよ。金主のわがままはいくらでもきくというのが、ドライなアングロ＝サクソンのやり口でね。ぼくは彼女を連れて、東京の新名所をガイドブック片手に案内してまわった。ほとんどの場所はよくしっていたくせに、毎回すごい、素敵なんていってくれてね」

恵美は大輪の花のように笑った。

「だって、あまり一生懸命だから、調子をあわせないとかわいそうな気がして。それで、夜、わたしが泊まっていたホテルで中華をたべて、部屋まで送ってもらって、ドアのまえでふざけて握手をしようと手をだしたの。そうしたら……」

人妻の目がピンクに濁ったようだった。その先は雅人にも想像がつく。

「手にふれた瞬間、なにかこれまでとはぜんぜん違っていた。弱い電気でも流れたようなあの感じ」

川北が首を横に振った。

「おまえもあれに出会っちゃったんだな。かわいそうに」

恵美は肩をすくめた。裁ち落としたカラーの先がやわらかに揺れる。

「そうかな。あんなにいいこと、ほかにないと思うけど。気がついたら、わたしたちは夜のホテルの廊下で抱きあっていたの。なにもいうことなんてなかった。なにかを確かめる必要もなかった。そうするのがあたりまえみたいに、スイートルームにはいって、ベッドに倒れこんだ」

恵美の言葉には後悔はかけらもないようだ。さばさばという。

「わたしも三十八歳になる。それなりにいろいろな経験はしてきた。でも、英次さんとのときは、心の底からびっくりしてしまった。今までセックスだと思ってしてきたのは、いったいなんだったんだろう。あんなの全部、セックスのまね事じゃなかったのかなって」

雅人は友人の言葉を思いだした。

「それで、英次も恵美さんも泣いてしまった」

シャンパングラスをもちあげて、人妻はいった。

「そうなの。どうして、あなたはわたしの夫ではないの。こんなの間違ってる。わたしはそう思ったの。あれから、十カ月以上になるけど、わたしは英次さんとのことはまったく後悔していない。できるなら、いつまでもこの関係を続けていきたいと思ってる」

ふたりから熱が放射されているようだった。その熱を正面から受けて、雅人はすくんでいた。このふたりのように自分と千映も、欲望の泥のなかに沈んでいけばいいのだろうか。川北がちらりと同類にむける笑みを見せた。

「それより、そっちの運命の人はどうなってるんだ。どこでしりあった？　いっとくけど、ここの話はイート・ア・ピーチではおたがいに絶対のオフレコだからな。その相手って、麻衣佳さんじゃないんだろ」

雅人は身体を硬くした。じっと考えてしまう。まだ千映とのことは誰にも秘密にしていた。窓の外に目をやった。夏の芝は夜も緑。空は上等なタキシードのように星の穴も見えない濃紺のベルベットだった。ため息をついて、雅人はいった。

「うちに契約社員としてきてる女の子だ。おれより二十歳年したで、ついこのままでヴァージンだった」

へえと恵美が意外そうな顔をした。

「二十歳違いだと、うちの主人と同じだな。今、五十八だから」

川北がシャンパンをのみほしていった。知性派のディーラーとは思えない台詞《せりふ》である。

「おまえ、処女とやったのか」

もう破れかぶれだった。雅人もシャンパンをのみ切った。寄ってきたウエイターに、お代わりを注文する。

「ああ、やったよ。やったとたんに、おれもそっちと同じように恐ろしいくらいわかった。

恵美は冷たいセックスってものが、いったいどんなものなのか」

「ねえ、だったらこうしない？ ここにその彼女だけいないのは、不公平でしょう。奥山さん、その子をこれからこのお店に呼んでよ」

雅人はあっけにとられて、友人の秘密の恋人を見つめていた。

32

雅人たちが食後のエスプレッソをのんでいるとき、千映はやってきた。ジーンズに無地のTシャツ姿で、東京ミッドタウンのレストランでちいさくなっている。おどおどした千映を外国人のウエイターが席に案内した。テーブルのてまえで立ちどまると、千映は軽く頭をさげた。

「失礼します。なんだか、こんな高級なレストランだと緊張しちゃいます」

川北の不倫相手は千映の全身に視線を走らせた。にっと笑って、声をかける。こちらのスーツは、千映の服の百倍の値段がするのかもしれない。

「あなたが奥山さんの恋人なのね。さっきから、わたしたちはずっと肌があう相手とのセックスについて話していたの」

となりの席についた千映は、おびえたような表情で雅人に目をやった。

「だいじょうぶだ、千映ちゃん。きみとのことは、ここにいるふたりしかしらない。川北は昔からの友人で、外資系の証券会社でディーラーをやっている。彼女は瀬沼恵美さんといって、川北のクライアントだ」

千映が座ったまま頭をさげた。

「初めまして、早水千映です」

雅人は肝心なことを伝え忘れていた。

「ふたりはつきあっているんだが、別々な相手と結婚している」

恵美はさばさばといった。

「千映さんと奥山さんの関係と同じね。もっともあなたは結婚してないけど。それで、奥山さんとはどうなの」

不倫カップル同士の気安さがでたようだった。恵美はためらうこともなく質問してくる。顔にはでていないが、シャンパンで酔ったのかもしれない。

「どうって、なにがですか」

恵美は遠慮などしらないようだった。

「もちろん、セックス」

ウエイターが千映の注文したアイス・カプチーノをもってやってきた。恵美の言葉が耳にはいっただろうが、まったく表情を変えない。二十歳年うえの夫をもつ女が、ちらりと雅人のほうを見て笑った。

「奥山さんがいっていたの。最近、ぴたりと肌があう相手と出会ったって。怖いくらいの気もちよさなんだって。あなたがその人なんでしょう」

千映は困ったようにうなずいた。

「はい。あの、確かにすごくいいみたいですが、わたしは……あの……」

恵美が勇気づけるようにいった。

「わかっているから、だいじょうぶ」

千映は頰を赤く染めて、雅人のほうを見た。その様子を見ているだけで、雅人の腹の底で熱いものが動いた。急に無理をいって会社を抜けさせたのだ。今夜は千映を抱きたかった。若い女はうなずいていった。

「わたしは雅人さんのほかにしらないので、あれが普通なのか、いいのかわからないです。ただこの世界にこんなに素敵なことがあるのかと、信じられなく思うだけで。そういうのを肌があうっていうんですか」

恵美は手を振って笑い声をあげた。

「千映さんはものすごく運がよかったんじゃないかな。わたしは初めていくまでに、最初にしてから四年かかったもの。がつがつした同世代の男の子じゃなくて、奥山さんみたいな大人の人だったからよかったのかもしれないね」

千映は恵美から川北に視線を移した。ダークスーツのディーラーはエスプレッソを苦しそうな顔でのんでいた。

「川北さんと恵美さんも、その肌があうっていうことなんですか」

恵美がテーブルのしたで、川北の手をとったようだ。そのまま指先を結んでいる。

「そうだな、ぼくたちのときは最初に手をつなげたときから、なにかおかしな感じだった。指先に弱い電気が流れてるみたいなんだ。とにかく肌がふれあっているところがすべて気もちよかった。こんなにいいと天国だか地獄だかわからないよ」

千映は驚きの目で、それぞれ別な相手と結婚したカップルを眺めている。暗いレストランのなかで、横顔が白く浮きあがるようだった。比沙子と麻衣佳と千映。みな肌はそれぞれなめらかに整っていたが、白さと透明感では千映が圧倒的だった。雅人もテーブルクロスのしたで、千映の手を探った。やわらかくにぎり締め、手の甲にあまった指先を走らせる。

「あっ……」

千映は短く声を漏らした。恵美がテーブルに身体をのりだしてきた。

「やっぱり千映さんも、わたしたちと同じなの。手をにぎっただけで、そんなふうになるんだ」

千映はこたえずに目をしっかりと閉じて、眉《まゆ》をひそめている。ようやく口を開いたが、声は震えていた。

「……やめてください。そんなことをされたら、話もできなくなります」

雅人は手の甲から指先を離して、千映の細い指をつまんだ。これならだいじょうぶだろう。川北がいった。

「千映さんは初めてのときから、そんなふうだったのかな」

千映は黙ってうなずいた。三十代後半の人妻のようにあからさまにセックスについて語ることはできないようだ。

恵美は容赦なかった。

「でも、ちょっと心配よね。奥山さんには奥さんだけじゃなくて、もうひとり恋人がいるんでしょう」

雅人は麻衣佳の存在を隠してはいなかった。千映にもすでに話してある。千映は麻衣佳や比沙子のことをよく質問してきた。ときには雅人のことよりも、女たちへの好奇心のほうが強いのではないかと思うくらいである。

「千映さんは、それで不安にならないの」

雅人はテーブルのしたで結んだ手を離そうとした。千映が逆にしっかりとにぎり締めてくる。にこりと笑って、若い女がいった。

「わたしは誰かを独占したいと思うことはないみたいです。ちいさなころから、ずっと父親がいたりいなかったりしたせいかもしれません。男の人はいないのがあたりまえなんです。雅人さんは素敵な大人だし、ほかに女の人がいるのも当然だと思います」

川北が横をむいて恵美を見るといった。

「意外と大人だね、千映さん」

「わたしは絶対に無理だな。英次さんが奥さんと同じベッドで寝ていると思うだけで、眠れなくなるもの。奥さんのほかに、わたし以外の恋人をつくったなんてわかったら、なにをするか自分でもわからない」

シャンパンで赤くなった目で、じっと川北をにらんでいる。

「この人をわたしだけのものにしたい。こんなに素敵な身体《からだ》をほかの女にわたしたくない。会うたびにそう思うのよ。それが恋するってことでしょう」

雅人は返事をせずに困ったように笑うだけだった。自分の相手が恵美でなく、千映でよかったと思う。雅人は嫉妬《しっと》することにも、嫉妬されることにも慣れていなかった。嫉妬など感情とエネルギーの無駄づかいだと思う。三十八歳の人妻がいった。

「ねえ、千映さん。わたしたち四人で、これからときどきお食事をすることにしない。誰にもいえないことを話す秘密の会を開くの」

千映はぼんやりと笑ってうなずき、テーブルのしたで雅人の手をしっかりとにぎった。

33

部屋の明かりは最小限に落とした。おぼろげにものの輪郭がわかるだけである。六本木の裏通りにあるビジネスホテルの一室だった。麻衣佳とつかい慣れた部屋である。千映と雅人は簡単にシャワーをすませている。雅人はほんとうは千映の汗と汚れを確かめたかった。一日の労働でたまった千映の身体のにおいを、舌と鼻で試してみたかったのである。だが、千映は絶対に無理だといって、先にシャワーを浴びてしまった。千映は今、鏡のまえに立っている。雅人が裸のままそこに立たせたのだ。暗い部屋のなかで、千映は白い人形のようだった。身体の細部は暗がりに沈んでしまい、全体のボリューム感だけが闇《やみ》に浮かんでいる。

雅人は白い背中に唇をつけた。肩から腕の裏側を、ふれるかふれないかのかすかさでおりていく。手はつかわなかった。唇と舌だけで探る女の背中は、広い雪原のようだった。山があり、谷があり、盆地と平野が広がっている。

千映は雅人が舌をつかうたびに、声をあげていた。暗闇でなにも見えないせいで、いつもより声がおおきいようだった。腰骨と締まった尻《しり》の頂を結んで、何度も舌が往復する。そのまま太ももの裏側を丸く舌先を回転させながらおりていった。ひざの裏、ふくらはぎ、最後には床を這《は》うようにして、刃物のようにとがったアキレス腱《けん》を口にした。

「もうダメです。立っていられなくなる。雅人さん、お願い」

雅人は床から見あげていった。

「動いたらいけない。じっとするんだ。つらかったら、鏡に手をついてもいいけど、ずっと立ったままでいて」

目を閉じて千映はいった。

「……はい」

雅人は千映の足を開かせた。今度はくるぶしから、脚の内側をじりじりと舌でのぼっていく。産毛《うぶげ》のほとんどない脚だった。ミルクを煮詰めたように白く、中年男の舌とは比較にならない弾力がある。すねとひざ、太ものすべらかな内側。傷ひとつない人形の肌だった。

太ももをわずかにのぼったところで、雅人の舌が塩味にふれた。ほんの数週間まえまではヴァージンだった千映が、ひざに届くほど濡《ぬ》らしている。それに雅人は感動しながら、ひどく興奮した。

「まだ胸にも、したにもさわってないのに、すごい濡れかただね」

千映は恥ずかしそうに手で性器を隠した。なんとか指で太ももの内側をぬぐおうとするが、雅人は手首を捕らえてしまった。その指先を口にふくんで、一本ずつ舌で爪《つめ》を磨きあげた。

「……それもダメー」

千映の声はとまらなかった。指先を口にふくんでいるだけなのに、千映の腰はうねるように動き、尻の肉がやわらかに左右に揺れている。

「もう、ほしい……雅人さん、お願い」

甘えをふくんだ泣き声だった。雅人が音を立てて指を口から抜くと、千映は全身を震わせた。立ちあがりうしろから、千映の身体を抱き締める。千映は倒れないように鏡に手をついていた。暗い鏡に映る目は、どこに焦点を結んでいるかわからなかった。

耳のなかに息を吹きこむようにいう。

「千映、ほしいの？」

若い女は全力でうなずいた。身体の震えはとまらないようだ。

「だったら、ちゃんとお願いしなさい」

すがるような目で、鏡のなかの雅人を見あげて千映はいった。

「お願いします、雅人さんをください」

声が興奮でかすれているのが、なんだかおかしかった。雅人はペニスをにぎって、腰の高さをあわせた。

「いいよ。その代わり、千映はずっと自分の顔を見ていてごらん。目を閉じたらいけない」

雅人は女が欲望をあらわにした顔が好きだった。裸や乳房や性器よりも、ずっと興奮する。千映にも雅人が好きな欲望の顔を見せてやりたかった。

「……はい」

千映は手を伸ばせば届く距離から、暗い鏡を見つめている。白目のなかに浮かんだ瞳孔《どうこう》は、壁に開いた穴のようだ。雅人はうしろから、ゆっくりと千映のなかにすすんでいった。

「……すごい」

千映は声をあげたが、決して自分の顔から目をそらさなかった。雅人が奥までペニスをすすめ、ゆっくりと動きだしても、なにかにとりつかれたように自分の顔を見つめている。

雅人はうしろからつながりながら、手を伸ばして千映のクリトリスにさわった。千映の声は一段と高くなった。

「……わたしは……こんな顔で……いつも……してたん……ですね」

泣き声のあいだにそう漏らした。雅人の腰はとまらなくなった。最初はここですこし身体をつなげてから、ベッドにいくつもりだったのだ。けれど立ってうしろからつながるこの形でも、千映の性器はくるむように雅人のペニスに吸いついてくる。

「ダメだ。もういきそうだ」

そのとき初めて、千映は首をまわして雅人のほうを振りむいた。口をとがらせて、キスをねだりながらいった。

「わたしも何回もいってます。雅人さんもいってください」

最後に雅人は腰の回転をこれ以上はないほど高めた。エクスタシーの直前にペニスを引き抜き、千映の尻にこすりつけた。精液は水でも撒《ま》くように扇形に白い肌に広がっていく。

千映はひざまずいた。雅人の手をそっとペニスからはずして、顔を寄せてくる。

「そんなことしなくてもいいよ」

千映は首を軽く横に振った。

「わたしがしたいんです。今日はまだぜんぜんだから」

そういうと精液で濡れたペニスを舌で掃除するようにしてから、口のなかに収めてしまった。ゆっくりと頭を振って、ペニスの半分ほどを唇のあいだにはさむ。いったばかりのペニスは過敏だった。雅人はそれが快感なのか、苦痛なのかわからなくなった。ただ爪先立ちになって刺激に耐えるだけである。

「千映、見てごらん」

鏡には半分腰の引けた中年男とやわらかになった性器に吸いつく若い女の姿が映っていた。千映はひざまずいた自分の格好を見て、目に笑いを浮かべた。口はまだペニスをふくんだままである。雅人はなぜかわからないが、急におかしくなってしまった。笑い声が漏れてしまう。千映が口を離していった。

「なにがおかしいんですか」

理由などなかった。思いつきをいうだけである。

「この世界にこんなに気もちいいことがある。それがなんだか愉快でね」

千映はまたペニスにもどった。しばらく笑うと、雅人はなぜか急に泣きたい気分になった。

34

いつのまにか、東京に夏がきていた。

妻とふたりの愛人と、目まぐるしく身体を重ねるうちに、日ざしが真上から照りつける季節になったのである。夏の熱気は雅人の私生活と同じように異常だった。今年から定められたという最高気温三十五度を超える「猛暑日」が連日のように続くのだ。

雅人はこの夏、男として人生のピークを迎えていたのかもしれない。元々欲望は盛んだった。だが、雅人は決して精力の強い人間ではなかった。年齢はもう四十代なかばである。周囲にはぽつぽつと性の世界から卒業する同世代があらわれている。それがこのところ、一週間に三、四回のセックスを欠かさずにおこなってきたのだ。消耗すればするほど、身体の奥深くにある予備の生命力のタンクから新たな力が湧《わ》きあがってくるようだ。

雅人には三人の女を交互に抱いているうちに、それがひとりの女性に思えてくるのだった。比沙子や麻衣佳や千映のさまざまな印象が重なって、ひとりの女神が生みだされていく。欠けるところのない完璧《かんぺき》な「永遠に女性的なるもの」。学生時代に読んだゲーテの『ファウスト』を思いだす。あの老人は悪魔に魂を売って若さを手にいれ、乙女と恋までするのだが、最後にその魂は悪魔の手をすり抜け、地獄ではなく天国に召されていく。どこまでも恥しらずで、幸福な物語だった。

焼けついたアスファルトのうえ、ガラスの高層ビルの陽炎《かげろう》が揺らめく東京で、自分は永遠の女性に抱かれて空にのぼっていくのだろうか。雅人はエアコンのきいた社長室でときに考えることがあった。

男という野蛮な生きものが天上の国に至るには、女性の手を借りるしかないのかもしれない。いくら仕事や地位や金で飾っても、最後に残るのはたるみ始めた裸の肉体と虚《うつ》ろな心だけだ。生きることに意味はない。きっと快楽にも意味などないのだろう。だが、それが神が仕組んだ生殖の罠《わな》だとしても、ひととき肉のよろこびに狂えばいいのではないか。いつか、この身体からもみずみずしさは失われていくだろう。心からは欲望が消え、骨からは肉が離れるときが必ずやってくる。セックスのなかに、生の終わりを見る。それが中年期を迎えた男の性なのかもしれなかった。

その夜、雅人はかよい慣れた恵比寿の麻衣佳の部屋にいた。この最初の愛人とも長くなった。麻衣佳は三人の女のなかでは、飛び抜けた快楽主義者だった。自分の欲望を正直に表現し、それをむさぼることにためらいを見せない。妻の比沙子が受身のままどこまでも雅人の欲望を実現しようとするのと対照的である。麻衣佳は性の技巧を磨くのが好きで、細かな道具立てやストーリーに凝るのだ。

「通信販売で、こんなの買っちゃった」

四隅に柱が立ったベッドのうえで、裸の麻衣佳がちいさな箱を開いた。なかには外国製のアダルトトイがカラフルに詰まっている。

「今夜はこれつかってくれない」

麻衣佳が手にしたのは絶縁テープに似た赤いビニールのロールである。幅は五、六センチあるだろうか。くるくるとむいて、麻衣佳は雅人の手首に幅広のビニールテープを巻いた。

「のりはついていないみたいだな」

二度巻きつけて、ネイルで赤いテープを切った。しっとりとテープ同士が張りついて、手首は完全に締まっていた。雅人の手の甲に赤黒く血管が浮きだしている。麻衣佳はその血管を舌先でなぞると、顔をあげて笑った。テープをはがす。

「ね、肌に跡も残らないし、むずかしい縛りかたのお勉強もしなくていいんだって。おもしろいでしょう」

麻衣佳は濡れた目をして、じっと雅人を見つめてきた。両手でビニールテープをもって、手首をあわせる。

「これで縛って、わたしをおもちゃにして」

男は鏡のようだと思う。女性の欲望を詳細に映すだけの鏡だ。

「わかった」

雅人の声はかすれてしまった。最初に麻衣佳の手首を縛った。歯でビニールを切り、張りつける。つぎに麻衣佳の豊かすぎる乳房の上と下を縛った。途中でテープをクロスさせ、乳房をななめにしぼりあげる。女の乳も根元を縛ると充血して赤くなるのだと雅人は思った。最後にベッドに倒して、太ももとふくらはぎを縛った。これで麻衣佳は脚を伸ばすことはまったくできなくなった。確かにハイテクのテープには伝統の緊縛術は必要なかった。ぐるぐると巻き、適当なところで切るだけでいい。あとはぴたりと張りついたしなやかなテープが、女性の身体《からだ》から自由を奪ってくれる。

「こんなふうに転がされるの、すごくいいみたい」

麻衣佳の声がくすくすと笑っていた。

「やっぱり、セックスってセンスなのかな。雅人さんて、初めてのものでもすぐにつかいこなしちゃうよね。わたしがこんなふうにされたいと思うようにしてくれるもの」

　雅人はなんだかテープを巻くのが、おもしろくなってしまった。自分の右の前腕が真っ赤になるほど、肘《ひじ》までテープを巻きつける。油を塗ったように光るテープが生々しかった。その手で麻衣佳の性器を包むようににぎった。てのひらがべたりと濡れてしまう。雅人は右手をあげて、濡れたてのひらをなめた。

「ほら、縛っただけで、こんなになってる」

　てのひらを麻衣佳の頬でぬぐった。麻衣佳はなんとか雅人の右手をなめようと舌をだしたが、雅人はごほうびをやらなかった。

「まえのダンナは、センスがよくなかったんだ」

　夢を見るようだった麻衣佳の目がこちらの世界にもどってきた。

「そうね、自分の快楽だけしか見ていないような人だった。いっしょにしてる相手がなにを感じているかなんて、ぜんぜん関心がないの。別れて、ほんとによかった」

　雅人は麻衣佳の性器に右手の中指をさしこんだ。麻衣佳の声が急に高くなる。はいってすぐに指の腹にあたるざらざらとした丘をやさしく探った。

「それ、ダメ」

　雅人は暗いベッドルームで、にやりと笑った。麻衣佳は真っ赤に縛られ、身動きができずにいる。横倒しになった胸と腹だけが、波打つようにうねって、すぐに最初のクライマックスを迎えてしまった。

雅人は折り曲げられたひざ頭にキスをすると、ひと呼吸だけ休みをいれた。麻衣佳の内部には三カ所のポイントがあった。ざらざらとした丘とその数センチ奥のやわらかな沼と、左側の引き締まった壁である。

中指が順番にその三カ所をめぐっていく。三周後、麻衣佳は正確に九回のクライマックスを刻んでいた。風呂《ふろ》あがりのように身体中を汗で光らせている。

「もうおかしくなる。雅人さん、すこし休ませて」

雅人のなかで残酷な気もちが動いた。息をするのさえ苦しげな麻衣佳の脚を思い切り開かせる。

「嫌だ」

ペニスを過敏になった麻衣佳の性器にすすませていく。最初のストロークでぎりぎりの場所まで追いこまれた麻衣佳が額から汗の滴《しずく》を振り飛ばしながら叫んだ。

「死んじゃう。死んでもいいから、めちゃくちゃにして」

汗で乱れた前髪が麻衣佳の唇にはさまれていた。麻衣佳は両手がつかえない。雅人はていねいに髪を唇からはがすと、麻衣佳のうえで思い切り動きだした。

35

雅人が神宮前の自宅に到着したのは、深夜一時すぎだった。その時間でもこの夏は異常である。気温は三十度を超えているのではないだろうか。タクシーからほんの十メートル歩くだけで、汗が噴きだしてくる。

リビングにあがると、比沙子が音を低くした最終版のニュース番組をぼんやりと見つめていた。怖いくらい真剣な顔をこちらにむけていう。

「お帰りなさい」

別な女と会ってきたばかりの夫は、草むらに潜むバッタのように敏感なものだ。雅人は妻の表情になにか危険なものを感じた。すぐにその場を離れたくなる。比沙子はかまわずにいった。

「今日は疲れてる？」

この質問の意味はなんなのだろう。仕事はいつものようにいそがしかった。夜は麻衣佳とふたりでディナーをとり、一時間ほどまえに一度射精している。疲れすぎて身体が軽く感じられるほどだった。それでも雅人は優柔不断である。

「まあ、そこそこ疲れてるけど、どうしたの」

比沙子はクッションを胸に抱いたままいった。

「今夜したいなと思って」

雅人はじわりと背中に汗をかいた。

「へえ、なにか昼間にあったの」

妻は目をあわせなかった。大振りのクッションにあごを沈めるようにしていった。

「ううん、別になにかがあったわけじゃないけど。なんだか不安で」

不安のひと言が雅人の胸を刺した。先ほどまで麻衣佳とベッドにいるときには存在を考えもしなかった妻が、急にいじらしくなってしまう。そのとき雅人はなにかを見落としてしまったのかもしれない。自分の罪悪感に追われて、妻の表情を読むゆとりがなかったのだ。雅人の声はやさしくなった。

「そうか、不安なんだ」

比沙子はブローした髪をしなやかに揺らしてうなずいた。

「うん、抱いてほしいな。ひとりで眠るのは不安だなって、なぜか思ってしまった。それでずっとあなたを待っていたの」

そこまでいわれたら、夫の役割は決まっていた。自分の疲労など女性の要求のまえでは目にはいらないところが雅人にはある。そんなところに女性が惹《ひ》かれるとは思いもせずに、妻に返事をした。

「わかった。最後までできるかわからないけど、シャワーを浴びてくるから待っててくれ」

氷を満たしたグラスにミネラルウォーターを注いだ。もうアルコールはたくさんだった。雅人はグラスをもって、螺旋《らせん》階段をおりた。すくなくとも比沙子のそばから離れることができ、ようやくひと安心する。なぜか別な女性と会った日は、その人のにおいが身体に染《し》みついているように感じられるものだ。血まみれの手をして犯行現場の近くを歩いている殺人犯にでもなった気がする。証拠は一刻も早く消し去る必要があった。

雅人は麻衣佳のところで、お湯だけのシャワーを浴びていた。香りが違うので、身体を洗うことはできなかった。よくできた愛人は、自宅でつかっているのと同じ銘柄のボディソープとシャンプーをおいてもいいといっていたのだが、雅人は断っていた。そこまですることはないし、自分では使用しない容器を毎日見ることになる相手の気もちを考えてしまったのだ。

ぬるいシャワーを浴びて、雅人は硬く泡立てて髪と身体を洗った。ペニスはすこし腫《は》れて熱をもっているようだった。性器の粘膜が敏感で傷つきやすいのは、男も女も変わらなかった。雅人は使命を果たしたペニスをていねいに洗ったが、まるで他人の肌にふれているようだった。

ベッドルームの明かりは落とされていた。天井に埋めこみ式になったエアコンが緑のランプを灯《とも》して、静かに冷たい息を吐いている。濡《ぬ》れた髪のまま雅人はタオルケットのなかにすべりこんだ。

比沙子の白い背中が一瞬のぞいた。裸になって自分を待っていたのだ。それが素晴らしいプレゼントのように感じられて、雅人の身体の奥にちいさな火がついた。

「遅くなって、ごめん。眠くない？」

雅人は妻の背中にキスをした。つい脂《あぶら》ののった麻衣佳の背中と比べてしまう。唇は麻衣佳のときほど沈まなかった。比沙子は返事をせずに、寝返りを打った。しがみつくように夫の胸に抱きつく。

「どうしたんだ」

比沙子の目が濡れているように一瞬光った。泣いているのだろうか。麻衣佳のこと、千映のことにいつ気づいたのだろう。胸のなかに氷の塊ができる。だが、比沙子はいった。

「ごめんなさい、雅人さん。わたし、今夜はおかしいんだ。気にしないで、ぜんぜんあなたのせいじゃないから」

ただ夫婦がセックスを始めるだけで、あれこれと考えなければならない。これほど面倒なら、愛人などつくらなければよかった。雅人はつくづくそう思った。比沙子のこともまだ愛しているのである。

目を閉じた妻が唇を寄せてきた。雅人はいつものようにふれるだけのキスから開始した。比沙子の唇は、麻衣佳よりもやわらかで、千映よりも弾力はない。唇のやわらかさが同じ女に、雅人は会ったことがなかった。女など誰でも同じだという鈍感な男たちは、どんなセンサーをもっているのだろうか。このやわらかさがわからないのなら、生きている価値がないではないか。

麻衣佳よりも慎《つつ》ましいが敏感な乳房にふれる。乳首にむかってのぼってゆくと、肺を押されたように比沙子は荒々しく息を吐いた。妻の手が遠慮なく伸びて、雅人のペニスを探った。自分でも驚くことに、半分ほど充実感をとりもどしている。

比沙子が強くペニスをにぎってきた。どうしたのだろうか、普段の妻にはないおこないである。手慣れた前戯に移ろうとしたところで比沙子がいった。

「今夜はそういうのはいいの。お願い、すぐにちょうだい」

「だけど」

濡れていないのではないかと手を伸ばすと、比沙子の準備は完全に整っていた。手はペニスをにぎり激しく上下している。すこし痛みはあるが、すでにつながるには十分な硬度だった。

「わかった」

どこか違和感をおぼえながら、雅人はその日ふたつめの性器のなかに没入していった。

36

週末、雅人は車庫から自動車をだした。平日の都内の移動はすべてタクシーをつかっている。休日にしかのることのない車は、ドイツ製のクーペだった。さして広くない車内は、ベージュの革とクルミ材が張りめぐらせてある。家のまえにつけると、比沙子が日傘を閉じてのりこんできた。

「ドライブなんて、久しぶりね。疲れてるのに、買いものにつきあわせちゃって、ごめんなさい」

別に疲れてなどいなかった。すこしは妻のために時間をつかうのも悪くはない。雅人はふたりの愛人のことで、罪悪感をもっていた。機会があれば、なるべく妻への心づかいを示すことにしていたのである。

クーペは路地をゆっくりと走った。住宅街で目いっぱいアクセルを踏むような運転が、雅人は嫌いである。同世代の車好きとは異なり、別に速く走ることにこだわりはなかった。それよりもなるべくなめらかに走るのが理想である。同乗している者に、発進も停止も感じさせないように走る。それが雅人のこだわりだ。それにはアクセルとブレーキに、処女でも扱うような細心の注意を払う必要があった。

昔から、運転とセックスはよく似ているという。運転が下手な男は、セックスも下手だ。信用ならない都市伝説のひとつだが、自分の場合を考えるとあたっているのかもしれない。必要以上の力をつかうのは、相手の女性が求めたときに限られている。三人の女のなかでは、麻衣佳がもっともその要求が多かった。

「なにを思いだしているの」

クーペはいつのまにか、青山通りにでている。比沙子が不思議そうな顔で、こちらを見ていた。

「えっ、どうして」

「だって、ひとりで笑っていたから。なんだか、最近やらしいな、あなたったら」

雅人は恐妻家ではないつもりだが、なにげない妻のひと言にはいつも内心どぎまぎしてしまう。夫が妻を恐れるというのは、リンゴが木から落ちるのと同じだった。万有引力ならぬ、すべての夫が先天的にもっている万有恐怖だ。

「ほら、青信号」

雅人はゆっくりとアクセルを踏みこみ、周囲の流れにのった。話題を変えたほうがいいだろう。麻衣佳や千映からもっとも遠い話がいい。とっさに思いついて、まるで興味のない質問をした。

「そういえば、後藤さんの奥さんはどうしてる?」

比沙子のフラワーアレンジメント教室の生徒だった。三十八歳の主婦で、十一歳年したの若い独身男とつきあっていたはずだ。エアコンのきいた快適な車内で、比沙子の顔が曇った。

「最近、文子さんから相談を受けることが多いの。彼のことが真剣に好きになってしまって、もうご主人には、指一本さわられるのも嫌なんだって」

文子の夫は銀行員で、自分もさんざん浮気を重ねてきたらしい。だが、妻から完全に拒絶された夫というのも哀れなものだった。

「だったら、別れてしまえばいいのに」

比沙子は窓の外を流れていく池尻の街の景色を眺めていた。感慨深げにいう。

「嫌になったから、別れる。夫婦ってそういう簡単なものなのかなあ」

まずい方向に話がすすんでしまったようである。

「だから、それは後藤さんのところの話だよ。指一本さわられるのも嫌な人間とこれから一生同じベッドで寝るなんて、気が重いじゃないか」

「そうね。もう寝室は別々だっていってたけど。週末にゴルフがなくて彼が家にいるとき、文子さんはずっと外出してるって。もう別れてもしかたないのかな」

土曜日の道は混んでいた。びっしりとつながった自動車のテールライトが、夏の日ざしに揺らめいている。

「まあ、離婚するのはいいけど、生活はたいへんだろうな。相手の男のほうはまだ二十代だよね」

「そうなの、住宅会社の営業マンだっていってた」

仮に離婚したところで、四十近い女といっしょになる若い男はいないだろう。第一、男もその年齢では、結婚生活を支える経済力にとぼしい。

「だったら、だましだまし今の生活を続けるしかないな。若い男との恋なんて、いつか必ず終わるものだ」

　そのとき、比沙子は息を詰まらせたようだった。一瞬動きをとめて、肩を落としてちいさく息を吐いた。雅人は運転に気をとられて、妻の様子には気がつかなかった。頭のなかには千映のことがある。

　若い男との恋が終わるのなら、若い女との恋も必ず終わるだろう。自分と千映は、いつどんな形で終わるのか。麻衣佳のときには、想像もしなかったことを考えて、胸が締めつけられていたのである。

　玉川髙島屋の駐車場に車をいれて、ショッピングセンターにあがった。比沙子の目的は、教室でつかうランチョンマットやタオル、それに花器のたぐいを買いこむことだった。ここは郊外型のデパートで、店の種類も数も豊富である。

　一時間半ほどのあいだに、三軒のショップをまわった。比沙子は仕事柄、美的な感覚が鋭い。どの店でも隅々まで見てまわって、自分の趣味にあうものをかなりの分量選びだす。そこまでは早いのだが、最後のセレクトに時間がかかるのだった。教室の什器代《じゅうきだい》は比沙子の財布からでているので、雅人は強く口をはさむこともできなかった。

三軒目の店で配送の手続きをすませたところで、比沙子が腕時計に目をやった。

「いつのまにか、こんな時間になっちゃった。せっかくだから、もうすこし見たいところがあるんだけど、雅人さんはどうする？　先に帰ってもいいよ」

もう二時間妻の買いものにつきあうくらいなら、別にかまわなかった。せめてもの罪滅ぼしである。

「いや、別に用事はないから、いいけど」

比沙子は大理石張りの通路で、強く首を横に振った。

「いいの。先に帰っていてください。お願い、なんだか雅人さんに申しわけなくて」

勢いに押されて、雅人はついうなずいていてしまった。

「わかった。じゃあ、どこか適当に寄り道でもして帰るよ。夜は青山でパスタでもくおう」

比沙子はうなずくと、足早に通路を遠ざかっていく。まっすぐに伸びたしなやかな背中と、丸く左右に揺れる尻《しり》。四十代の魅力的なうしろ姿だった。妻孝行のために一日つかう予定だったのだが、午後が丸々空いてしまった。

ショッピングセンターにひとり残されると、妙に自分が空《うつ》ろになったように感じられた。しかたない、車をだして自宅に帰ろう。ポケットにいれた手に携帯電話がふれた。確認するとメールの着信をしらせるライトが点滅していた。玉川髙島屋の本館と南館を結ぶ明るいわたり廊下で、ディスプレイを見た。

＞おはようございます。
＞いいお天気なので、
＞これから大量に洗濯します。
＞わたしは洗濯って大好き。
＞洋服がみんな生き返るみたいで。
＞雅人さんも、いい休日を。

一番年の若い千映が一番筆まめだった。毎日のようにメールが送られてくる。雅人は急に思い立った。ほんの二、三時間かもしれないが、千映のところにいってみよう。男の親指がすぐに返信ボタンを押していた。

37

千映は洗濯を途中でやめることになった。到着してすぐに雅人がドライブに誘ったのである。土曜日の午後に愛人とドライブできるのは、結婚している男にとってはめったにないことである。千映とは夜の街で会い、千映の部屋にばかりいりびたっていたので、昼間の顔を見るのはずいぶんと久しぶりな気がした。

しばらく走っていると、千映が手を伸ばしてきた。シフトレバーにのせた雅人の手にそっと重ねてくる。前方をむいたまま硬い表情でいった。

「あの、ドライブもたのしいですけど……」

雅人はちらりと千映の横顔に目をやった。必死になにかを耐えている。

「わたし、おかしいのかもしれない。雅人さんの顔を見たら、切なくてたまらなくなって」

千映は雅人の右手をつかむと、自分の胸で抱き締めた。手の甲におおきくはないが、やわらかな乳房があたる。その日雅人は千映を抱くつもりはなかった。時間もわずかだし、すぐあとで妻と夕食をとる約束である。

だが、短い期間で千映の身体《からだ》は変わっていた。未経験だった女性が自分から男を求めるようになる。雅人の手柄というより、二十五歳という年齢がちょうどよかったのかもしれない。どんなことも早く始めればいいというものではない。大人のよろこびには大人の身体が必要なのだ。口のなかが渇くのを感じながら、雅人はいった。

「わかった」

頭のなかで近くにあるラブホテルを検索した。最寄りは、目黒駅の周辺だろう。そちらの方向にハンドルを切りながらいった。

「千映ちゃんとラブホテルにいくの初めてだね」

「えっ、ラブホですか」

千映の顔が輝いた。

「情報誌なんかで見て、一度いってみたいなって思っていたんです」

このごろの情報誌では夏の花火大会や流行のスイーツなどとならんで、ラブホテルの特集が堂々と巻頭を飾っている。若い女性にはテーマパークと変わらないのかもしれない。アクセルを踏む爪先《つまさき》に、いつもよりすこしだけ力がはいってしまった。

ロビーの表示板で部屋を選ぶときから、千映ははしゃいでいた。雅人は笑いながら見ていたが、土曜日の午後では空室はわずかしかない。千映が選んだのは、水族館を模した部屋だった。

ドアを開け、短い通路を抜けると青い部屋が広がっていた。天井のあちこちにブラックライトが仕こまれているのだろう。蛍光塗料で描かれたイルカやエイがぼんやりと青い壁から浮きあがっている。

「わあ、きれい」

若い女の素直さのほうが雅人にはまぶしかった。薄暗い青の部屋のなかに、白いTシャツ姿の背中がある。そのTシャツも冷たい燐光《りんこう》を放っていた。千映はいきなり振りむくと、腕を広げて身体をぶつけるように雅人に抱きついてきた。その格好のままで、鼻先を雅人の胸に埋《うず》めている。

「このにおい、大好きです」

あごの先をつまみ、うえをむかせてキスをした。しばらく唇をあわせてから、舌先でおたがいの口のなかを探る。千映は自分からも積極的に舌をつかうようになっていた。しばらくキスをしてから、唇を離した。はーっとため息をついて、千映はいう。

「ちょっとシャワー浴びてきます。それにふいてこなくちゃ」

「そのままでいいよ」

雅人がもう一度抱き締めようとしたら、子鹿《こじか》のように千映は跳び離れた。

「ダメ、恥ずかしいから」

海の底のような部屋で、千映を抱くのは不思議と穏やかな感覚だった。麻衣佳のときのように技巧や小道具に走ることはない。ただ淡々と自分ではあたりまえに感じられる手順を追って、若い身体を探っていく。それが予想をはるかにうわまわる反応を生むのだから、千映の身体はやはりどこか特別なのだろう。雅人はいろいろな女性を通過してきたが、ふれているだけで指先に快感が生まれるような肌をもっていたのは千映だけだった。

背中や肩やわき腹を、指先でなぞるようにするだけで、ほかの女性なら性器を直接刺激するときのような反応がもどってくる。抱きあい、キスをし、身体の表をやさしくなぞる。その数分間で千映はぎりぎりのところまで追いつめられてしまった。

「せっかくふいたのに、またびしょびしょになった。雅人さん、ひどい」

「別にぼくのせいじゃないだろ」

太もものあいだに手をいれると、ひざの近くまでねばっていた。

「もう、嫌」

千映は跳ね起きると、ベッドサイドのティッシュに手を伸ばした。数枚抜きとり、性器をぬぐってしまう。

「もったいないな」

千映ははにかんで笑った。

「そんなことないです。またすぐにこうなっちゃうから、だいじょうぶ」

夏である。薄いうわがけはベッドの足元に蹴《け》り落としていた。千映はじっと雅人のペニスを見ている。

「すごくおおきいみたい」

ほかの男性のものを見たことのない千映の感想はあてにならなかった。

「そうでもないよ」

千映は手を伸ばし、ペニスのつけ根をやわらかににぎった。

「初めて見たときはちょっと怖かったけど、だんだんかわいくなってきました。もうください」

まだ千映の乳房にも性器にもふれていなかった。千映は重ねていった。

「お願いだから、ください」

そのまま千映を押し倒し、女性器にペニスの先端をあわせた。吸いこまれるようにペニスは収まっていく。恥骨と恥骨が密着するほど深くまでつながると、雅人は動きをとめた。ブラックライトで千映の白目が青く光っている。

「もういきそうになってるだろう」

千映は眉《まゆ》をひそめながら、なんとか雅人を見あげてうなずいた。

「……はい」

クリトリスを押し潰《つぶ》すようにさらに腰を強くあわせる。

「いってごらん。ただずっとぼくの目を見たままで、目を閉じたらいけないよ」

唇をかんで、千映はにらむように雅人を見る。妖《あや》しいほどの色気が、ほんのすこしまえまで処女だった若い女の目ににおった。

「……はい……あっ、いきます」

千映は目に涙をためて、必死に閉じないように見開いたまま、その日最初のエクスタシーを迎えた。

38

千映を部屋まで送り、雅人はおおいそぎで自宅にもどった。夏の空に夕焼けが始まる時刻である。ビル街のうえの透明なオレンジ色に、雅人の心はあせった。クーペを車庫にいれ、螺旋《らせん》階段をあがっていく。

リビングは薄暗いが、明かりはついていなかった。妻の比沙子はぼんやりと窓を見つめている。視線が空ろだった。雅人は内心どきりとしながら声をかけた。

「遅くなって、すまない。川北に電話して、ちょっと投資の件で話しこんでいた」

イート・ア・ピーチのオーナー仲間はこんなときアリバイづくりにたがいをよく利用するのだった。とくに川北は一度顔をあわせて以来、比沙子からの信頼が厚かった。

比沙子はさして関心もなさそうにいう。

「わたしもついさっき帰ってきたばかりだから」

比沙子が座るソファの横にはきちんと口を閉じられた段ボール箱がいくつか積まれていた。

「そっちも遅かったんだな。その荷物、どうしたの」

急に気がついたように比沙子は自分の買いものに目をやった。

「ああ、これね。いきつけのショップの人が手が空《す》いてたので、配送してくれたの。ほかにも青山のほうに用事があったんですって。わたしも車にのせてもらっちゃった」

店員に自宅まで送られてくるのは、比沙子は初めてだったはずだ。休日の夕方なのにひまな男もいたものである。雅人は理由もなくその人物を男性であると決めつけたが、そのときにはガラスや陶製の花器がはいった重い箱を誰が二階まであげたのか、考えることはなかった。千映と身体を重ねたばかりで、自分の危険にだけしか気がまわらなかったのである。

「そろそろ晩めしでもくいにいこう。グラチオーソでいいな。早くいかないと満席になるよ」

のろのろと動きだした妻を追い立てるように、雅人は螺旋階段をおりていった。

都心に住む便利は、歩いていける場所にいくらでも良質な料理店がそろっていることだった。表参道の路地裏にあるその店まで、雅人の家から歩いて数分である。まだ六時台だったので、店内は空いていた。きちんと正装したカップルが窓際《まどぎわ》にひと組いるだけである。雅人と比沙子は近所の住人らしいリラックスしたカジュアルな格好だ。

グラスのシャンパンと十七種類の洋野菜を刻んだ名物のサラダを注文した。最近のイタリアンのつねで、この店の料理もボリュームがある。比沙子となら、あとはパスタとメインを一品ずつ頼めば十分だった。雅人はフルートグラスをもつといった。

「まあ、とくに理由はないけど、乾杯」

比沙子もすこしだけグラスをあげる。澄んだ淋《さみ》しい音が鳴った。雅人はいつものようにサラダを妻の小皿にとりわけた。

「わたしたち、なぜ、ずっといっしょにいるのかなあ」

いきなりうしろから斬《き》りつけられたようだった。雅人は器用にフォークとスプーンをつかいながら、顔をあげることができなかった。絶対に妻にばれない浮気が新商品として売りだされたら、世の男たちは財布を空にしても飛びつくことだろう。比沙子は淡々といった。

「わたしたちのあいだには、子どももいないし、おたがいの気もち以外にはつなぎとめるものがなにもないよね」

雅人は勇気をだして、比沙子の目を見た。つらそうな顔をしている。サラダの小皿をわたした。

「そうかな。確かにもう子どもは無理かもしれないけど、ふたりをつなぐものがたくさんあると思うよ。あの家も、出会ってからの十五年以上になる時間も、思い出というと恥ずかしいけど、ぼくがいいときも、ぜんぜんダメなときもずっといっしょにいたろう」

比沙子は食欲なさげにフォークでサラダを突《つつ》いていた。

「そういうの案外、大切だと思うんだけど」

「そうね、わたしたちには過去がある。今だって、人がうらやむような生活を送ってる。それだけで十分なのかもしれない」

ようやく妻の気分がうわむいてきたようだった。雅人は安堵《あんど》して、シャンパンをのんだ。千映とのセックスのあとなので、でたらめな勢いで身体にアルコールがまわっていくのがわかった。シャンパンというのは濃厚にセックスと結びついた酒である。

すると比沙子は窓際の若い恋人たちを見ていった。

「過去と現在はどんなカップルにもある。でも、未来はわからないのよね」

また雅人の心臓が刻みを速くした。なにか愛人の尻尾《しっぽ》でもつかんだのだろうか。胸の冷えるような暗示をかけられているような気がして、たべものの味もわからなくなった。

「いったい、どうしたのかな。ぼくが帰ってきてから、比沙子は様子がおかしいぞ」

夢から醒《さ》めたように比沙子が曲げ木の椅子《いす》のうえで背を伸ばした。

「ごめんなさい。さっき文子さんからメールがきて。あのふたり離婚するかもしれないんだって。彼女のほうには若い恋人がいて、ご主人のほうにも新しい浮気相手ができたみたいなの。もうそんな調子だったら、いっしょに結婚生活を送っていてもしかたない。ふたりで話しあって、そういう結論がでたみたい」

身近なところで誰かが離婚すると、妙な余波がやってくるものだ。雅人の胸のなかに重苦しいものが落ちてきた。

「そういうことだったのか」

比沙子はグラスをあげて、シャンパンをひと口すすった。

「でも、もし、わたしたち夫婦にそんなことが起きたら、雅人さんはどうするの」

それほど危険な状態を想像するのも、嘘《うそ》をつくのも気がすすまなかった。雅人は黙ってちいさな宝石のように刻まれたカラフルな野菜を口にかきこんだ。

「比沙子さんが、わたしのこと気づいたわけじゃないのよね」

別な銘柄のシャンパンをのみながら、麻衣佳がそういった。恵比寿ガーデンプレイスにあるイタリアンである。週明けの火曜の夜だった。日本人は週に何回パスタをたべているのだろうか。ときどき不思議になる。

「ばれていないとは思う。でも、ほんとうのところはよくわからないな。最近、彼女の様子がおかしいから」

麻衣佳とはもう四年になるのだ。よくここまで、関係を続け、秘密を守ってきたものである。雅人は窓の外に目をやった。夏の木がフットライトを浴びて、緑のたいまつのように燃えていた。

「でもね、雅人さんは全力でわたしたちの秘密を守らなくちゃダメだよ」

いわれなくても、わかっていた。だが、雅人はきいてみる。

「どうして」

「わたしは雅人さんから大切なものを奪いたくないの。今のままずっとしあわせでいてほしい。それはもちろんわたしとのこともふくめてだけどね」

麻衣佳の目は真剣だった。雅人はしっかりとうなずいた。

「でも、男の人って弱いからなあ」

雅人は自分が責められた気がして、目を落としてしまった。

「よく男の人っていうでしょう。女は嘘をつくのがうまい。浮気をしても、女のほうはばれないって」

確かにそれはそうだった。きっと完全犯罪を成し遂げる可能性も、女のほうがずっと高いのだろう。

「まあね、女はずるいからな」

にっと笑って麻衣佳がいった。

「それはぜんぜん違うんだけどね。女のほうが失うものがずっと多いから、嘘を隠すのに必死になるんだよ。男の人って、仮にばれてもなんとかなるって心の底で思ってるでしょう。いざとなれば、またひとりにもどるだけだって」

　雅人は、自分の結婚について考えてみた。だが、離婚を想像したこともないので、自分にそこまでの決心があるのかは、よくわからなかった。麻衣佳は淡々といった。

「でもね、女はまだまだ生きていくために男の人の力が欠かせない。とくに専業主婦だったりしたら、それはたいへんだもの。新しい仕事、昔よりも落ちている女性としての魅力、バツイチになったというプレッシャー。そういう全部をもって、明日からひとりでがんばらなくちゃいけない。考えたら、すごく怖いでしょう」

　ひとつひとつを比沙子にあてはめてみた。女性として中年を生きるのは難題のようだった。離婚経験のある麻衣佳がいうと妙な説得力がある。

「それはそうだけど、麻衣佳みたいに色っぽいバツイチもいるだろう」

　グラスをあげて、麻衣佳が乾杯を求めてきた。

「ふふ、ありがとう。わたし思うんだけど、恋をしたいと願ってる中年の数は、男も女も変わらないと思うんだ。女のほうが怖いから、なんとかブレーキをかけているだけで、どんなに貞淑そうな人だって絶対に心のなかに願望はあるはずよ」

　乾杯にこたえて、グラスをあわせた。細かな粒が黄金色の酒のなかをのぼっていく。

比沙子の心のなかにも、新たな恋を始めたいという気もちは眠っているのだろうか。そう考えただけで、胸のなかが暗くざわついてしまった。雅人はシャンパンをのみほして、なんとかその気分を洗い流した。

39

「最近の六本木は、二十年まえと変わらないな。真夜中でもタクシーはつかまらないし、みんな朝まで遊んでる」

VIPルームで、歯医者の脇田淳がそういった。

「そういえば、空気の感じがバブルのころによく似てるよ。夜になっても、やけに熱くてさ。最近また不動産屋と怪しい外車ディーラーが復活してるしな」

雅人は適当な返事をして、黒い部屋のなかを見わたした。イート・ア・ピーチの共同出資者四人が、顔をそろえている。このところ愛人ふたりとのアバンチュールに追われていた。久しぶりの同性だけの夜である。雅人はのびのびとくつろいでいた。

「考えてみたら、おれたちの人生は山あり谷ありだったな。大学をでたころは世のなかみんなイケイケだった。バブル絶頂の四、五年まえだ。銀行はどこもすごかった。

どんな下っ端《したっぱ》でも、銀座の高級クラブでブランデーのんで、タクシー券をティッシュみたいにつかい捨てにしていた」

外資系の金融機関で働く川北英次がスコッチのグラスをおいた。深刻そうな表情はこの男の癖で、青春時代を回想するときでも変わらない。

「こっちの広告業界もすごかったよ。まるで意味がなくても海外ロケにいっていた。予算の上限がない仕事があったからな。年度末までにいくらでもいいから、広告費をつかってくれ。いくら金がかかってもかまわない。オーナーが税金を払うのが嫌なんだそうだ。担当者にそんなことをいわれたこともある。不動産モーゲージの会社だったけど、今は跡形もないな」

確かにあのころは異常だった。広告代理店でクリエイターをしていた若い雅人さえ、経費はつかいたい放題である。理屈は達者だったが、腕はからっきしダメだった。それだけの貢献を会社にしていたかといえば、明らかにマイナスだったような気がする。

「おまえたちはいいなあ。バブルでおいしい目が見られて。おれなんか、ずっと人の口のなかをのぞきこんで仕事してるんだぞ。毎日自分のクリニックに缶詰だしな。まあ、歯っていうのは、人それぞれで、なかなかおもしろいところもあるんだけど」

歯医者らしい言葉だった。川北がなぐさめるようにいった。

「おかげで、淳のところはバブル崩壊後もずっと安定しているじゃないか。好きなポルシェと好きな女をずっととっかえひっかえだ。別に文句はないだろう」

脇田はぴしゃりといった。

「パソコンをぱちぱちやるだけで、百万ドルプレーヤーのやつに、そんなことといわれたくない」

黙っていた坂康之が口を開いた。

「ぼくも淳と同じだな」

坂の家は老舗《しにせ》の文房具店である。

「贅沢《ぜいたく》な万年筆とかは少々売れたみたいだけど、バブルはうちには関係なかった。それよりひどい罠《わな》だったのかもしれない。銀行から銀座のビルを担保にいくらでも融資するって話がもちこまれたことがある。その金で、新しいビルを建て、今度はそのビルを担保につぎのビルを建て……永遠に続く不動産ドミノだよ。手をだしていたら、うちはきっと本店も手放すことになっていただろう。先代が堅い人でよかった」

なるほどバブルには麻薬のような酩酊《めいてい》作用があった。誰もが酔ってしまうと、酔っていることがあたりまえになるのだ。川北が学者のような顔でいう。

「自由な資本市場のあるところでは、歴史上絶え間なくバブルが繰り返されてきた。

なにも日本のバブルだけが、バブルだったわけじゃないし、日本人だけが信用膨張に目がくらんだわけじゃない。世界中であらゆる民族が、同じことをやってるんだ。ただバブル崩壊後の後始末は、ヒステリックで潔癖症の中年女教師みたいだったかもしれない。あれは、やりすぎだった。ひと粒たりともバブルの泡は見逃さないと大見得を切った中央銀行トップのおかげで、極端な貧血状態のまま日本は失われた十年を生きることになった」

東大出のディーラーは論理に強かった。坂はおっとりという。

「でも、バブルのせいで日本のものづくりは衰退したんじゃなかったのかな」

川北はちらりと老舗の専務に目をやった。

「日本のメーカーの競争力はいまだに強力だよ。ただ単純作業の製造業はどんな国でもいつかは卒業していくんだ。その証拠に見てみろよ。ここにいる四人は、現在の日本でそれなりに成功しているが、誰ひとりものづくりをしている者はいない」

歯医者と証券ディーラーと文房具屋とＩＴ社長。確かに町工場のオーナーのようなものづくりの人間はいなかった。川北はいった。

「時代は変わった。おれたちが手にしているものはほとんどなかの仕掛けがどうなっているのかわからないブラックボックスだ。携帯電話とかデジカメとか」

川北は根がロマンティックなのだろう。論理の切れ味はシャープだが、すぐに悲観主義にかたむくところがあった。雅人は場の空気を変えようといってみる。

「なあ、英次、景気と性欲の関係に注目した論文ってないのか」

川北がメガネの奥で、目をおおきく見開いた。

「それは、それは、雅人らしい目のつけどころだな。おれのしる限り、そんな論文はないと思う。第一、そんなテーマでどこの大学が受けつけてくれるかな。欲望経済学か、おもしろいけどな」

外資系ディーラーは苦笑いしながら、スコッチのオンザロックを口にした。雅人は身体《からだ》をのりだしていった。

「だからさ、考えていたんだ。おれたちの二十代のころって、バブルの天辺《てっぺん》にむかう坂道で、みんなが性欲ぎらぎらだっただろ。それが、デフレ不況が長引いて、若いやつらまで欲望が弱くなってしまった。今じゃあ、スポーツカーを買うのは、おれたち四十代以上だというしね。人間の性欲も、その時代の景気にあわせて、ダウンサイズするんじゃないかな」

川北がうなずいていった。

「なるほどな。その説を証明するには、膨大な量の資料にあたらなくちゃならないだろうけど、体感的には一理ある。人間は不景気が続くと自然と欲望を抑えることを学ぶし、遠い夢を追いかけなくなる。そいつはセックスや恋愛でも同じなのかもしれない」

「はっはっはー、わかったぞ。雅人のいいたいことが」

脇田がいつもの銘柄のスコッチをのみほしていった。

「都心ではバブルが再発してる。だから、おれたちの欲望はまた強くなったといいたいんだろ」

雅人は笑ってしまった。そのとおりなのだ。性欲は景気と密接に結びついている。バーボンのソーダ割でのどをうるおすと、VIPルームに雅人の声が響いた。

「二十代はおれたちみんな欲望の盛りだったじゃないか。それが三十代になって、いつ終わるかわからない不景気にはいったとたん、しぼんでしまった。おれは十年近くぎらぎらしたものを感じないまま生きてきたんだ。あれは、二十世紀の終わりくらいかな。ちょうど、会社を興《おこ》したころだけど、時代にも自分のなかにも、なにか動きだすものがでてきた気がする」

雅人たちの世代は、ちょうど日本の経済の軌跡と男性としての欲望の曲線が重なるのかもしれない。川北がメガネを直していった。

「おれたちは四十代のなかばを迎えて、第二の欲望のバブルにさしかかっているといいたいのか」

雅人は妻の比沙子と愛人の麻衣佳と千映の身体を思い浮かべた。腰の裏側にどろりとした熱がたまってくる。

「そうなんだ。正直な話、みんな三十代よりも今のほうがセックスの回数が増えていないか」

脇田が歯医者らしい見事な前歯を見せて笑った。

「おれの場合、もともと多いけど、四十代のほうが増えたな」

坂はじっとなにかを考えているようである。額にしわを浮かべていった。

「回数は若干多くなったくらいかな。でも、かける時間も長くなったし、まえよりよくなった気がする」

雅人は川北を見た。この男の返事はきかなくてもわかっている。ディーラーは軽く右手をあげていう。

「雅人に一票だ。最近、ある人と会ってからは回数がぐっと増えた。そいつは景気の問題というより、相手のせいかもしれないけど」

坂が黒い部屋の壁をぼんやりと眺めていった。

「ぼくたちの最初のバブルと二度目までのあいだは、二十年近く離れている。今回を逃すとつぎはまた二十年後なんてことになるのかもしれない。もうそのころには、ぼくたちはみんなジイサンになってるな」

脇田がグラスをあげた。

「だったら、せいぜい人生最後の中年バブルをたのしんでいこうぜ。三度目はないかもしれない。乾杯だ」

男たちの声がＶＩＰルームにそろう。防音工事を施した黒い部屋から、その声が外に漏れだすことはなかった。

40

男だけの席が、気軽でくつろげるはずだった。だが、雅人は、六本木の路上にでたとたんに、携帯電話をつかってしまった。そのときもっとも欲望が動いたのは、新しい愛人の千映だった。タクシーを探しながら、親指を動かす。

＞これから、千映の部屋に

〉いきたい。だいじょうぶ？

たった二行の短いメールを打って、目のまえにすべりこんできた車にのりこんだ。学芸大学と運転手に告げると、すぐに返事がもどってきた。

〉うれしい！
〉今、会社をでるところです。
〉もし先に着いたら、
〉どこか近くのお店で
〉待っていてください。

メールというのは恐ろしく便利な道具だった。時と場所を選ばずに利用でき、最小限の用件だけ伝えられる。男と女のあいだに、あれこれと話すことなど、本来はないのかもしれない。雅人にとって女は二種類しかなかった。自分が寝ることになる女か、寝たいとは思わない女である。

雅人は窓の外を飛びすぎていくバブル再来の六本木通りを眺めた。もしかするとどこかに二十年まえの幻の自分が歩いているかもしれない。

インターホンを押したが、返事はなかった。オートロックなどない質素なマンションである。店を探してはいるのが面倒で、雅人は外廊下にぼんやりと立っていた。住宅街の真夜中は静かで、セミの鳴き声しかきこえなかった。熱帯夜の夜、その声はアスファルトで無数に反響して、全身にからみついてくるようだ。

携帯電話を開いて、過去のメールを読み返した。女たちの書くメールは、なぜこれほど湿度をもっているのだろうか。東京の夜の空気のようである。階段をのぼってくる音がして、千映の真剣な顔がのぞいた。

「ごめんなさい。ずっと待っていてくれたんですか」

千映はいつものジーンズとTシャツだった。顔はノーメイクである。

「だいじょうぶ。そっちは仕事で遅くなったんだろう。酔い覚ましに、ちょうどよかった」

千映はショルダーバッグから鍵《かぎ》をとりだした。革の組ひもがついたあのキーホルダーである。うしろむきになった千映を、雅人はうしろから抱きすくめた。白い首に唇をあてる。舌先だけつきだして、首筋をなぞるようにした。女の汗は甘い。身体を震わせて、千映がいった。

「それっ……ダメ。誰かが見てる。声がでちゃうし」

別に見られてもかまわなかった。男と女がふざけてじゃれあっていると思うだけだろう。雅人は無言で、千映の胸を丸々てのひらに収めた。薄手のブラジャーを透かして、乳首の位置がはっきりとてのひらにあたる。全体のやわらかさをしばらくたのしんでから、中指の先で硬くなっている頂をついた。

「ほんとにダメです。お願いだから、部屋のなかにいれてください」

それでも黙って、胸をほぐし続ける。スチールのドアに額を押しつけるようにして、千映は耐えていた。まえのめりになったせいで、千映の尻《しり》は自然に雅人の腰に密着した。

胸をさわりながら、両耳、首筋、首のうしろ、Tシャツからのぞく肩を雅人は舌で探った。かすかな汗の味しかしないが、いくらなめても飽きることはなかった。

暗い廊下には点々と電球の明かりが落ちていた。夜を圧する勢いでセミが短い命を燃やしている。雅人は古びたマンションの外廊下に目をやって思った。

(おれはこの景色を絶対に忘れないだろう。もしかしたら、死ぬ直前最後に思いだすのは、この淋《さみ》しい廊下かもしれない)

千映は必死にこらえているだけではなかった。右手をうしろにまわして、コットンパンツのうえから雅人のペニスをつかんでいた。耳のなかにきいてみる。

「ほしいの？」

千映はのけぞるように首をまわして、追いつめられた小動物のような目で見つめてくる。

「すぐに、ほしい。お願いします」

青年の遺品だというキーホルダーで、雅人はドアを開けた。玄関にはいると千映が明かりをつけようと手を伸ばした。その手を押さえこんで、雅人は千映のTシャツを乱暴に脱がした。襟元でなにかが裂けるような音がしたが、気にしない。ジーンズも皮をむくようにはいでしまう。下着姿の千映が玄関先で横座りしていた。

「あの、シャワーを……」

自分も服を脱ぎながら、若い女に覆《おお》いかぶさっていく。シャワーは浴びさせなかった。前戯もそれ以上はしなかった。なんとか裸になると、自分の汗と千映の性器のにおいが玄関を満たしていた。

もうブラジャーをとるのも面倒だった。ショーツを脱がせる時間も無駄である。雅人は千映のショーツのクロッチ部分を横にずらし、玄関先でまっすぐにペニスを打ちこんだ。

千映はいくと叫んだようだが、動き続ける雅人には、その声は届かなかった。

41

「夏休みはどうするの」

遅い朝食がすむと、比沙子がキッチンから声をかけてきた。天窓のあるリビングは温室のようだ。今年の夏は朝から三台のエアコンがフル稼働《かどう》している。

「そっちの実家にいくんだよね」

比沙子の実家は鹿児島である。去年は夫婦だけでベトナムにいき、夏休みはまるまる潰《つぶ》れてしまった。実家には帰っていない。麻衣佳は自分には時間を割いてくれないと怒っていた。そうなのだ。去年の愛人はひとりだけだった。

「そうね。わたしは久しぶりだから、ちょっとのんびりしてこようかと思ってるんだけど、雅人さんは早めに東京にもどるよね」

妻の実家で、男がのんびりできるはずがなかった。桜島や尚古《しょうこ》集成館など鹿児島の観光名所には、すでに何度も足を運んでいた。繁華街の天文館も東京都心のでたらめなにぎわいを見たあとでは、淋しいものがある。第一、鹿児島には麻衣佳も千映もいなかった。

「うん、早く帰ろうと思ってるけど……」

雅人は迷っている振りをした。迷っているのは、どれだけ宿泊期間を短くするかである。

「うちの親に挨拶《あいさつ》だけしたら、一泊で帰ってもいいんじゃないかな。わたしは三泊するけど、あなたには厳しいでしょう」

表情は変えなかったが、雅人は跳びあがるほどうれしかった。むこうの親類との退屈な会話から逃れられるし、女たちにも時間をつくれる。

「そうだな。いいところだけど、ぼくには鹿児島は一泊が限界かもしれない」

「そうね、あなたは東京生まれの人だものね」

誰かにそういわれるたびに、雅人はどこか責められた気がするのだった。恵まれているのかもしれないが、なにも土地を選んで生まれてきたわけではない。

「あと、ゴルフもあるのよね」

返事が一瞬遅れてしまった。妻の声に探るような調子がなかったか、探ってしまったのである。

「ああ、いつものピーチの連中だよ。伊豆のクラブだ」

泊まりがけのゴルフなど大嘘《おおうそ》だった。そちらのほうは、すでに露天風呂《ぶろ》つきの個室を予約してあった。この数年増え続けているカップル用の高級旅館だ。千映といくつもりで、すでに了解もとってある。

雅人は頭のなかで計算していた。この一年、麻衣佳と泊まりがけの旅行はしていなかった。雅人はやはり民主主義の子どもである。フランス人のいう自由・平等・博愛の精神は、女たちにも発揮されていた。妻とふたりの愛人の誰かを特別あつかいすることもなく、すべての女にできるだけ等しく接する。

ここで麻衣佳とも一泊できれば、九連休の夏休みに、三人の女たちへ平等に時間をつかえるだろう。探りをいれてみた。

「だけど、鹿児島から帰って、ひとりで二日間もどうしようかな。比沙子の手料理もないし」

新聞から顔をあげて、妻のほうをちらりと見た。両手に炊事用の手袋をして、朝食の皿を洗っている。

「だったら骨休めに都心のホテルにでも泊まったら」

雅人はなんの計画ももっていなかった。比沙子のひと言で急にひらめいた。妻のいうとおり都心のホテルで麻衣佳とすごすのもおもしろいかもしれない。

「それはいいな。ちょっと考えてみる」

天窓に目をやって、南国の青さの空を見た。今年は三十五度を超える猛暑日がすでに何日も続いている。きっと東京の夏も、自分の欲望もおかしくなってしまったのだろう。この楽園がいつまでも続くことはないと、雅人は心のどこかで冷静に意識していた。それが予測できるほど、年をとってしまったのだ。中年の恋には、いつもあっけないほど素早く終わりがやってくる。

雅人だけでなく、ほとんどの中年男女はそうして秘密の恋を生きているのだろう。結婚して十二年以上たち、雅人にとってはそれが自然な形の恋愛だった。意味などない。ただしい形もない。動物と違って始終発情している人間は、恋愛の本能も壊れた生きものである。

雅人は反省しなかった。過去の恋愛から、人は絶対的になにも学ばない。単純にそう信じているのだ。反省することで、生きることや恋することが簡単になるだろうか。人生も恋愛も理性の判断によって容易になるほど底が浅いものではないはずだ。理性によって制御できる人生など、生きるに値しなかった。

どうでもいい政治の話が深刻ぶって書き立てられた朝刊をたたんだ。誰が首相に指名されようが関係なかった。政治など暇な人間にまかせておけばいい。雅人は自分の女たちで手いっぱいだった。

42

ショルダーバッグひとつさげて、羽田空港国内線のゲートを抜けた。まだ午前中である。麻衣佳がノースリーブのサマードレスで、ゆったりと手を振っていた。底光りするように金属の糸を織りこんだ紺のワンピースだ。サングラスをはずすといった。

「ごめんね、いそがせてしまって」

飛びつくように雅人の横にならび、腕を抱えた。裸のひじが豊かな胸をへこませている。

「比沙子さん、おかしな顔してなかった?」

タクシーのり場にむかって歩きだす。高い吹き抜けの空港のアトリウムをすすむのは快感だった。現代のよろこびのひとつである。

「でも、どうしてもお昼から始まるスパとエステのセットを、雅人さんといっしょにやってみたくて」

南国を思わせる日ざしをはねてタクシーの列が続いていた。開いたドアにすべりこむと麻衣佳がいった。

「お友達がいなかったら、絶対にあのスケジュールじゃ予約はとれなかったと思う。あとで顔をだすから、雅人さんのほうからもお礼をいってね」

ストレッチとスパとフェイシャルとボディのエステ、すべてを「トータルエクスペリエンス」するとひとり一泊十万円はかかるのだ。それでもやはり礼をいったほうがいいのだろうか。自分もいつのまにか洗練された無駄づかいの方法を覚えたものである。運転手にいき先をつげる麻衣佳の声ははずんでいた。

「新宿のパークハイアット東京にやってください」


ホテルに到着すると、十二時半にはあわただしくストレッチが始まった。パーソナルトレーナーが、雅人と麻衣佳について、肩や腕、腰や背中の筋肉を伸ばしていく。雅人はたまのゴルフ以外、運動らしい運動をこの二十年していなかった。体型が崩れないのは、ただそういう体質だからとしかいいようがない。もともと身体《からだ》はやわらかいほうなので、ストレッチに苦痛はなかった。

麻衣佳は上半身をななめにひねったまま眉《まゆ》をひそめていった。

「これはすこし痛いな」

ワイヤーロープのような手足をしたインストラクターが笑顔でいった。

「じゃあ、すこしもどしてみましょう。深呼吸してください」

「だいじょうぶみたいです。雅人さんはずるいな。わたしと違っていくらたべても太らないし、身体もやわらかいし」

雅人は笑って返事をしなかった。インストラクターに気づかれないように、ときおり麻衣佳の身体のあちこちにでている成熟した丸みを盗み見るだけである。

ストレッチに続けてピラミッドのように先を閉じたガラス屋根のした、プールサイドで軽いランチをたべた。外国人の男が妙に真剣にプールを往復していた。食後、スパで汗を流してから、いよいよ目玉のマッサージだった。全部で五時間半のコースのうち、全身マッサージとフェイシャルで三時間半を占めるのだという。雅人はアンチエイジングに興味はなかった。肩こりも腰痛《ようつう》もないので、生まれて初めてのマッサージである。

薄暗い小部屋には、ハーブのにおいが満ちていた。オーケストラと尺八の環境音楽が流れている。紙パンツにはきかえた雅人は裸でうつぶせになっていた。背中にあたたかいオイルが垂らされた。

「あっ」

思わず声がでてしまった。麻衣佳がこちらに顔をむけてにやりと笑った。

「気もちいいでしょう。完全に身体を相手にまかせてしまったほうがいいの。そうしたら、雅人さんにも女の気もちがわかるようになるかもしれない」

若い女性のエステティシャンがうなずいていた。紙パンツのウエスト部分がおりたたまれて、尻の上部がのぞいた。やわらかな手が背中にある細かな筋肉をひとつひとつもみほぐしていく。それは声をこらえなければならないほどの快楽だった。

ハーブの香り、薄暗い照明、誰のものかわからないふたつの手、裸で横たわるマットレスの感触。すべてが計算された心地よさで、ついうとうとしてしまう。先ほどまでビジネスクラスのシートで仕事の資料を読んでいたとは思えなかった。

女が男に身体をあずけるというのは、こんな快楽なのか。今この瞬間襲いかかれば、女の手でもやすやすと自分を殺せるだろう。自分をあきらめて投げだす。そこには恐ろしいほどの快感がある。雅人はそんなことを思いながら、眠りに落ちていった。

43

パークデラックスの部屋の明かりは消してしまった。暗い部屋の壁に、四角く切り取られた新宿の夜景がはまっている。麻衣佳は黒いランジェリーの上下に、煙のように身体を透かすシフォンのキャミソールで、輝くビル群のまえに立っていた。雅人の頬に手を伸ばし、指先でこすっている。

「すごい、雅人さんの顔ピカピカになってる」

生まれて初めてのフェイシャルケアをしたばかりだった。女たちがエステに夢中になるのも無理はなかった。あれは男の風俗と変わらない。性的ではないかもしれないが、肌に直接送りこまれる官能的な快楽である点で同じなのだ。

麻衣佳の背中に手を伸ばした。三時間を超えるマッサージで、いつもよりなめらかになっていたが、それでも千映の雲のような肌ざわりにはおよばなかった。しかし、麻衣佳にはこの丸みと重いやわらかさがある。片手でブラジャーのホックをはずした。半球形の乳房は一度だけ揺れて、元の完璧《かんぺき》な姿にもどった。ストラップレスの下着を丸めると、麻衣佳は隠すように窓枠においた。腕を広げ、熱にうかされた声でいう。

「思い切り抱いて。今夜は最初はベッドでなく、ここでして」

地上百数十メートルの窓を背負う麻衣佳の目には、遠くの街明かりに負けないほどの濡《ぬ》れた輝きがあった。雅人は麻衣佳にキスをした。しびれた頭で考える。なぜ、女の口はやわらかいのだろう。なぜ、女の舌はとがっているのだろう。なぜ、女の歯は薄いのだろう。どれひとつとして、男と変わらないのに、なぜこれほど自分は魅せられてしまうのか。女を抱くことは、永遠にこたえのでない謎《なぞ》をひとつずつ増やしていくことだった。雅人は麻衣佳の乳房を支えるようにしたから丸くつかんだ。

「麻衣佳の胸は、この四年でおおきくなったな」

乳首の芯《しん》を三本の指でやわらかくつまんだ。麻衣佳の声は甘さと切なさを増していく。

「やっぱり太ったのかな」

「いいや、昔よりもずっといい女になった。結局、色気っていうのは、どれだけ自分の欲望を認められるようになるかってことなのかもしれないな」

自分自身の二十代を思った。あのころは欲望ばかり激しかったが、自分のプライドが邪魔をして、女たちのまえで正直になることができなかった。失敗や傷つくことを恐れて、セックスそのものをたのしむ余裕に欠けていたと今にして思う。中年とは、なんと気楽な日々だろうか。無様なことにも、醜いことにも慣れてしまった。いくらでも、自分の欲望に正直になれるし、そうなったとたんに、女たちも秘めていた欲望を全力でこちらにむけてくれるのだ。

両手で麻衣佳の乳首をつまむようにうわむきにした。乳首のざらついた裏側を親指の腹でこする。この器官はちいさいけれど、すべての側面に別々な快感を秘めていると麻衣佳はいう。乳首の裏は麻衣佳の上半身の最大の弱点だ。麻衣佳は赤ん坊の頭を抱くように、乳房へ雅人の舌を誘導した。なめあげ、なめおろす。満足することをしらない乳児になって、中腰で雅人は乳房に張りついた。豪勢な新宿の夜景をまえにしていても、滑稽《こっけい》な姿であるのは間違いなかった。だが、雅人はこれほど自分らしい時間はないと心の底から思っている。

仕事はもちろん大切だし、自分の生活の中心だから、しっかりとやる。それでも伸び盛りの会社の社長が自分の本性だとは到底思えなかった。数億円ものローンを組んだ家も、高性能なドイツ車も、イタリア製のスーツも、スイス製の機械式腕時計も、すべては見栄《みば》えのいい玩具にすぎない。

こうして裸で女を抱いているときの自分がほんとうで、あとはすべてつまらない競争でいい順位をあげた褒美《ほうび》の勲章だった。雅人は男だから、ぴかぴかの勲章が嫌いではない。けれど、勲章の空《むな》しさを理解できるほどには大人になっていた。

中指を伸ばして、麻衣佳のショーツにさしこんだ。体毛の底がべたりと濡れ潰《つぶ》れている。

「もう、しよう」

苦しげに開いた麻衣佳の唇に、濡れた中指を押しこんだ。耳元でささやく。

「これがぼくの好きな麻衣佳の味だよ。うしろをむいて」

麻衣佳は西新宿の超高層ビルに手をついた。光の塔は競うように空を目指している。雅人はショーツを太もものなかばまでおろした。輝く桃のような尻《しり》が、夜空に浮かんだ。ペニスの位置をあわせて、ゆっくりと侵入する。女の肉に包まれながら、自分は東京という街とセックスしているのだと雅人は思った。麻衣佳の桃を両手でつかむと、この街の空高く雅人は腰をつかい始めた。

44

このまま燃え尽きてしまうのではないか。

雅人はこの夏、自分でも欲望の抑えがきかずにときどき恐ろしくなることがあった。

いくら女を抱いても、満足はほんのひとときで、すぐに新たな欲望が湧《わ》きあがってとまらないのだ。誰にでも四十代のなかばには、そんな第二の青春期がやってくるものだろうか。雅人の回数は絶頂期だと思っていた二十代後半を、すでに軽くうわまわっていた。

麻衣佳と都心のホテルでスパとエステとセックスに溺《おぼ》れた翌々日、雅人は羽田空港に比沙子を迎えにいった。愛人が立っていた国内線のゲートで、今度は自分が妻を待つ。それはどこかくすぐったいような気分である。夕方の空港というのは、なぜかもの悲しいものだ。ガラス張りのアトリウムにさしこむ夕日のせいかもしれない。機能的に美しくデザインされたすべてが、一日の終わりの色に染めあげられている。

「お待たせ」

トロリーをひいて、比沙子がやってきた。今年の流行色のシルバーのパンツに、透ける麻のシャツをあわせている。雅人はジーンズに黒のポロシャツ姿だった。トロリーを受けとっていった。

「空港は好きだから、待つのはたのしいよ。それより晩めしはどうする」

時刻は午後六時すぎだった。

「そうね、まだお腹《なか》は空《す》いてないけど、面倒だから軽くたべていきましょうか」

ターミナルが改装されて、羽田空港も飲食店が充実していた。住まいのある青山原宿界隈《かいわい》とまではいえないが、旅の終わりを締めるには十分だった。

ふたりはレストランのフロアを見てまわり、鮨屋《すしや》を選んだ。注文をすませると、比沙子がいたずらっ子のような目をした。

「どうだった、久しぶりの独身生活は」

「あっという間だった。もうすこし長くてもいいくらいだ。あの家でひとりというのも悪くないよ。ベッドもつかいたい放題だしね」

寝室のベッドはキングサイズだった。

二日間のうち半分は麻衣佳とホテルですごしたのだが、適当な嘘《うそ》でごまかしておく。

「そっちは」

「地元の友達と遊んだよ。やっぱりたまに帰るといいな。いつも東京の人間の振りしてるけど、自分が誰だか思いだすもの」

「そんなに違うものかな」

「ぜんぜんね。天文館だってシャッター通りみたいになっていた。東京のバブルなんて、どこの世界の話だろうっていう感じ」

雅人の買った神宮前の土地はこの一年半で、五割は上昇している。

「そういえば、雅人さん、明日はゴルフよね」

疑ってはいないだろうか。妻の様子を注意しながら、返事をした。

「そうだよ。五時には家をでる」

比沙子は目を伏せたままいった。

「わかった。じゃあ、わたしはお昼から二子玉川に買いものにいくね」

鮨桶《すしおけ》が届くと比沙子は食欲なさげににぎりをつまんだ。半分ほどたべた残りは雅人が片づけた。

その夜、雅人はとなりでやわらかなタオルケットの稜線《りょうせん》を描く比沙子の腰に手を伸ばした。翌日は千映と旅館に泊まることになっているのだが、わかっていても欲望が動きだしてしまったのである。雅人の性欲はブレーキの壊れた車のようだった。誰かにぶつかるまでとまることはない。腰においた手をあげていく。布越しにちいさいけれど形のいい乳房をつかんだ。しばらくその感触を味わってからいった。

「比沙子、しない？」

比沙子はむこうをむいたまま、雅人の手を胸からはずした。

「ううん、今夜は疲れているから。また、今度ね」

「……そうか、わかった」

おとなしく引きさがったけれど、雅人はひどく狼狽《ろうばい》していた。これまで雅人の誘いを比沙子はほとんど断ったことはない。白いクロス張りの天井を見あげた。ふたりの愛人をもつ自分が、妻に一度くらい断られたからといって傷つく理由はない。頭では冷静にそう判断しているのだが、雅人の胸に空いたちいさな隙間《すきま》は埋まらなかった。

45

宿は湯河原だった。

ゆるやかな山の傾斜の緑に点々と和風の離れが隠されている。八畳をふたつつなげた続き間の先に、広い縁側があって、そのまま露天風呂《ぶろ》におりていく造りだった。たいそう豪華で趣味もよいが、流行のカップル用高級個室旅館である。

「すごくきれい」

夏の木々に額縁のようにかこまれた石組みの露天風呂を見て、千映がそういった。いつもジーンズなのに、その日は淡いサックスブルーのワンピースだった。ノースリーブの肩から伸びる二の腕が、光を吸いこむような白さだ。

「こんなところに泊まるの初めてです」

未経験な女のいいところは、なんにでも素直に感動してくれることだろう。人生のなかばをすぎた雅人は、誰か第三者の反応をとおしてしか、豪華なものには心を動かされなくなっている。まだ夕食までは、かなりの時間があった。だが、こうして離れにはいってしまうと、もう外にでる気にはならなかった。縁側に立つ千映をうしろから抱き締めた。

「明るいけど、いっしょに温泉にはいろうか」

千映の首筋に血の色が浮くのがわかった。すでに何度も身体《からだ》を重ねているが、明るい場所で抱きあったことはない。

「いえ……最初はわたしひとりではいります」

舌をだらりと伸ばして、首のつけ根から耳の裏までなめあげた。震えている千映がかわいくて、耳のなかに声を送りこむ。

「いっしょにはいりたいな。ダメかい」

若い女の耳は真っ赤に透けていた。

「気もちの用意ができたら、だいじょうぶです……あの、夜になったら」

女性の性欲というのは、なんと素晴らしいものだろうか。麻衣佳のようにむきだしでも、千映のように秘められていても、どちらも雅人にはありがたいものだった。

「わかったよ」

千映の身体を離して、自由にしてやった。縁側を一歩跳び離れると、千映は振りむいていった。

「雅人さんが先にはいってくれませんか。わたしはきっと時間がかかるから」

夏の午後の光をうしろから浴びる千映は、身体全体が透きとおるようだった。雅人は声もなくうなずいて、入浴の準備をした。


日の高い時間から、風呂あがりの浴衣《ゆかた》姿で、旅先の香り高い畳に大の字に寝そべる。天井の柾目《まさめ》がきれいだ。庭先からは蟬時雨《せみしぐれ》に混ざって、女が湯をつかう音がきこえている。頭のいい人間は、悲しい顔をして幸福がなんであるかわからないという。だが、雅人は単純だった。迷うまでもない。幸福とは、これから性交することが確定しているうえで、刻々とすぎていくこの充実し切った時間のことだ。

「いいお湯だった」

髪をあげた千映が天井を背にして笑っていた。雅人は千映の細い足首をつかんだ。ほとんど指がまわってしまいそうである。

「ああ、文句なしに気もちいいな」

同じ暑さでも東京なら冷房がなければ息苦しくてたまらないが、こうして湯河原の山中にいるとかえって快適なくらいだった。雅人は足首を放し、浴衣の裾《すそ》をめくった。

「ダメッ……」

ちらりと白い太ももがのぞいて、千映が風呂あがりの指で浴衣のまえを押さえた。雅人は片手をついて起きあがった。

「いいんだよ、誰もいないんだから。ここはふたりだけで、残りの世界の人間にはなんの関係もない。しゃれた造りだけど、思い切りやらしくなれるように考えられているんだ」

千映は振り返ると、遠い山なみに目をやった。

「そうですね。なんだかふたりぼっちな感じ。わたしたちのほかはみんな時間がとまってしまったみたい。この部屋、スエットロッジのなかみたいです」

千映が自分の生きかたを発見したネイティブアメリカンのヒーリングキャンプである。雅人は急に思いついていった。

「お願いがあるんだけど、いいかな」

千映は不思議そうな顔をした。

「雅人さんがわたしにお願いですか。そんなことありえないと思うんですけど」

雅人は畳のうえで正座した。

「今ここで、千映の身体を全部見せてもらえないか。記憶に焼きつけておくから」

ふたりのデートはいつも夜だった。千映の身体は薄暗い照明のなかでしか目にしたことはない。自然光のなかで、千映の身体を隅々まで見る。それは今日を逃せば、いつ可能になるのかわからなかった。

「本気なんですか……でも、わたし困ります……スタイルだって、よくないし」

浴衣のまえで手を組んでしたをむいてしまった。

「本気だよ。別にやらしい気もちでいってるわけじゃない。千映の今の身体を忘れないように、しっかり見ておきたいんだ」

しばらく迷ってから、千映はこくりとうなずくと、開け放った和室の縁に立った。うつむいたまま、ゆっくりと浴衣の腰ひもを解く。真っ赤な顔をあげると、にらむように雅人を見て、まえを大胆に開いた。浴衣は薄い布のスクリーンのようだった。とおり抜けた光が、千映の身体を淡いシルエットに浮きあがらせる。若い命が洪水のようにあふれていた。雅人は言葉もなく、全身を目にして女の命を見つめ続けていた。美しいものとは、女の身体である。

千映は腕を抜き、浴衣を肩から落とした。足元に丸く広がる布の中央で、千映が胸を張って立っていた。乳房も、恥部も、隠してはいない。

「雅人さん、わたしの身体、全部忘れないでください」

かすれた声で雅人はいった。

「うん。千映はぼくがどれほど感動してるか、わからないだろうな。そのままうしろをむいて」

ゆっくりと女の身体にあたる光の角度が変わった。白い背中にくびれた腰、尻《しり》はまだ青さの残る桃のようだ。雅人は急に切なくなった。いつか、この身体とも離れなければならない。自分には妻がいる。千映自身の幸福のためにも、いつまでもこの恋愛を引っ張ることはできなかった。

目のまえには湯河原の緑を背にした完璧《かんぺき》な女の身体のトルソがあった。それは手を伸ばせば届く距離なのに、決してほんとうには自分のものにならないのだ。千映が背中越しにいった。

「わたしも、この風景を死ぬまで忘れないと思います」

野生の動物のように素早く振りむくと、千映は畳を踏んで正座する雅人にむかってきた。雅人の頭をあたたかな腹にじかに抱き締める。

「今、雅人さんがほしいです」

雅人は尻を抱いていた手を、うしろから桃の割れ目にさしこんだ。千映は太ももの内側まで濡《ぬ》らしていた。人は心から感動しながら、同時に性的に興奮することもある。性を心と身体のより低い働きとする俗信を雅人は憎んでいた。雅人のペニスも浴衣を押しあげているが、千映の命の素晴らしさへの感動はそれによって薄れるものではない。雅人は右手の中指を千映の洞に押しこんだ。

「いきなりなんて、ひどい」

千映は立っていられなくなった。崩れてきた若い果実のような身体を、雅人は腕を広げて受けとめた。

広げた浴衣が敷物の代わりだった。雅人と千映は裸で抱きあって、しばらくなにもせずに黙っていた。息をする熱い身体が自分の腕のなかにある。それだけで十分に満足だったのである。

人の身体は不思議なもので、距離によって美しさを計る尺度が変わる。先ほどのように離れているときには、圧倒的に視覚が優位だけれど、抱きあっているとなによりも強力なのは触覚だった。目を閉じて、すき間なく身体を重ねていると、それがよくわかった。

女性は目に美しい人もいれば、耳に美しい人もいる。舌や肌に美しい人も、ペニスに美しい人もいるのだろう。

「どうして、笑っているんですか」

千映が雅人の額に落ちた髪を直して、そういった。

「理由なんかないよ。ただ世界中の人間にざまあ見ろっていいたくなってね」

千映も裸で笑っていた。雅人の頬にキスするとちいさく叫んだ。

「わたしはこんなに幸せだぞ。みんな、ざまあ見ろ」

内側から輝きだす表情とは、こういうものだろうか。千映の肌は牛乳を塗ったやわらかなガラスのようだ。透きとおりながら、どこまでも男の身体に沿ってくる。雅人のなかで急に凶暴な気もちが動いた。

「千映、すぐにほしい」

荒々しく千映をうつぶせにする。軽く尻をたたいていった。

「山のほうをむいて、手をついて」

千映は従順にくびれた胴をしならせ、両手両足を乱れた浴衣のうえについた。もう前戯など面倒だった。千映も雅人もすでに準備はできている。ただしい高さにあてがって、雅人は女に声もかけずに一気に侵入した。いつものやさしい速度ではなく、最初から乱暴に動きだす。

千映は一瞬振りむいて、うらめしげな目で雅人を見あげてきたが、すぐに獣の声をあげ始めた。目のまえにざっくりと割れた尻と白い滑走路のような背中が伸びていた。その先は、露天風呂と湯河原の深い緑だ。さらに目をあげると、果てしない夏空が広がっている。吸いこまれそうな青空に目を閉じて、雅人はしっかりと若い女の尻をつかんだ。

46

セックスのあとは、脱いだ浴衣を汗ばんだふたりの身体にかけて、昼寝してしまった。夢のなかでもセミの鳴き声がきこえそうな旅先の宿である。愛人の部屋にいったとき、雅人は気をゆるめないように注意していた。仕事で疲れていると、ついそのあとで眠くなってしまうのだ。だが、今日はそんなことを気にする必要はなかった。家に帰らなくてもいいのだ。

雅人は目を覚ましたが、ほんの三十分しかたっていなかった。ゆったりと畳のうえに心地よく熱をもった身体を投げだしている。千映も雅人のとなりで眠っていた。腕《うで》枕《まくら》をした左腕のしびれがくすぐったかった。雅人が身動きすると、千映が目を覚ました。寝ぼけたまま、裸の身体でしがみついてくる。

驚くほど熱い身体だった。

「いっしょに眠れるなんて、すごくしあわせ」

千映は雅人のわきのしたに顔を埋《うず》めていた。いつもことが終わると帰りの時間を気にしているような恋人。そんな自分と若い千映がつきあっている。

「ごめんな。いっしょに眠れなくて」

ぱっと顔をあげて、千映は雅人の乳首の横にキスをした。

「いいんです。そんなこと気にしてませんから。ただ今がほんとに気もちいいだけで。あやまるなんて、雅人さんらしくないです」

千映の絹糸のような髪をなでてやった。女の髪も年をとると硬く太くなるものだろうか。三十代の麻衣佳とも、四十代の比沙子とも違った指ざわりだ。

「あの、このままきいてもらえますか」

いきなりあらたまった声だった。

「ああ、いいけど」

千映は雅人の胸に頭をのせた。

「心臓の音がきこえる。不思議だけど、心臓の音も男と女では違うみたい。話っていうのは、うちの父のことなんです」

いくつもの家庭をもち、山師をしていると千映からきかされた父親である。

「そのお父さんがどうしたの」

「ベトナムから帰ってきたって連絡がはいったんです。まだ母のところにも、わたしのところにも顔をだしていないけど、遠からずやってくると思います。それにわたしが雅人さんの会社に勤めていることもしっているから……いいにくいんですけど、もしかしたら会社のほうにも」

雅人はぼんやりと話をききながら、若い女の髪の艶《つや》を眺めていた。こんな黒はどれほど腕のいい撮影監督でも、スクリーンには再現できないだろう。

「そうなんだ」

それがなにか問題になるとは思えなかった。

「あの……父はいつもつぎの仕事のための資金が必要なときにやってくるんです。恐ろしく口がうまい人だし、母はまだ父のことが好きだから、丸々お金をわたしてしまうんですけど」

いったんできあがってしまった人間関係というのは、簡単には書き換えができなかった。奪われ続けることがわかっていても、切れない男女がこの世界にはあふれている。

「会社に父がくれば、わたしの給料の前借とか平気でお願いするでしょう。わたしと雅人さんとのことをしれば、雅人さんをゆするかもしれない。父への対応は慎重にしてください。わたしたちのこと、絶対にばれないようにしないといけないんです」

千映が顔をあげて、真剣な目で見つめてくる。雅人は白い石のような額にキスをしていった。

「わかった。どちらにしても、ぼくたちのことは秘密だ。うちのほうでもばれたら面倒になる。気をつけるようにするよ」

「よかった」

千映がほっとしたようにいった。目のなかに疑いの曇りはない。色素の薄い千映の目は、明るい茶色のガラス球だ。雅人はふたりの愛人がいる贅沢《ぜいたく》さと罪深さを痛感した。本来なら愛人はなにも飾らずにすべてを話せる気安い相手のはずだ。それが麻衣佳には秘密をもってしまっている。隠しごとがひとつある。それだけで女とのつきあいは、数十倍も困難になるのだ。なぜ、こんなに面倒なことになったのか、雅人は自分の欲望をうとましく思った。それでも、愛人のどちらか片方を切ろうとは思わなかった。このまま綱渡りを続けていれば、いつか致命的なミスを犯すのではないか。そういう恐れはいつも感じているのだが、雅人はその他大勢の人間と変わらなかった。同じ危険でも、未来の危険はつい甘く見てしまうのだ。

47

夕食はたべ切れない分量だった。一メートル四方はある座卓のうえが隠れてしまうほど、たくさんの皿がならべられた。中年になって食の細った雅人は、半分しか箸《はし》をつけなかった。もともと大食漢のほうではない。

ビールと冷えた大吟醸で気分ははずんでいた。むかいにいる千映も泊まりなので、ぐいぐいと杯を空けている。浴衣《ゆかた》の襟元からのぞく首筋が赤く染まってきれいだった。夕食がさげられ、布団《ふとん》が敷かれるのを、縁側にでて籐《とう》のデッキチェアに寝そべって待った。月は湯河原の谷をわたっている。

「昼の約束覚えてるかな」

千映は首をかしげて、雅人を見た。つながれた手はデッキチェアの中間にある。

「うちの父のことですか」

「いいや、ぜんぜん違うよ。夜になったら、いっしょに露天風呂《ぶろ》にはいるってやつだ」

ぺろりと赤い舌をだして、千映が笑った。

「あっ、それ、わたしもいおうと思ってました。雅人さんの身体《からだ》、洗ってあげたいな」

千映の目は充血して、生きいきと濡れ光っていた。手をのばし、とがったあごをつまむ。キスをしようとうえをむかせたところで、座敷から声がかかった。

「お布団のご用意すみました。お騒がせしました。ごゆっくりお休みください」

千映があわてていった。

「はい、ありがとうござ……」

宿の女はこちらを見ずにでていった。言葉の途中でむりやりキスをした。ちいさな口のなかを盗賊のように舌で荒らしまわる。若い女が鼻だけで苦しげに息をするのがおもしろかった。唇を離すといった。

「ここで裸になって」

千映はうつむいて、暗い庭の隅を見ている。

「……でも、まだお風呂の用意ができてないから……バスタオルとか」

雅人は千映の首のうしろをつかんで、また激しいキスをした。千映の身体はつりあげられた魚のようだった。キスのあいだに浴衣の襟元に手をいれると、びくびくとデッキチェアのうえで跳ねている。

「いいから、裸になりなさい」

千映は半分目を閉じて、雅人にうなずいた。

「……はい」

立ちあがった千映は、のろのろと腰ひもを解き、浴衣を落とした。月の光を浴びた千映の身体は、冷たく整った白い彫像のようだ。雅人は籐の椅子《いす》のうえにあぐらをかき、千映の身体に手を伸ばした。

てのひらが数センチの距離に近づくと、熱風でも吹きだしているように千映の命が伝わってきた。髪をなで、顔をなで、手足をなで、胴体を隙間《すきま》なくなでる。指にふれる女の肌の感触を、残しておけないのが残念だった。音や映像のように粗雑なものなら簡単に記録できるが、女の肌のふれ心地をレコードできるほどの技術を人間はもっていない。雅人は籐の椅子を鳴らして立ちあがった。

「脱がせて」

千映は赤い顔をして、腰ひもに手をかけた。広い縁側で雅人と千映は裸でむきあっていた。まだ太っているというほどではないが、中年の身体はどこかだらしなく線を崩していた。青春の風を受けて張りつめた帆のような千映の身体とは比較にならなかった。あと五年もして自分が五十歳になれば、さらに肉がつき腹もでてくることだろう。老眼が始まり、白髪も増えてくるのだろう。まだ十分若いうちに、この身体をよろこばせてやるのだ。雅人は七割ほど充実したペニスを見おろして、そう思った。

「あの、ちょっといいですか」

千映が手を伸ばして、雅人のペニスをにぎった。両ひざをついて、顔を寄せてくる。とがった舌が唇のあいだを割ってさしだされた。髪を押さえて、雅人はいった。

「まだ、ダメだよ。いっしょに風呂にはいってからだ」

千映はうらめしげに雅人を見あげた。

「こんなになっているのに」

雅人のペニスからあふれた透明な滴《しずく》で千映の指の股《また》が濡《ぬ》れていた。雅人は中年になって、液体の量が若いころよりも多くなったように感じている。男の水量はいくつまで増えていくのだろうか。ボクサーショーツが冷たくて、困ることもあるほどだ。

千映は立ちあがると、ぺろりと自分の右手をなめた。

「雅人さんの味、おいしいです。早くいきましょう」

手を引いて、露天風呂へ続く階段を先におりていった。ほんの二、三カ月まえまでは処女だった女の揺れる尻《しり》に目を奪われて、雅人は夜におりていった。

48

「どうして、こんなにぴったりなんですか」

あまり硫黄のにおいがしない温泉のなかで抱きあい、千映がそういった。顔をあげずにずっと雅人の胸を見ている。若いころ鍛えておいてよかった。大胸筋はまだ張りをもっている。千映は指先を広げて、雅人の背中にふれていた。先ほど雅人がしていたのと同じふれるかふれないかのやさしさだった。

「わたし、なんだか中年のおじさんのいうことがわかるようになっちゃった」

雅人は苦笑した。中年のおじさんとはまさに自分のことではないだろうか。千映の目には、自分はどう映っているのだろうか。

「よく、女の子の肌にさわって、気もちいいっていうでしょう。わたしも雅人さんにさわっていると、すごく気もちいいんです。いつまでもふれていたくなる。二十センチ角くらいでいいから、肌をもって帰れたらいいのに」

生皮をはがされるところを想像した。よく切れるナイフをつかってもたくさんの血が流れることだろう。雅人は湯のなかの乳首に円を描くようにふれている。

「なんにつかうの」

千映は顔をあげるとにっと笑った。

「マウスパッド」

「？」

黙っていると、千映が雅人の背中をなでながらいった。

「背中の肌をはいで、マウスパッドにします。そうしたら、仕事中でもいつもそばにおいておけるし、ずっと右手をのせておけるから。誰も見ていなかったら、キスもできるかな。休み時間にマウスパッドをなめてるなんて、わたし変態ですね」

湯のなかで裸で笑っている千映を急にいじめたくなった。雅人は立ちあがると、荒い仕上げの湯船の縁に腰かけた。ゆであがったばかりの甲殻類のようにペニスは赤く月をさしている。

「さっきの続きをして」

千映は浴槽のなかを這《は》いすすんできた。舌をだして、つけ根からなめあげていく。

「最初に見たときは不思議な形だなあって思いました」

口のなかに先端を収めると、磨きあげるように丸く舌をつかった。しばらく味わってから離れる。

「温泉のせいかな、雅人さんのすごく熱くなってる。でも、今はすごく愛《いと》しいです。いつまでも口にいれておきたい気がして」

また透明な滴が先端からにじみだした。舌をとがらせて、すくいとるようになめると千映は自分の頬にペニスを押しあて笑ってみせた。

「なんで、こんなにおいしいのかな」

「しょっぱくないの」

若い女はペニスといっしょに首を振った。

「ううん、甘いです。雅人さんの身体からでるものは、みんな甘い気がする」

しばらく若い女の口をたのしんでから交代した。今度は千映が湯船の縁に腰かけ、雅人が湯のなかに座りこむ。包皮からむきだしにして、クリトリスをなめた。温泉と女のにおいはよく似ている。雅人は女性器のあやふやさを口で感じるのが好きだが、すぐに千映が雅人の頬をはさんで顔をうえにむけさせた。

「もう、そういうのはいいです。わたし、最近そっちよりも、なかのほうがよくなったみたいで……」

初めてのときから敏感だと思っていた千映の身体は、さらにすすんでいるようだった。

「……雅人さんがほしい」

誰かにこうして全身で求められること。何度身体を重ねても、この瞬間がルーティンになることはなかった。雅人の心の表面にあるモラルや世間体は、性の熱できれいに蒸発してしまう。

「そこに手をついて、お尻をこっちにだして」

夜の木々とセミの鳴き声がジャングルのようにからんでいた。夏の夜空は紺色に澄んで、明るい月を浮かべている。夜の桃のような千映の尻の中心には、半分口を開いた性器が秘められていた。雅人がペニスを押しこむと、なにごともないように縦に裂けた唇は全長をのみこんでいく。身体のなかにこれほど大胆な空《うつ》ろがあるから、女たちはなんでも吸収し、自分たちの色を変えていけるのだ。雅人は目を閉じて、粘膜と粘膜の接触に酔った。

ペニスが前後に動きだすと、足元でちいさな波音が鳴った。月は空をわたり、セミは命を削って夜も鳴いている。千映と自分は夢中で腰をつかっていた。仕事を遂行するのも、経常利益を上昇させるのも、社会的地位を得るのもいいだろう。だが、こうしている瞬間以上に、まっすぐ自分の命を感じとれる時間が、男の一生に何度あるだろうか。しかも、富や名声と違って、性の世界は望む者すべてに平等に開かれているのだ。千映がセミに負けない声で鳴いていた。

雅人は命の鳴き声に負けないように、腰の速度を限界まで引きあげた。

49

夏休み明けの夜だった。

雅人の家には十畳ほどのルーフテラスがある。デッキチェアと日ざしに強いオリーブの鉢植えがおかれた白いタイル張りの屋上だ。周囲は低層の住宅地で、人目を気にする必要はなかった。入浴後、雅人はボクサーショーツ一枚で涼をとっていた。裸の首にタオルをかけ、ミネラルウォーターと携帯電話だけもっている。遠く新宿の超高層ビルの航空障害灯が、赤い点滅を心臓の鼓動にあわせて夜空に浮かべていた。

今年の夏休み九日間は、この十年では記憶になかったほど充実していた。それぞれ魅力の異なる三人の女たちとたっぷり身体を重ねることができたのだ。常夏《とこなつ》の楽園で、三種類の果実を腹が満ちるまで味わったような気分だった。よくなじんだ比沙子、完熟した麻衣佳、新鮮な千映。どれひとつ欠けても、この幸福はないだろう。三人の女を順番に思いだすだけで、風呂あがりの腰のあたりに重い熱がたまってくる。

そのときデッキチェアに投げだしておいた携帯電話が三度短いうなりをあげた。屋上で雅人は愛人たちへのメールをよく打っていた。誰からのおやすみメールだろうか。フラップを開けると、ディスプレイには意外な名前が見えた。イート・ア・ピーチの共同出資者、川北英次からである。

＜急にすまない。
＜恵美とのことが、
＜むこうのダンナにばれた。
＜今夜ちょっと話が
＜できないか？
＜何時でもいい、待っている。

背筋の寒くなるようなメールだった。川北の不倫相手は、得意先の妻である。すぐにディーラーの番号を選択する。相手がでると、雅人はいった。

「どうして、ばれたんだ」

川北の声には妙な張りがあった。普段は冷静な男だが、興奮状態なのかもしれない。

「瀬沼社長が恵美の携帯を見たらしい。いつもはロックをかけてあるんだが、そのときははずれていた。どこかのレストランで、ほんのすこし席をはずしたあいだだったらしい」

雅人のようにただの不倫ならともかく、恵美には夫がいる。それも川北の勤める外資系証券会社の優良クライアントだ。

「その社長はおまえのファンドに四十億もつっこんでいるんだろ」

「ああ、そうだ。今日の午後、真っ赤な顔をして、オフィスにのりこんできたよ。おれの上司に、資金をすべて引きあげられたくなかったら、おれを首にしろと怒鳴っていた」

会社員が想像できる最悪の事態だった。

「それで、どうなるんだ」

川北はさばさばしたものだった。

「まだ処分は未定だ。だが、アングロ＝サクソン系というのは、金に関してはドライだからな。こっちを切るくらいで、手元に四十億が残るなら、簡単におれの首を飛ばすだろう」

「そういうものか……」

返す言葉もなかった。

「それで、恵美さんはなんていってるんだ」

「もういい、あんな男には愛想がつきた。離婚するといっている」

「なるほどなあ」

ダブル不倫の相手が離婚するというのは、おおいに問題だった。

「だが、社長はそんなことになったら、おれに損害賠償請求をするそうだ。それに恵美についても、これまでどおりの関係を続けていけるのかどうか、問題はあるな」

会社を首になったうえに、莫大《ばくだい》な金を払わされる。踏んだり蹴《け》ったりだ。双方に家庭がある場合、微妙なバランスのうえでつきあいは成り立っている。片方が急に自由になるというのは、危険な兆候だった。雅人の声はちいさくなった。

「おまえの奥さんはそういう事態をわかっているのか」

投げやりに笑って、川北がいった。

「いいや、まだしらせていない。きっとびっくりするだろうな」

他人事《ひとごと》のようである。いつまでもおりてこない雅人を気にかけたのだろう。屋上につきだした塔屋のサッシから、比沙子が顔をのぞかせた。送話口を押さえていった。

「川北の不倫がばれた。あいつは会社を首になって、訴えられるかもしれないそうだ」

口を丸く驚きの形に開いて雅人を見つめると、比沙子が螺旋《らせん》階段をおりていった。

「だけど、ずっと隠しておけるようなものじゃないだろう。いつかはきちんと話をしないとな。夫婦なんだから」

雅人のアドバイスは月なみである。自分がそれほど苦しい状況に陥ったら、どうするだろうか。想像しようとしたが、あまりに恐ろしくて頭が回転を拒否した。

「まあ、会社ともうすこし話をしてみる。恵美とのこともちょっと距離をとらないといけないのかもしれない」

そういうことか。結婚外の恋愛の基盤はおもての世界の道理に、かんたんに打ち崩されてしまう。中年の恋というのは、しょせんは遊びにすぎないのだろうか。雅人は千映のことを考えた。自分の声に非難の調子がのらないように気をつけていった。

「だけどな、英次は恵美さんのこと、運命的に身体《からだ》の相性のいい相手だといっていただろう。あれこれと問題が起きたのはわかるけど、あっさりと距離をおけるものなのか」

しばらく電話のむこうが静かになった。息をする音だけがきこえている。

「おまえも、わかるんだな。相性のいい相手と引き裂かれるのは、地獄だよ。こんな事態になっても、どうやったら恵美に会えるのか、つぎにいつあの女を抱けるのか、未練たらしく考えているくらいだ。まいったな、ほんとに」

千映といきなり別れることになったら、自分はどうなってしまうのだろう。考えただけで、腹のなかにちいさな氷の塊を押しこまれたようだ。

「なにかあったら、報告してくれ。あまり手助けはできないかもしれないが、できることならがんばるから」

「ああ、悪いな。それじゃあ、おれと彼女はいま連絡をとりにくいから、おまえか千映ちゃんの携帯電話を利用させてくれないか。おたがいのメールを転送させてもらえると助かる」

雅人は都心の超高層ビルをぼんやりと眺めていた。あの窓のどこかにも、英次のようにぎりぎりに追いこまれた男女が暮らしているに違いない。美しい街の灯が悲鳴のように見えてきて、雅人は友人との通話を切った。

50

会社帰りに千映を誘った。都心では雅人の顔見知りに偶然会う可能性があったので、千映とのデートはいつも学芸大学駅まえの商店街が多かった。千映もそちらのほうが、おしゃれな店よりもリラックスできていいという。その夜は炉辺《ろばた》焼きの店だった。九十九里産だというハマグリがいくらでも腹におさまるほど舌に軽くみずみずしかった。

「やっぱり結婚している人が相手だとむずかしいんですね」

雅人は麦焼酎《むぎじょうちゅう》の水割をひと口やった。氷の浮かんだ酒がひどくうまかった。カウンターのむこうの炭にあてられて、顔が火照《ほて》っている。

「そういえば、千映はぼくが初めてだったんだよな」

千映の頬もほのかに赤く染まっていた。幸福そうに微笑《ほほえ》んでいる。

「つきあったのも、ああいう素敵なことをしたのも、雅人さんが初めて」

雅人は胸をつかれた。ということは、普通の若い男女のように独身者同士の気ままな恋愛を、千映はしらないのだ。人に見つからぬようにこっそりと会い、自分の普段の行動半径を避けて動く。それがあたりまえの恋愛になっているのだ。

「ごめん」

雅人は思わずひと言漏らしてしまった。千映はきっとにらんだ。

「あやまらなくていいです。雅人さんは悪くないし、わたしが自分で決めたことですから。恋愛をしていて、どちらか一方だけが悪いなんてことはないと思います。これからは二度とごめんなんていわないでください」

「わかった。千映は強いな」

雅人はそういったが、やはり妻がいて二十歳も年うえの自分のほうに責めがあるという気もちがぬぐえなかった。

「そんなことより、川北さんのほうはだいじょうぶなんですか」

「わからない。だが、あいつはディーラーとしての腕はいいし、頭も切れる。今の会社に移ったのもヘッドハンティングされてのことだったらしい。あの世界でなんとか生きていくんじゃないか」

女というのは不思議なものだった。東大出の優秀なディーラーが、自分の立場を忘れてはまってしまうほどの魅力がある。目のまえにいる千映を見た。飛び抜けてきれいな肌はしているが、別に美人というわけでもない、普段着姿の若い女だった。自分も千映にしっかりと男をつかまれてしまった。ずるずると背骨の奥にまでつながっているペニスをつかまれてしまった。川北のようなトラブルが発生して、急に千映と別れることになったら、生きたまま背骨を抜かれるようなものだろう。

「川北さん、かわいそう」

「そうだな」

また焼酎をのんだ。いくらでものめてしまいそうだ。

「だって、川北さんと恵美さんは、雅人さんとわたしみたいにぴったりなんでしょう」

この春まで処女だった女が、雅人と同じことを考えていた。驚いて千映を見ると、女の目はうっすらと涙ぐんでいた。

「雅人さんに会えなくなるのを考えただけで、つらくてたまらなくなる」

胸のなかがしぼりあげられるような切なさだった。こんな純真さは妻の比沙子にも、第一の愛人・麻衣佳にもないものだ。四十代もなかばになって、これほど切ない恋ができる。雅人は切なさとその裏側にある幸福に酔った。自分は恵まれている。ほとんどの中年男たちよりも、ずっと仕事にも女にも恵まれている。だったら、なにをしみじみ反省する必要があるというのだ。いけるところまで、突っ走る。それでいいではないか。走れなくなったら、倒れて死ぬ。人生などそれで十分だ。女を抱けるうちは、抱いておけばいい。働けるうちは、エクスキューズなしで働き抜けばいい。金や名誉などあとから勝手についてくるだろう。

雅人はカウンターのしたで手を伸ばした。指先をからめて、千映の子どものような手をにぎりしめた。

「今すぐ、千映がほしい」

目をふせたまま、若い女は赤い顔をしてうなずいた。

「大将、お勘定を頼みます」

雅人がそういうと、店のなかにいる若い店員が、あちこちで大声をあげた。

「ありがとうございました」

いつもならその手の野蛮なかけ声が嫌いな雅人だが、その夜は背中を元気よくたたかれた気がした。今夜のセックスは二度ともどらない。一度限りのものだ。最高の夜にしよう。

のれんをくぐって鷹番の路地にでると、雅人はいきなり千映の薄い身体を抱き締めた。

51

ひと気のない商店街をもつれるようにして歩いた。むこうから人がこないと見ると、雅人はTシャツと薄手のスポーツブラのうえから、千映の胸にふれた。千映はダメといって、男の手を払うが、身体を離そうとはしなかった。街灯と空を走る黒い電線が妙にきれいだった。飲食店以外の店はほとんどシャッターを閉じている。夜の早い街だ。

「キスしてください」

いきなり千映がそういった。

「胸をさわるのはダメでキスはいいのか」

千映は口をとがらせた。

「だって、おもてで胸をさわるのはやらしいけど、路上のキスはかわいいでしょう」

女性キャスターが撮られた路上キスの写真を思いだした。確かにあれはなかなかきれいな写真だった。雅人は周囲を見まわした。こんな時間だが、塾帰りの小学生が歩いている。もうすぐ千映のマンションに折れる道だった。

「あの角を曲がったら、キスしよう」

若い恋人たちのように小走りになるのが、自分でもおかしかった。雅人と千映は暗がりでキスをするために、笑いながら手をつないで暗い商店街を駆けた。右手に折れるとすぐに電柱の陰に身を寄せる。雅人は千映を抱き寄せ、耳元でいった。

「さっきの言葉もう一回いってくれないか」

千映の目は水を張った小皿のようだった。生きいきと濡《ぬ》れて、雅人の視線をはじいている。

「雅人さん、キスしてください」

最初から口を開いたキスになった。舌にふれる舌の感触は、何度試しても素晴らしいものだ。雅人は女性の年齢にこだわりはない。だが、それでも二十歳も若い女だと思うと、どこか興奮を誘うものがあった。

立ち尽くしてキスを続けた。千映が唇を離そうとすると髪を荒々しくつかんで、さらに引き寄せる。千映のちいさいけれどやわらかな乳房を丸くつかんだ。女の手をジーンズのまえに押しつける。千映はためらわずに雅人のペニスをにぎった。

ようやくキスを終えたときには、雅人の口のまわりはふたりの唾液《だえき》でぬらぬらと冷たかった。千映は雅人の体にしがみつくように、マンションまでの最後の数十メートルをすすんだ。雅人の右手は千映のヒップポケットのなかにある。

「あっ……」

千映がちいさく叫んだ。快感のためではなく、驚きと恐怖の叫びのようだ。丸く落ちた街灯の光のなかに、表情のわからない中年男が立っていた。こちらを盗み見ているようだ。

「……お父さん」

千映がそうつぶやいて、全身を硬直させた。雅人はあわてて、千映のジーンズのポケットから手を抜いた。ペニスから血液が漏れだすように抜けていくのがわかった。山師だという千映の父親に、この状況でどう対応すればいいのだろうか。パニックになりそうな心を、雅人はなんとか抑えこんでいた。

52

千映は雅人から跳び離れて、数歩先にすすんだ。街灯のしたに立つ男は表情の読めない顔でこちらを見ている。おおきな借金を抱えている割には、身なりがよかった。身体へのフィット感を見ると、既製ではなくオーダーメイドのスーツのようだ。年齢は雅人より四、五歳うえだろうか。男は会釈《えしゃく》すると、ひどく慇懃《いんぎん》にいった。

「こんばんは。千映の父で、早水孝太郎ともうします。失礼ですが、そちらさまは？」

雅人は言葉につまった。男の目は千映と同じ、色素の薄い明るい茶色だ。あとは顔のどこにも似ているところはなかった。

「こんばんは……」

千映は急に振りむくといった。

「そこで待っていてください。別に挨拶《あいさつ》とかいいですから」

雅人のことをしられたくないようだった。久々に会った父親への千映の声は、砕いた氷のかけらのようにとがっている。

「なにをしにきたの。わたしはお父さんに貸すお金なんてないよ」

孝太郎は千映の相手をしなかった。軽く首をかしげて、雅人のほうを注視している。

「……どこかで、お見かけしたような気がするんですが……えーっと」

口元に笑いを浮かべているが、細めた目の奥は鋭かった。わざとらしく手を打っていった。

「そうだ。経済誌のネットビジネス特集で、見たことがある。立派な写真がのっていたなあ。あなた、デジタルマウンテンの奥山社長じゃないですか。千映、おまえのところの社長さんだろう、違うのか」

うしろ姿でも千映の身体《からだ》から力が抜けていくのがわかった。もう隠れることはできないだろう。雅人は商店街の路地裏で、千映と肩をならべた。先ほどまでは欲望で輝くようだった若い女の頬が、青白くなっている。

「ご挨拶もせずに、すみませんでした。奥山です。千映さんにはいつもがんばってもらっています」

ベトナムから帰ったばかりの山師が、あらためて頭をさげた。

「いや、こちらこそ娘がお世話になっています。この子にはいろいろとつらい思いをさせてしまって……」

そこで言葉を切ると、孝太郎はこずるそうな目で見あげてきた。

「奥山社長もいろいろとおききになっているでしょうけれど」

千映の父親は念を押すように笑ってみせた。先ほどの電柱の陰でのキスを、この男は目撃していたのだろうか。雅人のなかで急激に不安がふくらんでいく。千映の声は悲鳴のようだった。

「仕事の話の続きがありますから、社長はここでお待ちください」

千映は孝太郎の手をとると、ぐいぐいと引っ張っていく。

「ちょっとお父さん、きて」

そのまま路地を商店街のほうにもどっていった。雅人はあっけにとられて、街灯の光の輪のなかで立ち尽くしていた。

53

千映がもどってくるまで、かなり待たされたような気がした。夏の終わりの夜でも、またきっと熱帯夜になるのだろう。セミの声が頭のなかで鳴っているようにやかましい。小走りでやってきた千映を確認してから腕時計を見た。まだ十分とはたっていない。息をはずませて千映はいった。

「うちのお父さんが、すみません」

会話には不自然なところはなかったと思う。だが、この嫌なあと味はなんだろうか。

雅人は手をあげていった。

「いや、別にだいじょうぶだよ。お父さんはどうした？」

「駅の近くの通りで、タクシーに押しこみました。つぎにくるときは、あらかじめ連絡をしてといっておいたけど」

まもなく夜の十時である。雅人の欲望はすっかり冷えこんでしまった。

「今夜はもう帰ろうか」

千映はいやいやをして、雅人に飛びついてきた。

「ダメです。お願い、このまま帰らないで」

今度は千映のほうから、キスをしかけてきた。初めは冷静に応じていた雅人だが、千映のとがった舌で唇を割られて本気になってしまった。ふたりはもつれるように、千映のマンションの外階段をあがった。


父親の出現が千映のなかにある女のスイッチをいれてしまったようだった。その夜の千映は激しかった。靴を脱ぐより先に玄関でひざをつき、雅人のペニスを口にしている。そのまま雅人のジーンズを脱がせ、自分も裸になる。明かりが消えたままの部屋に手を引いていった。

「どうしたんだ、千映」

うしろから斬《き》りつけられたように、千映は一瞬で振りむいた。暗がりでも目がうっすら赤くなっているのがわかった。

「あの人がきて、不安でたまらなくて。いつも悪いことを連れてくるんです。また、うちのお母さんはあの人に通帳ごとお金をあげちゃうんだろうな」

細い髪の頭を抱いて、キスしてやった。千映は声を殺して、すこしだけ泣いた。泣いているあいだも、雅人の半分だけ硬くなったペニスをにぎっている。肩で息をすると、こぶりな乳房が揺れた。

「はあー、もう気にしないことにします。雅人さん、嫌なこと全部忘れさせてください」

床に直接敷いたマットレスに、雅人は押し倒された。千映は男の身体をまたいだ。腰をゆっくりとおろしてくる。

「おいおい、まだ千映にはなにもしてないよ」

キスをして、すこし胸にふれただけだった。天井の暗いクロスを背景に、千映の目が星のように光を落としていた。

「いいんです。もうだいじょうぶ。わたしがうえになってもいいですか」

千映が自分からそんなことをするのは初めてだった。ペニスの先がかすかに口を開いた女性器にあたる。雅人のほうが濡れるまでは、すこし抵抗があった。千映は目を閉じ、唇をかんで腰をさげてくる。

「痛くない？」

千映は黙ってうなずいた。恥骨と恥骨が密着すると、雅人の体毛はやわらかに濡らされてしまった。準備ができているというのは、事実のようだ。千映は太もものつけ根まで濡らしている。引き締まった腹を波打たせて深呼吸すると、千映は雅人の胸に手をついていった。

「動いてもいいですか」

うなるように雅人はいった。

「いいよ」

ペニスが熱いロウで型をとられているようだった。すきまなく性器同士が張りついているこの感覚は、妻の比沙子にも第一愛人の麻衣佳にもないものだ。これほど生まれ育ちの違う男と女が、なぜか性器だけ異常にフィットしてしまう。その恐ろしさにめまいがしそうになる。

千映は細い腰をしならせ、上下に動きだした。雅人は軽く腰骨に手をそえているだけだ。ただ粘膜がこすれあうだけで、なぜこれほどの酔いが全身に生まれるのだろう。いいセックスをするたびに雅人が痛感する疑問が生まれてくる。ＤＮＡをつぎの世代に、より多様な形で残していく、そのための遺伝子攪拌《かくはん》作業。生物学的な交合の目的が理解できても、興奮が鎮《しず》まることはなかった。

「こうすると、すごくいいみたいです」

初めて男のうえにのった千映は、すぐにコツをつかんだようである。前後にこすりつけるように腰を動かし、ペニスのあたる位置を調整した。

「ダメ、これ、気もちよすぎる」

そのあとは言葉にならなかった。夜の森で鳥が鳴くように、雅人の頭上から命が快楽のために漏らす声がふってくる。雅人は調子をあわせて、うねるように腰を上下させた。千映の声が高くなると同時に、往復運動のスピードもあがっていく。その夜、最初のエクスタシーに達すると、千映は射とめられた鳥のように、汗だくで雅人のうえに落ちてきた。

しばらく抱きあったまま、身動きもせずにいた。雅人のペニスは硬いまま千映のなかにある。やわらかな髪をなで、首筋にキスしていった。

「さっきは驚いたな。お父さんはなにか用があったんじゃないのか」

千映の声は余熱をもってかすれている。

「わかりません。きいてないから。でも、もしかしたら今夜泊まるところがなくて、ここにきたのかもしれない。いつもいきあたりばったりで、計画性なんてぜんぜんない人なんです」

父親にされたことを考えれば無理もないが、実の父に厳しい娘だった。

「そうか」

子どもをもたない自分には親の気もちはわからない。それでも、父親は世界にひとりしかいないと、あたりまえの言葉をいいそうになって、雅人は口をつぐんだ。千映は硬くなった全身で父の話を拒否している。雅人はゆっくりと身体を起こしながらいった。

「この話はやめよう。今度は千映がしたになって」

ペニスが抜けるとき、勢いのついた先端が濡《ぬ》れた音を立てて腹をたたいた。硬度は二十年まえとすこしも変わらないように見える。千映は脚を思い切り開いて、雅人を迎える準備をしていた。好きな女がすべてを開いて待っていてくれる。これほど満ち足りた瞬間があるだろうか。

「いくよ、千映」

千映はこくりとうなずいていった。

「はい」

雅人は千映のこの返事が好きだった。セックスの最中も敬語をつかう若い女が好もしかった。獣のように乱れながら、どこか影の薄さを感じさせる千映は、二十六歳になってもまだ十代のような雰囲気をもっている。一気に押しこむと、苦しげな声を漏らした。雅人は暗い部屋のなかで、じっと若い女の顔を見ていた。肌はぼんやり発光しているかのように白い。ルージュを塗っていない唇はピンクだ。雅人のなかで残酷な気もちが動いた。この女のなかにもっと自分の跡を刻みたい。

「千映」

薄く目を開けて、女は返事をした。

「……はい」

「今日はのんでくれないか」

こくりとうなずくと、はずかしげに笑った。

「はい。雅人さんの一度のんでみたかった」

雅人も腰をつかいながら笑ってしまった。

「おいしくはないよ」

「いいんです。のませてください」

長い一日だった。

普段ならもうすこし持続できるのだが、雅人はすぐに限界に達した。自然に腰の回転が速くなる。千映は雅人の腰をつかんで、自分もテンポをあわせてきた。若い女のセックスは、ほんの数カ月で見違えるように変化している。

「……いくよ、千映」

「はいっ」

千映は返事をしたまま、口をいっぱいに開いていた。雅人は射精の直前にペニスを抜き、中腰のまま上半身に移動した。千映はしたから伸びあがるようにペニスをつかむと、口のなかに収めてしまう。

身体の奥でまき起こった脈動が、ペニスのなかを伝わっていく。雅人は千映の口の奥に射精した。快感はあるけれど、不自然な姿勢が苦しかった。千映は口のなかに精液をためこんでいたようだ。雅人がペニスを抜くと口元を押さえて、にこりと笑い、一気にのみこんでしまった。なぜ、精液をのまれることに満足感があるのだろう。コンドームをつかったセックスや体外射精とは違い、自分のものが女の肉体の一部にとりこまれていくからだろうか。

「苦くなかった」

千映はかわいく首を振った。

「いいえ、雅人さんのはなんでも甘いです」

雅人は身体を落として、精液のにおいのする唇にキスした。

54

千映の部屋をでたのは、真夜中をすこしまわったころだった。ひとり暮らしの女の部屋から帰るのは淋《さみ》しいものだ。もっとも部屋に残された女のほうは、さらに深い孤独を感じるのだろう。妻のいる雅人はセックスのあとで、女といっしょに寝てやることができない。それがいつも心残りだった。

どこかふわふわとした足どりで、夏の終わりの外階段をおりていく。路地の暗がりからいきなり声をかけられて、雅人は凍りついた。身近にきく雷鳴のような衝撃だ。

「奥山社長」

千映の父・孝太郎がゴミの集積場のとなりに立っていた。軽く頭をさげると、にやりと笑う。

「いやあ、これでも親なんですかね。どうも、年頃の娘が心配になっていけない」

年頃のという言葉にストレスをおいて、わざとらしく発音した。雅人は声を震わせないようにするのが精いっぱいだった。

「タクシーにのられたときましたけど」

孝太郎は半分白くなった頭をかいた。

「気になってもどってきてしまいました。で、うちの千映はどうですか」

返事のしようがなかった。千映とのセックスのことをきいているのだろうか。つい先ほど、この男の娘に精液をのませたばかりである。雅人は動転していた。

「……いや、別に」

孝太郎は嫌な笑いを浮かべた。

「よっぽど大切な話があったんでしょう、奥山社長。そうでなければ、ひとり暮らしの若い女の部屋に、結婚して妻のある社長があがっていくはずがない」

ちらりと腕時計を見ると、孝太郎はいった。

「もう終電もなくなった時間だ。まあ、いいでしょう。千映とのことは、今度おたくの会社のほうで、お話しさせてください。あっ、そうだ」

孝太郎は上着のポケットから携帯電話をとりだした。レンズをこちらにむけてくる。

「せっかく有名人とお近づきになれたんですから、一枚写真を撮らせてください。はい、チーズ」

ちいさなフラッシュの白い花が咲いた。千映の父親は携帯を閉じると、会釈《えしゃく》して路地の奥の暗闇《くらやみ》に消えていった。

55

雅人は続く数日、落ち着かない気分ですごした。いそがしさに追われていても、千映の父親を忘れたことはなかった。クライアントとの打ちあわせにでかけ、時間の許す限り社内の企画会議に顔をだし、社長決裁の書類につぎつぎと印を押す。ルーティンになっているから当人は気にならないが、伸び盛りのＩＴ企業の社長は激務である。だが、その最中にふと、街灯に真上から照らされた仮面のような笑顔を思いだすのだった。

千映からは毎日、挨拶《あいさつ》程度のメールが届いていた。雅人が返事をするのは二回に一回程度で、千映の部屋からの帰り道に引き返してきた孝太郎と顔をあわせたことは告げていない。なるべく千映からあの父親を遠ざけておきたかったし、恐れる気もちも心のどこかにあった。

麻衣佳からのメールが届いたのは、週のなかばのことである。雅人はドアを開いたままの社長室で、ディスプレイを読んだ。

＞今夜、早くあがれそう。
＞ピーチでのんでから、
＞わたしの部屋にこない？

欲望をはっきりと表現する麻衣佳らしいメールだった。夏休みに都心のホテルでいっしょにエステをして以来である。雅人が了解のメールを返そうとしたところで、手のなかの携帯電話が震えだした。新しいメールは、トラブルの最中の川北英次からだった。

＞こちらの離婚の件で、
＞恵美ともめている。
＞しばらく距離をおきたいので、
＞千映ちゃんにメールの

＜転送をとめてもらえるか。
＜恵美の二重人格には
＜正直まいっている。
＜すまないが、適当に
＜なだめておいてくれ。

会社をクビになりそうなうえ、不倫相手から離婚を迫られているのだ。この友人は自分などよりずっと追いこまれている。千映の不気味な父親よりも、浮気相手の夫から損害賠償請求をされるほうがはるかに深刻だった。雅人はため息をぐっとこらえて、簡潔に二通のメールを打った。

久しぶりのイート・ア・ピーチだった。黒いＶＩＰルームには、雅人と麻衣佳しかいない。ヴィンテージイヤーだという２０００年のシャンパンを、バーテンダーの紘輝に開けてもらった。雅人はワインに関心はないので、すすめられてのむだけである。麻衣佳は胸元のおおきく開いたノースリーブのドレスだった。三十代なかばの腕には、みっしりと肉がつまっている。

「定時に帰って、うちで着替えてきちゃった。今日は急だったから、ベッドメイクもしてなかったし」

シャンパンをのんで、かすかに目のしたのやわらかなふくらみを赤く染めている。もうしばらくすれば、いつものメンバーが集まってくるのだろう。それまで麻衣佳をからかうのもおもしろいかもしれない。雅人はフルートグラスをもつ裸の腕を、肩から指先まで刷《は》くようになでた。

「もうっ……」

女の二の腕に針でついたように産毛《うぶげ》が立ちあがった。目のなかに炎がはいったのがわかる。麻衣佳は男子高校生のように欲望の立ちあがりが急だった。さわられた腕をなでながら、無意識に胸をそらしている。豊かな乳房は麻衣佳の自慢だ。雅人は黒いドアを見た。人のくる気配はない。なにもいわずにじっと麻衣佳の目を見つめながら、胸に手を伸ばした。

服のうえからではなく、いきなりドレスの襟ぐりに手をさしこんだ。きついブラジャーのカップのあいだに、指を割りこませる。乳首にもうすこしで届くところで、麻衣佳が甘い悲鳴をあげた。服のうえから雅人の手を押さえる。

「もうっ、ほんとに。そんなことしたら、わたし、とまらなくなっちゃう。しらないからね」

雅人は笑ってしまった。心配なのは誰かに見つかることではなく、自分の欲望が抑えられなくなることなのだ。麻衣佳は正直な女だった。そのままうつむいた麻衣佳の胸をさらに探った。乳首に指先があたると、麻衣佳は全身を震わせた。

あごをつまんでうえをむかせ、シャンパン味のキスをした。麻衣佳の手は雅人のパンツの前立てを探っている。ペニスは七割ほど硬くなっていた。この店で麻衣佳に口を頼むのは、いきすぎだろうか。ペニスをにぎる麻衣佳の握力がぐんとあがったときだった。

「すみません、雅人さん。お客さまがお見えになっているんですが」

ホルモン注射で低くなった紘輝の声がインターホンから流れてきた。麻衣佳は手榴《しゅりゅう》弾《だん》でももっていたようにペニスから手を離し座り直した。雅人はゆっくりとブラジャーから手を抜いた。

「メンバーじゃないんだよね。いったい、誰なんだ」

「瀬沼恵美さんとおっしゃっています……お客さま、ちょっとお待ちください……」

バーテンダーの声が響くのと、黒いドアが開くのは同時だった。幾何学模様のラップドレスを着た恵美がドア枠いっぱいに立っていた。髪が乱れ、目はつりあがっている。

「英次さん、ここにいるの」

さして広い部屋ではなかった。雅人と麻衣佳しかいないのは、すぐにわかったことだろう。だが、とり乱した恵美は室内を見まわしながら叫ぶ。

「奥山さん、どこにあの人を隠したの。会社にもいないし、家にも帰っていない。電話もメールもぜんぜんつながらない。お友達なんでしょう。あの人がどこにいるのか、教えてよ」

最初に東京ミッドタウンのレストランで会ってから、何度か千映をまじえて四人でのんだことがある。だが、とても親しい友人とはいえなかった。雅人は英次の二重人格という言葉を思いだした。女にはふたつの顔がある。普段の顔と男とトラブルを起こしたときの顔。後者の顔を見たがる男などいなかった。

「待ってくれ。今日、英次がここにくるのかどうか、ぼくはしらない。やつの離婚のことでもめてるのはしってるが、会社も巻きこんでの騒ぎなんだから、すこし考える時間をやったほうがいいんじゃないか」

雅人は怒鳴りつけたいのをこらえていた。麻衣佳には英次のトラブルを簡単に話してあった。猛獣を見るような目の底に、かすかにこの事態をたのしむ好奇心がのぞいている。

「初めまして、藤森麻衣佳です。お話はきいています。すこし落ち着かれたほうがいいですよ。ここは静かなバーですし、お水をもらいましょうか」

麻衣佳の声はよく抑えられていた。あとで考えても、どこにも恵美を軽んじる様子はなかったと思う。だが、雅人はカチリとスイッチのはいる音をきいた。恵美の顔つきが変わったのである。舞台の場面転換のようだった。赤い激情の光が、冷たく燃える憎しみの青いライトに切り替わっている。

「あなたが雅人さんの愛人の麻衣佳さんね」

目を半眼にして、恵美は開いたドアから麻衣佳を見おろしていた。雅人は全身に寒気を感じた。なにかとてもよくないことが起きようとしている。暗い未来がすぐそこに迫っている。

「じゃあ、あなたはしってるのかしら。雅人さんには……」

雅人はソファから立ちあがると叫んでいた。

「待て、彼女には関係ないだろ」

腕を組んで微笑《ほほえ》んでいるのは、恵美である。自分が傷ついているのだから、誰を傷つけてもかまわない。恵美は近づいてはいけないタイプの人間だった。冷笑して麻衣佳を横目で見ていう。

「そうね、関係ないわね」

恵美がはいってきたばかりの扉からでていこうとした。雅人は無表情を装《よそお》ったまま胸の奥で安堵《あんど》していた。そのとき黒い部屋のなかに静かな声が響いた。

「ちょっと待って、恵美さん、あなたなにがいいたいの」

雅人はソファに座ったままの麻衣佳に目をやった。麻衣佳は先ほどまでの恵美と同じ目をしている。もうとり返しはつかないようだった。雅人はソファに倒れるように腰かけて、シャンパンのグラスを空けた。

56

麻衣佳の声は冷たい怒りをふくんで静かだった。

「あなたは雅人さんのなにをしっているの」

恵美はちらりと雅人のほうに目をやった。英次の不倫相手はこうしたときでも一歩も引かない女だった。悪びれずにいった。

「あなたがしらないことよ。ききたいなら、雅人さんに直接きけばいいでしょう」

恵美から雅人に移った視線は氷で冷やしたナイフのようだった。心の奥深くまで凍りつくような傷を残していく。

「いいから、はっきりいってちょうだい」

勝ち誇った様子で、恵美はちいさく笑った。残酷さという点では、男と女は比較にならないと雅人は思った。夜が暗いように、女たちのほうが絶対に残酷である。

「そうね、あなたもずっといいようにあしらわれるのは、かわいそうだものね。雅人さんは自分の会社の若い子に手をだした」

VIPルームの空気は冷凍庫のように冷えこんだ。麻衣佳がささやき声でいった。

「ほんとうなの、雅人さん」

真実を語る言葉には、どんなときにでも力がある。雅人は返事もうなずきもしなかった。恵美はさらに追い討ちをかけた。

「それだけじゃないわよ」

雅人はぶつかってくるトラックでも停止させるように恵美に両手を伸ばした。

「もうやめてくれ」

「いいから、全部きかせて。それで、わたしに決めさせて」

麻衣佳が叫ぶようにいった。恵美はすねたような表情だが、平然と口にした。

「まだ三カ月くらいしかつきあってないけど、その子とのセックスはとても相性がよくて、身も心もとろけるみたいなんだって。この人はまだ二十五、六の小娘に夢中なのよ」

雅人は座ったまま、頭を抱えた。こうしたとき人のとる行動というのは、なんとわかりやすいのだろうか。会社をでるときには、こんな事件が待っているとは想像もできなかった。

「わたしのことはなんていっていたの」

麻衣佳の質問はプレゼンのときのように平静だった。

「千映ちゃんと英次と四人で食事をしているときには、ほとんどあなたの話なんてでなかった。ねえ、あなたはほんとうに身体《からだ》のあう人と出会ったことがないんじゃないの。わたしをおかしな女だと思ってるかもしれないけど、ほんとに相性のいい相手と別れるのは、生きたまま皮をはがれるみたいに苦しいの。英次はそういう人なのよ」

急に男のことを思いだしたようである。先ほどまでの冷酷さは、嵐《あらし》の雲のように流されていく。恵美は涙目になって、ドア枠にもたれかかった。

「お願いだから、あの人の居場所を教えて。話をするだけでもいいから」

雅人は女のほうも見ずにいった。

「ふざけるな。あんたは最低だ。あんたみたいな女とは別れたほうが、英次のためだ。しっていてもあいつのことは絶対に教えない。あんたとは二度と会うことはないだろう。この店はぼくの店だ。でていってくれ」

恵美の顔のうえで再び表情が切り替わった。女優のように反省の顔になっている。しばらく雅人を見つめて、ちいさな声でいった。

「ごめんなさい、あの、雅人さんだけじゃなく……麻衣佳さんにも」

女はいってしまった。恵美がいたのはほんの十分ほどのことだろう。だが、惨禍は竜巻がとおりすぎたあとのようだった。奇妙に静かになったVIPルームで、麻衣佳と雅人はすこし離れて座っていた。おたがいの視線は黒い部屋の隅にむいている。麻衣佳の泣き声がBGMのように低く流れていた。

「あの人のいったことは全部嘘《うそ》なんだよね」

雅人の身体は見えないロープでがんじがらめに縛られているようだった。身動きさえできずに、なんとか返事をした。

「いや……全部が嘘じゃない」

「じゃあ、全部じゃなくてもほんとうなんだ」

なにも言葉がなかった。雅人はほこりが浮いた黒いカーペットを見つめて息をするのが精いっぱいだった。

「わたしは雅人さんに奥さんがいてもいいと思っていた。でも、もうひとりの愛人はどうしても許せないや。自分がおんなじ愛人なのに勝手かもしれないけど、あの子のことは許せない。嫌な予感はしてたんだ」

「……ごめん。彼女とはそんなふうになる予定じゃなかった」

麻衣佳が顔をあげて、雅人をまっすぐに見つめてきた。

「わたしは雅人さんとのセックスとてもよかったよ。でも、わたしよりあの子のほうがずっといいんだよね」

「いや、そんなことは……」

麻衣佳の声は斬《き》りつけるように鋭かった。

「でも、わたしじゃダメだったんだよね。さっきの人もいってた。ほんとうに相性のいい人と別れるのは、生きたまま皮をはがれるみたいだって。雅人さんは、わたしと別れてもそんなふうにはならないんだ」

「違う、麻衣佳には麻衣佳のよさがあって、くらべたりできないよ」

「でも、あの子は特別で、わたしは特別ではないんでしょう。最近、なんだか微妙に冷たいなとは思っていた」

麻衣佳はハンカチをとりだすと、角をつかって吸いとるように涙をぬぐった。ドレスを直して立ちあがる。部屋をでるときに振りむいていった。

「わたしにとって雅人さんは最高だった。でも、わたしは雅人さんにはそうではなかったんだね。さよなら」

痛々しくて背中を見送ることもできなかった。いれ違いに顔をだした歯医者の脇田淳が心配そうにいった。

「今、麻衣佳ちゃんと店のまえで会ったんだけど、目が真っ赤だったぞ。どうしたんだ、雅人。だいじょうぶなのか」

「今夜はもうなにも考えたくない。いいから、淳もつきあってくれ」

雅人は立ちあがってインターホンのボタンを押すと、バーボンのオンザロックをダブルで注文した。

57

（ふたりいる愛人のうちのひとりと別れただけだ）

雅人は社長室で何度もそう考えた。だが、胸の痛みは治まる気配もなかった。昨夜から午前中にかけて、何度も麻衣佳にはメールを送っていた。直接電話をかけてもいる。メールの返事はなかったし、留守電メッセージの冷たい対応が続いていた。

愛人とはいえ、四年以上もつながっていると、第二の妻のようだった。その相手がいきなりちぎれるように、自分から去っていく。雅人は腹のなかから、内臓を引きだされた気分だった。空っぽの腹のなかには虚《むな》しい痛みだけが満ちている。

険しい表情でルーティンの仕事を淡々と片づけていると、経理兼秘書の小暮節子から内線がはいった。スイス製の腕時計は精密に午前十一時を示している。

「奥山さん、お客さまがいらしてるんですけど……」

節子がいいにくそうにしていた。はっきりとものをいう有能なベテラン社員にはめずらしいことである。

「今日の午前に予定ははいっていたっけ」

雅人はあわてて卓上にあるカレンダーを確認しようとした。

「いいえ、それがアポはないそうなんです」

こんな気分のときにいまいましい。

「飛びこみのアポなら、断ってくれ」

「いいえ、それが必ず奥山さんなら会ってくれるというんです」

嫌な予感がした。

「いったい誰なんだ」

「ちょっと待ってください。名刺には早水企画代表、早水孝太郎とあります。契約社員の早水さんのお父さまで、奥山さんとはビジネスのお話があるそうです」

いよいよこのときがきてしまった。雅人は以前からどこかで覚悟していた。あの男が夜の街角で別れたまま、千映と自分を放っておくはずがないのだ。

「早水さんは今、どこにいるの」

「さっき中里さんに確認したんですけど、午前中はトラフィックで広電社にでかけているそうです」

それなら、ひとまず千映と父親を会わせずにすみそうだった。

「わかった。こちらにとおしてくれないか」

さて、どうしたものか。どちらにしても、あのうさんくさい男には弱みを見せるわけにはいかなかった。雅人は心に鎧《よろい》をまとう思いで、しっかりと笑顔をつくった。

「いやあ、さすがですねえ」

ドアから顔をのぞかせた山師がにやにやと笑っていた。雅人の社長室には、デスクにむきあうようにソファがおいてある。孝太郎は室内に視線を走らせながらはいってくると、深々とソファに座った。

「やはり時代の波にのる人というのは、勢いが違う。青山にこんなオフィスをかまえるなんて奥山さんはたいしたものだ」

雅人の声は人工音声のように冷たかった。

「ありがとうございます」

孝太郎はおおげさに手を振った。

「いえいえ、お礼をいうのはこちらのほうです。うちの千映には困っていました。今はなかなか就職難ですし……」

感情の読めない博打《ばくち》打ちの目で、しばらく雅人を見つめてきた。

「わたしがこんな困った父親だったせいか、うまく異性とつきあうこともできない。そんなふうに、あれの母親からはきかされていたんです。それがねえ、この会社でお世話になって……」

ずるずると引きずるようなものいいだった。不愉快さよりも、気味の悪さのほうが勝っている。雅人は立ちあがって、社長室のドアを閉めた。男は自分の袖《そで》のボタンをさわっていう。

「ここからは、あまり人にきかれたくはありませんですな。千映も嫁いりまえの娘ですし。奥山さん、わたしのひとり娘が公私ともにお世話になっております。どうもありがとうございます」

ソファに座ったまま、半分白い頭をさげた。顔をあげると先ほどまでの笑みは完全に消えていた。抜き身の酷薄な表情をしている。地がでてきたようだ。

「千映と奥山社長のことは、まだ誰にも話していません。あの様子だと千映もあなたに夢中のようだ。社長は金があるだけでなく、いい男だから無理もない。女ってものは、ただ金をもってるだけの男には、決してなびかないもんです」

だんだんと雅人はいらついてきた。声に角が立たないように慎重にいった。

「早水さんはなにがおっしゃりたいんですか。時間もありませんし、本題にはいってもらえないでしょうか」

孝太郎はまたつくり笑顔にもどった。首のうしろをなでていう。

「いやあ、やはり人の親ですから、娘のことが心配でして。すこし奥山社長のことを調べさせてもらいました。お宅はまだ新築ですねえ。神宮前の高級住宅地だ。あそこであの広さの豪邸なら、五億円はかかったでしょう。いやあ、素晴らしい。それに……」

ねっとりと雅人を見つめてくる。

「奥さまも美人だ。とても四十代には見えない。ほんとうにうらやましい」

雅人は表情を変えなかったが、背中には嫌な汗が流れていた。この男は自分の家にまでやってきて、比沙子の顔を確認している。

「わたしはこう見えてもモダンな人間ですから、妻のある男が若い女とつきあったらいけないなどとはいいません。でも、千映とのことがあるなら、わたしたちももっと親密な関係になってもいいんじゃないでしょうか。おたがいにたくさんの秘密を抱える身ですから。それに起業家という点でも、わたしと奥山社長はよく似ている。今日のお話は、これからも末永く親密なパートナーとして、わたしどもと親子とおつきあい願えないかということです」

雅人は圧倒されていた。さすがに修羅場の経験が、この山師とは違う。

「それはビジネス上のパートナーという意味ですか」

男はしたから見あげるように身体を低くした。

「さすがにお察しが早い。わたしは新しい会社を今立ちあげておりまして、そちらにご出資いただけると、たいへんにありがたい。もちろん、これは奥山社長にもメリットのある正式な商談です」

ずうずうしい男だった。しゃぶれるものなら、娘がつきあっている相手でも容赦はない。こうして五十年の人生を生きてきたのだろう。この男に良心や家族への情愛を求めるのは、ウイルスに宿主に遠慮するようにいうのと同じだった。くらい尽くすまで、とまることはないだろう。雅人の脚は震えていたが、それでも声は平静だった。

「仮に出資した場合、こちらにはどんなメリットがあるんですか」

孝太郎はまた笑顔にスイッチしていた。貪欲《どんよく》な腹の底は見事に隠されてしまう。

「これは仮にですよ、そんなことをわたしがするつもりは絶対にありませんから。出資していただけなかったときには、もしかすると、娘の父として無念さのあまりとり乱してしまうかもしれない。その場合はお宅にうかがって奥さまと話をさせてもらうかもしれない。不倫について、奥山社長を法的に訴えるかもしれない。その筋の友人に相談して、会社にのりこませるかもしれない。得意先や取引銀行にも、社長の不誠実な対応を周知させることになるかもしれない。マスコミにも奥山社長の乱れた生活について、情報を流すことになるかもしれない」

たたかれた直後の鐘にでもなったようだった。千映の父親が発するひと言ひと言が、衝撃になって頭の芯《しん》で鳴り響いている。孝太郎は最後に悲しげな顔をして見せた。

「でも、そんなことが起こる可能性はほとんどありません。出資さえしていただければ、すべての可能性はゼロになる。なんといっても、わたしたちはビジネスパートナーになるんです。その場合はきちんと配当が支払われ、奥山社長にもメリットはある」

雅人は自分の顔から血の気が引いていくのがわかった。口のなかが渇いて、言葉を話すことさえ困難だった。

「いくらくらい必要なんだ」

孝太郎は軽く頭をさげた。

「いやあ、そういう生ぐさいお話はつぎの機会にしましょう。今回はご挨拶《あいさつ》だけのつもりでしたので、これで失礼します。当方へ出資する場合のメリットについて、ゆっくりとお考えください」

山師は仕立てのいいスーツの背中もまっすぐに社長室をでていった。

58

その夜、雅人が千映を呼びだしたのは、渋谷にあるイタリアンだった。店内は暗く、テーブルとテーブルのあいだが離れていた。客単価が高いので、渋谷ではめずらしく若者がすくない店である。会社からは別々にタクシーで移動して合流しているので、きっとあの男もここまでは追ってきていないだろう。

最初にシャンパンをもらうと、雅人は孝太郎とのいきさつを再現した。千映はグラスに手をつけずに、じっと身体《からだ》を硬くしてきいている。最後に雅人はいった。

「正直驚いたよ。千映が話していたよりも、ずっと手ごわい人だった。困ったな。どうしたらいいのか、まるでわからない」

青白い顔で千映はいう。

「わかりました。一度、あの人と話をしてみます」

千映の背中は溶けかけたロウソクのように曲がっていた。その場から消えてなくなりそうだった。雅人は心配になっていった。

「無茶をしたらいけないよ。今回のことは、千映には責任はないんだから」

しっかりとうなずいて、千映は雅人を見つめた。

「はい」

「この話は今夜はもう終わりにしよう。お父さんのことは、ぼくのほうでなんとかするから」

二千万までなら、ドブに捨てるつもりで出資に応じようと、雅人は腹を据えていた。

自分はともかく、妻の比沙子を傷つけるわけにはいかないし、会社の名前に泥を塗ることもできない。千映はうつむいて、口にしにくそうにいった。

「あの、今夜はこのあと、どうするんですか」

「どうするといっても、別に」

雅人はこのまま神宮前の自宅に帰るつもりだった。千映は必死の目ですがってくる。

「お願いだから、抱いてほしいんです。わたしの部屋にはもういけないから、この近くのホテルで」

若い女の思いつめた表情が気がかりだった。

「だったら、おたがい食欲もないみたいだから、すぐにでようか。明日も仕事だしね」

千映はシャンパンをのみほすと、黙って奇妙な光を目にたたえたまままうなずいた。


道玄坂に何十とあるラブホテルのひとつをランダムに選んだ。どこかのライブハウスにでもいくのだろう。通りにはパンクファッションの若者が、ぞろぞろと歩いていた。部屋にはいりふたりきりになると、千映はぶつかるような勢いで抱きついてきた。かびくさい旧式のホテルだった。明かりは玄関に豆球が一灯ついているだけである。

千映はキスをしながら泣いていた。

「どうしたの」

千映はひどくあせっているようだった。キスをしながら、雅人の服を脱がせていく。ボクサーショーツのまえにひざまずくと、布越しにペニスに頰を押しつけた。

「あったかいです」

「待ってくれ。まだシャワーも浴びてないよ」

千映はグレイのショーツをさげた。ペニスが揺れながら、飛びだしてくる。若い女は先端をとらえようと、首を振った。

「今夜はいいんです。雅人さんの味を確かめておきたいから」

汚れたペニスを口にすると、千映は愛《いと》しげに舌をつかった。目を閉じると、渋谷の街のざわめきがきこえた。クラクションの音、若者たちの話し声、街宣トラックから流れる音楽。街のただなかで、セックスしているようだった。目を開けると千映は裸になっている。雅人の手を引いて、ベッドまでの数歩を移動した。千映の若い尻《しり》が水のように左右に揺れている。うわがけもそのままベッドに横たわると、千映は脚と手をいっぱいに開いた。

「雅人さんをください」

千映は泣いていた。女はなぜ泣くと、濡《ぬ》れるのだろうか。雅人はこたえのない質問を胸に抱えたまま、千映とつながった。ぴたりと性器同士が張りつく感覚はいつもと変わらない。だが、その夜、千映のなかは熱くうねるようだった。雅人のペニスの先にすぐに快感が集まってくる。閉じた目の裏側に太陽が生まれた。

「今日の千映はすごいよ。どうして、こんなに……」

雅人は腰の動きを速めながら、血の色の透ける耳元で叫んでいた。千映は必死にしたからしがみついて、腰をつかっている。

「わたしもすごいです。もういきそう。いってもいいですか」

「いいよ。ぼくもいっしょにいく」

そのとき千映が目を開いて、雅人をはっきりと見つめてきた。意志的な強い視線だった。きっぱりという。

「今日はそのままなかにください」

雅人の動きはとまらなかった。

「なにいってるんだ、ダメだよ」

「いいえ、もういいんです」

いったいなにがいいのだろうか。二枚の粘膜がタイミングをあわせて、ひとつの命のように動き、こすれあっている。千映は両ももで雅人の腰を抱えこんでしまった。

「すごく気もちいい。雅人さんもいいですか」

「ああ」

もうすぐ限界だった。急激に駆けあがっていく男性の快楽曲線が見えるようだ。雅人の腰はいっそう速くなった。

「そのままください。もうわたしには赤ちゃんができているから、だいじょうぶ」

若い女の声になぐりつけられたような衝撃を感じた。同時にペニスに耐えがたい快感が生まれる。

「おー……」

言葉にはならなかった。自分ののどから漏れる音にもきこえない。雅人は獣の鳴き声をあげながら、生まれてからもっとも激しい快楽とともに千映の奥深く射精していた。

59

「妊娠しているって、いつわかったんだ」

男の快感が去っていくのは急だった。雅人は千映からおりて、ずるずるとつながりを解いた。ティッシュを何枚かつかみ、わたしてやる。

「正式にわかったのは先週です。お医者さんにいってきたから」

「そうだったのか」

言葉が続かなかった。身体にはまだ快感の余韻が響いているのに、心には黒々とした思いが沈んでいる。妻の比沙子とはあれほど不妊治療で努力したのに、結局子どもは授からなかった。麻衣佳はピルをのんでいるので、妊娠の心配はない。ふたりの女と関係しているうちに、妊娠への恐れが薄くなっていたのかもしれない。千映とはつきあって数カ月で、こんな結果になってしまった。

「雅人さんは、心配しなくてだいじょうぶです」

意味がわからなかった。

「そんなわけにはいかないだろ。千映はまだ若いし、独身なんだから」

産むのか、中絶するのか。別れた麻衣佳はともかく、比沙子にこのことを告げるべきかどうか。仮に生まれた場合、子どもと千映の生活や将来をどうするのか。嵐《あらし》の雲のように頭のなかに疑問が渦まいていた。

「千映はどうしたいんだ」

若い女は放心したようにラブホテルの暗い天井を見あげている。

「まだわかりません。よく考えてみます。でも、雅人さんの暮らしを壊すようなことはしたくない」

雅人はペニスをふいて、丸めたティッシュを部屋の隅にあるくずかごにむかって放った。はずれだ。

「そういってくれるのはうれしいけど、赤ん坊となると問題は別だ。親には子どもが成人するまで、ちゃんと育てる責任があるんだから。ぼくも考えてみる」

雅人はヘッドボードについたデジタル時計を見た。まもなく深夜の一時になる。

「明日会社が終わったら、夕食でもたべながら、ゆっくり話すことにしよう。今夜は遅いから帰ろう」

雅人はお湯だけのシャワーを浴びて、服を着た。麻衣佳とは違って、千映の準備は早かった。雅人を待たせるようなことはしない。

渋谷の路上は真夜中でも若者があちこちに群がっていた。雅人はタクシーをとめると、千映を先に押しこみ、自分もあとから続いた。

「神宮前をまわって学芸大学へ、やってください」

財布を探り、新券の一万円札を抜きだす。千映にわたしてやった。

「ありがとうございます。これつかうのもったいないなあ。そうだ……」

ショルダーバッグからデザイン用のマーカーをとりだして雅人にむけた。

「このペンでお札にサインしてください。わたし、ずっと大切にして、お守りにします」

若い女のいじらしさが胸にこたえた。信号待ちのあいだに、ウインドウに札をあててサインをした。なにを書こうか、迷ったのは一瞬だった。


千映、いい子を産んでください。

奥山雅人

書きながら、自分の心が決まったのがわかった。千映と結婚はできないだろうが、自分のできる限りのバックアップはしよう。財布からもう一枚抜き、二枚を重ねて千映にわたした。雅人は笑っていった。

「サインいりじゃつかえないもんな」

千映はメッセージを読むと、ぱっと顔を輝かせた。

「うれしい。雅人さん、ありがとう」

シートをずれて、雅人に抱きついてくる。若い女性の健康的なにおいがした。深夜のタクシーだ。運転手もこんなことには慣れているだろう。雅人は千映の抱きつくままにさせた。

夜の246号線は空《す》いていた。渋谷から雅人の家の近くまで、五分ほどしかかからない。自動ドアが開くと、雅人はさっとタクシーをおりた。

「じゃあ、明日。千映ちゃん、身体を大切に。おやすみ」

「おやすみなさい」

ドアが閉まった。千映は窓ガラスに顔を張りつけるようにして、車のなかから見あげてくる。

「ほんとにありがとうございました」

タクシー代くらいでおおげさだなと雅人は思った。手を振ると、千映は走るタクシーのなかからいつまでも手を振り返してくる。

雅人は切ないけれど、どこかあたたかな気もちを残して家にむかった。

真夜中に帰って、明かりのついた自宅を発見する。男たちはそんなとき、ほぼ同じ冷めた思いをもつだろう。自分は間違った場所に帰ってきてしまった。ここは自分の基地ではない。家はもともとそこにもっとも長時間いる人間のもので、資金を提供したよそ者の所有物ではないのだ。

玄関をあがると、意識しておおきめに声をかけた。

「ただいま」

二階のリビングから明かりがこぼれているのに、返事はなかった。比沙子は怒っているのだろうか。雅人は螺旋《らせん》階段を恐るおそるのぼって、二階に顔をだした。

比沙子はパジャマを着て、テーブルにむかっていた。テレビもステレオもついていなかった。正面にある暗い窓にむかって、背筋を伸ばし座っている。威厳のある冷たい美しさが、比沙子の特徴だった。千映のあたたかさとは対照的だ。雅人はダイニングの椅子《いす》に腰かけ、バッグを足元においた。

「今日、藤森麻衣佳さんと夕ごはんをたべたの。六本木のミッドタウンのお店だった」

なんの感情もまじえない妻のひと言で、雅人は全身が金縛りにあった。比沙子はそれでも夫の顔を見ずに、夜の窓にむいている。

「すべて、ききました」

なんという夜が続くのだろう。昨夜は麻衣佳と別れ、今夜は千映に妊娠を告げられた。それだけでも十分なダメージなのに、比沙子にすべてをしられてしまったのだ。雅人の心は衝撃の連続で、ぼろぼろに引き裂かれてしまった。

なにかいいわけを考える気にもなれなかった。それよりも気がかりなのは、比沙子の声の様子だった。ひどく穏やかで、平和なのだ。まるで、すべてが終わってしまった雰囲気である。

「麻衣佳さんは、わたしとはぜんぜん違って、女らしくて素敵な人だった。いっしょにたくさんおしゃべりをしたよ。あの人と四年もつきあっていたんだね」

直接、愛人から話をきいたのなら、もう弁明はきかなかった。

「すまない。比沙子のいうとおりだ」

妻が横目でちらりと、こちらを見た。結婚して十年以上になるのに、まったく見知らぬ女を発見して、雅人はその視線だけで射すくめられてしまう。妻の怒った顔が、切れるように美しかった。かすかに笑って他人のような女がいう。

「それに早水千映さんだっけ。二十六歳だと、わたしより十五歳以上若いんだね。雅人さんはその人に夢中だって、麻衣佳さんがいってた。それはほんとうなの」

雅人は自分でもよくわからなかった。三人の女のあいだをいききしてきたが、そのうちの誰かに夢中であったようにも思えない。ある特定の女性というより、「永遠に女性的なるもの」に、いつも自分は魅せられてきたのではないだろうか。あのやわらかで、理解不可能で、予測のできない不思議な生きもの。ずたずたに心を裂かれても、雅人は女性を仰ぎ見ることをやめてはいなかった。

「わからない。夢中だというなら、比沙子にも、麻衣佳にも夢中だったよ。今までのことはすまない。でも、ぼくは一度も比沙子のことを忘れたことはないし、この家もずっと大切にしてきたつもりだ」

比沙子は見ていても気づかないくらいゆっくりと優雅なあごの先を沈ませた。うなずいたのだろう。

「あなたがほんとうにがんばっていたのは、誰よりもわかっています。会社も、この家のことも、わたしにも、ほんとうによくしてくれた。だから、今回の麻衣佳さんのことはきっかけにすぎなかったと思うの」

なにがいいたいのだろうか。比沙子は雅人をじっと見つめてきた。十年以上連れそってきた女性のむこうに、オーガスタのおおきな葉が豊かにしなっている。

「お願いします。わたしと別れてください。離婚してほしいの」

タクシーの冷房で引いていた汗が、一気に噴きだしてきた。離婚？　足元が崩れて、奈落《ならく》の底に転げ落ちそうだった。麻衣佳、千映と続いて、比沙子からも重い衝撃を受けたのだ。

「ちょっと待ってくれ。傷ついたのはわかる。もうしわけないとも思う。でも、いきなり離婚なんて、急すぎるだろ」

雅人はじっとしていられなかった。貧乏ゆすりをするなど、何年ぶりのことだろうか。だが、細かく動く右足をとめることができなかった。反対に比沙子はいたって冷静である。

「ほんとうにわがままいって、ごめんなさい」

信じられないものを雅人は見た。比沙子がテーブルに額がつくほど、深々と頭をさげたのだ。この女は本気だ。雅人の胸に空いた穴が広がっていく。

「あやまることとなんてないよ。悪いのはこっちなんだから。それより、もうすこし考えてみてくれないか」

ゆっくり首を横に振った。ブローしたばかりの髪が左右に遅れて揺れている。きれいな髪をした女だなと、雅人は心の隅で思った。

「それはできないの。わたしも正直にいうね。あなただけでなく、わたしにもボーイフレンドがいるの」

　先ほど自分の愛人の話をきかされていたときには、どこかに落ちていくような感覚だったが、今度はまるで別だった。自分の家のリビングに座ったまま、内臓をきれいに抜かれたようである。雅人の内側は急に空っぽになった。

「比沙子のボーイフレンド……」

　想像もできなかった。フラワーアレンジメントの得意な、おとなしく優雅で貞淑な妻。比沙子に限って冒険などしないと思っていた。

「この夏のあいだ、よく二子玉川のデパートにいったよね。彼とはあそこで出会ったの」

　そこで雅人は気づいた。どこかおかしいなと無意識のうちに感じていたのかもしれない。だが、自分の恋愛にいそがしくて、妻をよく見ていなかったのだろう。

「よく教室の備品を買っていた店の男か。家まで配達にきてくれたといっていたな」

　比沙子は悪びれなかった。まっすぐに夫を見ている。

「そう。彼は十四歳したただった。すごくタイプだ、理想の人だって、しつこいくらい繰り返すの。最初は冗談だと思っていたけど、そのうち本気だとわかった。麻衣佳さんのことは具体的にはしらなかったけど、あなたにほかの女性がいるのはうすうす感じていたのかもしれない。あなたが夜遅いときには、成功した男の人が遊ぶのはしょうがないんだって、いつも自分にいいきかせていたから。やっぱり淋《さみ》しかったのかな」

自分が不倫をしていたときにはなにも感じなかったのに、妻の浮気がわかったとたんに黒く粘るものが胸を満たした。嫉妬《しっと》の感情は、女性に不自由したことのない雅人には、生まれて初めてである。声が鋭くなったのが、自分でもわかった。

「それで、ぼくと別れて、比沙子はその若い男と暮らすのか」

妻はわがままな子どもにでもするように、やさしく首を振った。

「その人とは別れた」

「だって、麻衣佳と話をしたのは今夜だろ。どうやって別れたんだ」

「電話で終わりにするといった。さっきまで二時間話していたの。あなたときちんと離婚するのに、ほかの誰かに保険をかけてなんておけないでしょう。彼は若いから意味がわからないといっていたけど、わたしはもう二度と会うつもりはない」

比沙子が背筋を伸ばしたままそういった。彼女がこういう表情で話すとき、決意が揺らぐことはこれまではなかった。離婚をいいだしたときも、同じ顔である。自分のちいささが醜いのはわかっていたが、雅人は質問せずにはいられなかった。

「その男とは寝たのか」

「ええ。あなたは麻衣佳さんや千映さんとは寝なかったの」

空っぽになった腹のなかに、熱く苦い液体が染《し》みだしてくる。雅人はダイニングテーブルで両手を組んで、がくりとうなだれた。昨夜も今夜も、取りかえしのつかないことが起きてしまった。三人の女のあいだで幸福な四角関係に酔っていたのに、それがほぼ一日で崩れ落ちようとしている。すべて自分が悪いのだ。けれど女たちと積み重ねてきた時間のなかに、悪など存在したのだろうか。すくなくとも意図的に誰かを傷つけようとしたことは一度もなかった。

「でも、あなたと結婚できて、とてもしあわせだった」

声の異様なほどの丸さに驚いて目をあげると、比沙子はこちらを見つめたままぽろぽろと涙を落としていた。

「こんなことになってしまったけど、わたしは雅人さんと結婚してよかったと今でも思っているよ。雅人さん、ごめんね。すべてを満足させてあげられなくて」

もう終わったのだ。十二年間の結婚生活のすべてが終わってしまった。若い男への嫉妬より、比沙子を失うことの悲しみのほうがはるかに強力だった。雅人の目が急に熱くなり、その熱が目の縁からあふれだしていく。

「わがままで、ごめんね。好きだけど、でも、あなたとはもう暮らせないや」

他人になった妻が手を伸ばしてきた。雅人は冷たい手をにぎった。

「いや、こっちこそ、ごめん。比沙子に足りないところがあったわけじゃなかった。ただ男ってそういう生きものなんだ」

ふたりは手をとりあって泣いた。法的な事務処理もいろいろと必要だろうが、このとき雅人と比沙子のあいだで離婚の手続きは実質的に完了していた。おたがいもういっしょには暮らせないと、骨身に染みてわかったのだ。その夜、ふたりは眠らなかった。夏の終わりの夜が明けるまで、なつかしい思い出話を心ゆくまで重ねたのである。

61

離婚が決まった翌朝は、まるでなにごともなかったかのような平和な朝だった。いつものようにテーブルには、サラダとトーストとサニーサイドアップの目玉焼きがならび、妻の比沙子がむかいに座っていた。雅人が広げる新聞も同じなら、コーヒーの香りも同じだった。

明けがたにすこしうとうとしただけだが、異様に気が張りつめているせいか疲労はまったく感じなかった。昨夜の話しあいが夢のように思える。比沙子はすこしやつれた顔で、微笑《ほほえ》んで雅人を見ていた。朝食の終わりごろ席を立つと、キッチンのとなりについた家事室にむかった。

「はい、あなた」

もどってくると、テーブルに渋谷区のマークがはいった封筒をすべらせた。

雅人は手にとって、なかを確かめた。ぺらぺらのハトロン紙のような離婚届だった。すでに比沙子のサインと捺印《なついん》も済んでいる。衝撃を隠して雅人はいった。

「ずいぶん用意がいいんだな。昨日、麻衣佳と話をしたばかりなのに」

妻は悲しい顔で笑った。

「その書類をもらってきたのは、もうずっとまえなの。今回のことがわかるずっと昔」

十年以上連れそっても、女のことはわからないものだった。それほど早い時期から、妻は離婚を具体的に考えていたのだ。折りたたんで、離婚届を封筒にもどした。

「最後にききたいんだけど、もうぼくたち、やり直すことはできないんだよな」

「うん、わがままばかりいって、ごめんなさい。でも、できないと思う。あなたもわたしも、それはよくわかっているよね」

そのとおりだった。暮らし続けることはできても、もう二度と同じ結婚生活にはもどれないだろう。なにかが決定的に壊れてしまったのだ。雅人は封筒を片手にダイニングチェアを立った。

「会社にいってくる。細かな条件は、すべて比沙子の好きなようにしていいから」

「ありがとう。いってらっしゃい」

この家は妻にやるしかないだろう。まだ新築だが、広すぎて手にあまるし、家になどいる時間はほとんどないのだ。比沙子にはフラワーアレンジメントの教室も必要だ。自分は独身のころのように、またどこかに部屋を借りてひとり暮らしを始めることになるだろう。淋しいような、愉快なような不思議な気もちだった。雅人はジャケットの内ポケットに離婚届を忍ばせて、人のものになった家をでた。

62

十一時すぎに社長室に到着すると、ディレクターの中里がさっそく顔をのぞかせた。

「おはよう」

「なんだかいいことでもあったんですか。奥山さん、朝からにこにこしてますね」

「いや、別にいいことなんてないけど」

自分の表情になど気がまわらなかった。麻衣佳に去られ、比沙子に捨てられ、心のなかでは皮肉な思いばかり浮かんでくる。しかたないから、自分を笑っているだけだ。最後の頼みの綱は千映だった。しかも、若い女は雅人の子を妊娠しているという。ふたりの女を失い、子どもをひとり得る。これは結果的にプラスになる収支なのだろうか。

「奥山さん、今日の夕方、例のネット広告賞の発表なんです。出版社にいる知人に問いあわせたら、今回もうちの城下精工が最有力だそうです。連続で受賞するのは、あの賞でも初めてらしいですよ」

その広告賞がこの会社を隆盛に導いてくれたきっかけだった。プライベートが最悪のときに限って、オフィシャルは絶好調になる。人生というのはおかしなものだ。

「よかったな、そっちのチームはうちの誇りだよ。いつもよくやってくれて、感謝している」

こんな男が社長をしている会社に、毎晩のように徹夜作業で貢献してくれるのだ。社員には頭がさがった。ディレクターは驚いた顔をしていった。

「どうしたんですか、奥山さん。なんだか調子狂うなあ。今日はやっぱりなんか変ですね」

雅人は声が変わらないように注意して中里にきいた。

「そういえば、早水さんはどうしてる？　ちょっと話があるから、あとで社長室によこしてもらいたいんだけど」

中里も険しい顔をした。

「ああ、わかりますよ。あの父親のことでしょう。なんだか、うさんくさい男ですよね。小暮さんから話はきいてます。なにがビジネスなんだか」

「まったくだな」

適当に調子をあわせておいた。中里がそう思っていてくれるのなら、ありがたい。

「でも、今日は早水さん出社していないんです。まだなんの連絡もはいっていなくて」

雅人の胸がひやりと痛んだ。冷たいナイフで軽くなぞられたような痛みである。

「彼女はこれまでにもそういうことあったのかな」

「いえ、初めてです。携帯に連絡してるんですけど、つかまらなくて」

中里がいってしまうと、雅人は社長室のドアを閉めて、携帯電話をとりだした。夢中になって、メールを打つ。これを見たら、すぐに連絡をしてほしい。電話でもメールでもかまわない。どうしても会って、話したいことがある。雅人は離婚をメールで伝える気にはならなかった。

送信ボタンを押して完了を確認しても、胸のなかの嫌な予感は治まらなかった。千映は腹のなかに新しい命を宿したまま、どこにいってしまったのだろうか。心臓が縮みあがるような恐怖に、雅人はひとり切りの社長室で耐えていた。

受賞のしらせは編集長から直接、電話で届いた。雅人は千映をのぞく中里ディレクターのチームが全員顔をそろえた社長室で、その電話を受けている。ありがとうございます、光栄ですと返事をしたが、心はうわの空だった。千映からの返事はまるでなかった。一時間おきにかけた電話も、すべて留守番メッセージか電源切れの案内がもどってくるだけである。

祝勝会場は初めて千映といっしょに帰ることになった夜のイタリアンだった。まだあれから数カ月しかたっていない。男としての幸福の絶頂だとうぬぼれていたのが、嘘《うそ》のようである。雅人はシャンパンをのんでは席をはずし、店の外にでると携帯電話をつかった。周囲がお祭り騒ぎをしているなか、ひとり嫌な汗をかく。夜十一時近くになって中里に声をかけた。

「すまない。ちょっとやり残した仕事があるんだ。先に抜けるから、あとはみんなでよろしくやってくれ。二次会の分も会社でもつから、きちんとねぎらってもらいたい」

中里は酔っ払っているようだった。ワイングラスをあげると無理やり乾杯を求めてきた。

「奥山さんになにが起きたかわかりませんけど、うちの会社に乾杯」

「わかった、わかった、乾杯」

半分だけ残ったシャンパンをのみほして、雅人は店をでた。青山通りまで歩き、タクシーを拾う。千映の部屋の住所を告げて、後部座席に身体《からだ》を沈めた。携帯電話を確認したが、返事のメールはなかった。雅人は朝から、計七回メッセージを送っている。千映からメールが返ってこないのも、それほどの回数メールを送りつけたのも初めてのことだった。

鷹番の路地裏は、ひどく暗かった。タクシーは千映のマンションのまえでとまった。見あげると、千映の部屋に明かりはついていなかった。嫌な予感ばかり強くなるのは、この数日のショックが尾を引いているからだろうか。

外階段を足音を立てないように三階まであがった。いい年をした中年男が若い女の部屋に、いきなり押しかけるのだ。みっともないという気もちは雅人のなかにもあった。だが、そんなことをいってはいられない。千映は残されたただひとりの女だったし、雅人の子どもを妊娠している。

スチールの扉のまえに立った。冷たい夜の扉を見た瞬間、雅人にはわかった。この部屋のなかには誰もいない。すでに人の気配が消えている。ノブには鍵《かぎ》がかかっていた。雅人は外廊下に面した窓に移動した。侵入防止のために鉄格子《てつごうし》が外側についている。千映はいつもこの窓に鍵をかけていたが、念のために人が見ていないことを確認してからアルミサッシの窓に手をかけた。すこしきしんだが、なめらかに窓は開いていく。薄く開いた隙間《すきま》からのぞくのは、ミニキッチンと奥の寝室だった。

雅人がつかっていた歯ブラシの刺さったコップも、キッチン用具も、寝室の床においてあった薄型テレビもなくなっていた。空っぽの部屋が残っているだけだ。

(きっとこれを見せるために、千映は窓の鍵を開けていったんだ)

雅人は夏の終わりの廊下で震えていた。千映はもう会わないと、決定的にしらせたかったのだろう。最後のひとりまで去っていく。女というのは、どうして集まるときも去るときもいっしょなのだろう。雅人は自分がすべての女たちからうとまれる疫病《やくびょう》神《がみ》にでもなった気がした。窓をそっと閉めると、肩を落としてワンルームマンションの土ぼこりの積もった階段をおりていった。

63

駅まえの商店街にもどり、目的地も決めずにタクシーにのりこんだ。とりあえず自宅にむかってもらおうか。だが、雅人は別れが決定的になった比沙子の待つ家には帰る気がしなかった。

それよりもなんとか千映の連絡先を調べる手だてはないものか。そこで会社にあるはずの千映の履歴書を思いだした。契約社員でもいちおうは身元の確認をしているだろう。

「運転手さん、神宮前じゃなく青山にやってください。根津美術館の近くに」

雅人は会社のまえでタクシーからおりた。腕時計を見る。深夜一時すぎだった。オフィスのあるフロアにあがったが、めずらしいことにエレベーターホールは真っ暗だった。平日のこの時間なら広告プロダクションは仕事をしていることのほうが多い。鍵をつかって、オフィスにはいった。自分の会社なのに泥棒にでもなった気分だ。

総務や経理が同居する部屋にいき、キャビネットのなかから社員の履歴書のファイルを探した。小暮節子にいつか見せられたことのある青いファイルがすぐに見つかった。キャビネットのまえにあぐらをかいて座りこんだ。

「これが千映の履歴書か」

几帳面《きちょうめん》な手書きの文字で市販の履歴書が埋まっていた。現住所は目黒区鷹番になっている。連絡先の電話番号と住所を確認した。千葉県千葉市美浜区椿森九丁目。電話番号も記入されている。夜の一時をまわっているが、雅人の不安は頂点に達していた。携帯電話を開き、すぐに番号を押した。

「おかけになった電話番号は現在使用されておりません」

録音済みのメッセージが空《むな》しくもどってくる。携帯電話をネットにつないで、住所を調べた。美浜区には椿森という地名はなかった。千映の履歴書に書かれていた連絡先は、すべてでたらめのようである。そんな女は存在しなかったのではないか。誰もいない真夜中のオフィスで、雅人は顔色をなくしていた。

あの山師の父が以前にも別な職場にやってきたことがあると千映はいっていた。会社になんらかの迷惑をかけた場合、あとをたどられたくなかったのだろう。父から逃げるための偽装かもしれない。そうなると、あの鷹番の部屋と携帯電話以外に、雅人には千映となんの接点もなかった。

毎日のように顔をあわせていたのに、これほどもろく関係は切れてしまうものか。比沙子や麻衣佳と違って、千映とは連絡さえとれないのだ。雅人は叫び声をあげそうになった。きっと保証人の名前も、嘘なのだろう。千映はずっと自分を押し隠して生きてきたのだ。同世代の男たちとつきあえないのももっともだった。どうしても、ある線を越えれば家族とのつながりができてしまう。その点、雅人とのような不倫関係ならば、家族とは安全に切り離しておける。

千映の母親は、女手ひとつで千映を育てあげたという。千映も母親にならって、雅人の子を父親の手の届かない場所でひとりで産み育てようとしているのだろう。広い日本のどこかで、見知らぬ自分の子どもが生きているかもしれないのだ。それはよろこびというよりも、畏怖《いふ》に近い感覚だった。なんとかして、千映を捜さなければいけない。だが、その夜の雅人にはつぎになにをすればいいか、どんな手を打てばいいか、まるでわからなかった。昨夜はほとんど寝ていない。疲労はピークに達している。

そのとき、雅人の携帯電話が三度短くうなった。メールの着信をしらせる青いLEDが光る。千映からのメールだ。

＞雅人さん、いきなり消えて
＞しまって、すみません。
＞でも、あの人があらわれたら、
＞こうするしか
＞ほかにありませんでした。
＞わたしはいなくなった、
＞縁も切れてしまった、
＞そういって、お金の話は
＞断ってください。
＞あの夜もらった1万円札の
＞メッセージ、ほんとに涙が
＞でるくらいうれしかった。
＞雅人さんには、ご迷惑は
＞おかけしません。
＞この子はひとりで産んで、
＞立派に育てます。

＞お願いですから、わたしを
＞捜さないでください。
＞短かったけれど、ほんとうに
＞たのしかった。雅人さんは
＞わたしにとって、一生で
＞たったひとりの男性でした。
＞さようなら　千映

雅人はメールを読み、真夜中の会社で泣いた。最後に別れたときの、タクシーのなかから必死に手を振る千映の姿を思いだす。いい子を産んでくれと気軽に書いたメッセージに、千映の心がどれほど歓喜したのか、いいかげんな自分にはまるでわからなかった。もてる男などと気どってみても、女心などかけらもわかっていなかったのだ。千映はあのとき決定的な別れを覚悟していたのだろう。

「すまない、千映」

雅人は青いファイルを胸に抱きしめ、冷たいオフィスの床で背中を丸めて泣いた。声を出して泣くと、すこしだけ心の痛みが遠くなるような気がした。

64

深夜のタクシーで六本木にむかった。イート・ア・ピーチはこんな夜には格好の隠れ家だった。雅人は三人の女たちから連続して受けたショックで、心も身体もぼろぼろだった。昨夜はほとんど寝ていないし、考えてみるとこの二日間まともな食事もしていなかった。食欲はきれいに消えている。

奥のＶＩＰルームに顔をだすと、川北英次がひとりでグラスをにらんでいた。雅人は声をかけた。

「よう、おたがい散々だな」

クライアントの妻との不倫が露見して解雇を待つだけのディーラーが、不思議そうに顔をあげた。雅人は腰を落ち着けると、インターホンをつかい、バーボンのオンザロックをダブルで頼んだ。

「どうしたんだ、雅人。顔がやつれてるぞ」

この数日間のことを誰かに話したくてたまらなかった。自分はそのためにこの店にきたのかもしれない。川北がいなければ、紘輝にむかって話をしていたかもしれない。

届いたバーボンを乾杯もせずに半分のんで、雅人はすべてが崩壊した夏の終わりの話をした。

「そうだったのか、恵美がそんなことを……すまなかった、雅人」

すべてはとり返しがつかないことだった。ドミノ倒しの最初のきっかけをつくったのは川北の不倫相手だが、トラブルの種をまき、育てあげたのは自分自身だ。うなだれる川北に声をかけた。

「いいや、全部、おれが悪かったんだ。比沙子は昔から離婚を考えていたし、千映の父親があらわれたのは不可抗力で、誰のせいでもない。四十五歳になって、すべてをもう一度リセットしろということなのかもしれない。女にかんするすべてをな。それより英次のほうはどうなんだ」

ディーラーは、自嘲《じちょう》するようにいった。

「恵美とは別れて、妻には謝ったよ。こんなに頭をさげるなんて、仕事でも経験なかった。大人になって初めてのことだ。なんとか首の皮一枚で、結婚生活は続いている。あとは再就職先を探しているところだ。まあ、こっちの世界は狭いから、噂《うわさ》はどこにいっても広まってるけどな」

女でしくじった男、そのレッテルは川北に一生ついてまわるのだろう。

「しかし、千映ちゃんも思い切ったことをしたな。部屋を引き払って、無断で会社を辞めてしまうなんて。それほど父親が恐ろしかったのかな」

雅人はバーボンのお代わりを頼んだ。千映が恐ろしかったのは、あの山師の父親だけだろうか。奥山雅人という男と自分たちの未来も恐ろしかったのではないか。

「いや、こっちも悪かったんだ。英次だけに話しておくが、千映はぼくの子どもを妊娠していた」

川北のグラスが空中で静止した。

「千映ちゃんは妊娠したまま、消息不明になったのか」

胸に穴が空くようだが、うなずくしかない。

「きっといつか社員にも、ぼくたちの関係はしられてしまうだろう。子どもができたなんてことになれば、比沙子に隠しとおせるはずもない。だから、すべてのトラブルがちいさな芽のうちに自分から身を引いたほうがいい。子どもは母親のように女手ひとつで、立派に育てる。男の力は借りない。そんなふうに考えて、責任をとったんじゃないだろうか」

想像するだけでたまらなかった。契約社員の給料では、いくらも貯金などできなかっただろう。出産が近づけば、働くこともむずかしくなる。ひとりで赤ん坊を育てるのは、頼れる身内がいない若い女性にはたいへんな苦労だろう。それでも、千映は自分を貫いたのだ。強い人だった。川北もつぎの一杯は、水割からオンザロックに替えている。

「そうだったのか、雅人もおれと同じで、女を振りまわしてると勘違いしてたんだな。実際には、遊ばせてもらっていただけだった。いざとなれば、すべてを決めるのは、女だっていうのに。男はいつだって自分のことしか見えていないものだな」

確かに川北のいうとおりだった。だが、それほど単純な真実を骨身に染《し》みて理解するには、これほどの歳月がかかり、すべてを失う痛みに耐えなければならないのだ。

雅人はしぼりだすようにいった。

「千映の初めての恋人は、おれだった。初めての男もだ。あの子はこれから一生、子どもを抱えて、初めての男に殉じて生きていくことになるんだろうな……おれなんかには、そんな価値はないのに」

言葉の途中で涙がにじんできた。千映が一生に一度の恋だと信じていたこの数カ月間、自分は妻の比沙子とも愛人の麻衣佳とも関係をもっていた。自分のずるさにあきれてしまう。なにが、生涯最良のときだ。

雅人は千映に確かに好意をもっていた。だが、ふたりの関係のほとんどは、あの奇跡のような肉体的な相性と男のわがままな欲望に基づいていたのではないだろうか。中年男が若い女を玩具《おもちゃ》にしたのだと責められたら、いい返す言葉などなかった。ついこのままで処女だった千映がいじらしくて、たまらなくなる。

四十五歳、人生の折り返し点で自分はひとりぼっちになってしまった。すべての女たちに捨てられてしまった。きっと愛される価値のない男だと、女たちに正確な判断をくだされたのだろう。なにがネット広告界の寵児《ちょうじ》だ、ＩＴ社長の華麗な生活だ。自分のインタビュー記事を飾るヘッドラインの空しさが、雅人の心に響いた。

ひとりの女と別れることとは、ひとつの世界を失うことだった。いくらビジネスで成功し、そこそこ有名になり、富を積みあげても、女のいない男たちに幸福などやってくるはずがなかった。

（自分は失敗したのだ）

雅人はひどく酔った頭で考えていた。仕事よりも、生活よりも、ずっと困難な問題で、自分には力が足りなかったのだ。人を愛する力を失えば、人間などただの機械と変わらなかった。この世界を見ろ。働く機械、金をつくる機械、組織を守る機械に、満ちあふれているではないか。

「なあ、英次、これからおまえはどうするんだ」

すこし頭が痛んだが、質問してみた。同じ罠《わな》にはまった、自分よりも賢い男にこたえをきいてみたかったのである。

「わからない。なんとかつぎの仕事を探して、なんとか結婚生活を続けていくんだろうな。そのうち、だんだんと欲望も衰えていくだろう。気がつけばいつのまにか、男としてのピークを越えているんだろうな」

同じ年の男というのは、切ないものだった。急所を刺された気がして、身動きがとれなくなる。川北は悲しげに笑った。

「それで、ときどき恵美のことを思いだすだろう。男としての人生の盛りで、すごくいい女と出会った。最高の相性で、セックスのたびに獣みたいに叫んだ。恵美は毎回、涙を流してよろこんでいた。自分にもすこしは幸運だったときがあった、なんてな」

目のまえにあるぎらぎらした欲望ではなく、いつか欲望の記憶を支えに生きていく日がくるのだろうか。

「そうだ」

雅人はジャケットの内ポケットを探った。離婚届を抜きだして、テーブルのうえに広げる。

「せっかくだから、英次が離婚の証人になってくれ。女で転んだ者同士、嫌とはいわせないぞ」

「わかってる」

川北は雅人の万年筆で離婚届の証人欄にサインした。雅人はすでに自分の分は済ませている。

「これで離婚も決まりだな」

雅人はグラスをあげて、乾杯を求めた。からからと氷の音をさせて、バーボンをのみほすと、黒いVIPルームの黒いソファから立ちあがった。

「英次と話ができてよかった。ぼくはもういく。すこしひとりで考えたいことがある」

腕時計を見た。もうすぐ夜明けの時間だ。雅人は個室をでると、カウンターのなかの紘輝にうなずいて、バーをあとにした。

65

夜明けまえの空が、青く澄んでいた。カラスの鳴き声が鋭くビル街に響いている。イート・ア・ピーチの看板のピンクのロゴマークが、青一色の世界で妙にあざやかだった。

六本木の裏通りを、雅人はふらつく足で歩いた。目的地などなかった。家に帰るつもりも、会社にいくつもりもない。酒も、くいものも、もうたくさんだった。

夏の終わりの夜明けの空気が、肺のなかにたまった熱を冷ましてくれる。雅人は何度か深呼吸した。都心の街のあちこちに、朝の動きが見えた。コンビニの配送トラックが空車のタクシーと競いあい、ようやく空《す》き始めた通りを駆け抜けていく。歩道には、徹夜で遊んだ男女があちこちの店からにじみだしている。

（なにが起きても、別にこの世界は変わらないんだな）

この夜を越えれば、自分もいつもどおりの生活にもどっていくのだろう。会社で働き、妻との離婚の条件を詰め、夜はまた東京のあちこちで遊び明かすことになる。人間はそれまで生きてきたように生きていくしかないのだ。深く反省をしてみたところで、欲望と資本の世界に生きていることに変わりはない。

千映のゆくえについては、なんとか力を尽くして捜すことにしよう。新しい命に、自分も半分の責任がある。事情がどうであれ、その責任は果たさなければならなかった。

（けれども……）

雅人は夜明けの一瞬にやってくる明晰《めいせき》な意識で考えた。きっと見つけだしても、千映と自分の関係は、変化してしまっているだろう。純粋な欲望にかられて、無邪気な動物のように抱きあった夏がもどってくることはない。千映は自分との生活を望まないだろう。あの若い女のなかには、男に頼るという選択肢はないのだ。そうでなければ、あっさりと赤ん坊の父親を捨てられるはずがなかった。

雅人のサマースーツは、激しい夜をすごして、しわだらけになっていた。白いシャツの襟も薄汚れている。自分の体臭が、一歩足を踏みだすたびににおってくるようだった。疲れ切った身体《からだ》には、汗の薄い膜が張りつき、呼吸をさまたげている。

六本木の交差点にやってきた。ひどくのどが渇いていた。雅人は原色の看板とネオンサインが張りだした交差点で、ぐるりと一回転した。自分がまわると、世界がまわる。それがおかしくて、横断歩道の真ん中で腹を抱えて笑った。

コンビニエンスストアのマークはすぐに見つかった。空は東の方角だけでなく、すでに一面が朝焼けに燃えていた。始まったばかりの一日は、たとえようもなく美しかった。愛される価値のない男にとっても、その美しさは変わることがない。男がひとり、どんな形で破滅しようが、女とは違ってこの世界には傷ひとつ残すことはできないのだ。

（完璧《かんぺき》だ）

酔っ払いの目から見ると、世界は欠けるところのない完全な場所だった。朝の空気を思い切り吸いこみ、雅人は蛍光灯の明かりが青い灯台のように光るコンビニのほうへ、笑いながら歩いていった。

ガラスの自動ドアを抜け、飲料売り場にむかった。コンビニのなかは、すべてが磨きあげられたように清潔だった。雅人は汚れた手でヨーロッパアルプスで採取されたという水の透明なボトルをとった。船で世界を半周して運ばれてきた奇跡の水だ。それが、こんな硬貨数枚で買えるのが不思議だった。おかしくて、腹がよじれそうだ。レジで金を払い、ペットボトルをさげて、コンビニの外にでた。幅の広い歩道では、街路樹のケヤキが夜明けの空にみずみずしい葉を泳がせていた。雅人はキャップを開けると、青空を見あげて、ボトルの水を半分身体のなかに落としこんだ。冷たい水が食道と胃の形をはっきりと、身体のなかで示してくれる。

若い女がひとり、排気ガスですすけた幹によりかかって、パンをかじっていた。子ども用のTシャツを無理して着ているようだった。胸も腹もはちきれそうで、横じわができている。へそには銀のピアス、耳にも同じサクラの五弁をモチーフにしたピアスが光っていた。ミニスカートは、ショーツの底がのぞけるくらい短い。脚はケヤキの枝にも負けないほど、細くまっすぐだった。

「長い夜だったね。おはよう」

雅人はなにも考えずに声をかけていた。若い女は一瞬あきれた顔をして、雅人を見つめ返した。にこりと笑っていう。

「うん、長かったけど、まだ終わりじゃないよ。わたし、ここで腹ごしらえしてから、つぎの店にいく予定なんだ。代官山に昼の十二時までのめる店があるの」

雅人のなかで、ずるりと新しい欲望が動きだした。女たちは去り、女たちはくる。いつかこの肉体と欲望が消え去ってしまうまで、欲望に踊らされていればそれでいい。自分というひとりの男も、この世界を形づくる無数の命のひとつにすぎなかった。

「ぼくもすこしのみたりないと思っていたところなんだ。その店にいっしょにいってもいいかな」

若い女が雅人の頭から足の先まで、さっと視線を走らせた。軽くあごの先だけでうなずいてみせる。

「いいよ」

雅人は笑った。車道に飛びだすと、半分からになったペットボトルをあげて、タクシーをとめた。手のなかで揺れる水に朝の光があたり、宝石のようにきれいだ。目のまえに滑りこんできた車のドアが開いた。女が太ももを見せつけながら、先にのりこんだ。雅人もあとに続く。女はひどくハスキーな声でいった。

「わたし、ルイ。そっちは?」

ふたりをのせたタクシーが、夜明けの六本木通りでスピードをあげていく。見慣れた街をあとにしながら、雅人は出会ったばかりの女に自己紹介を始めた。

解　説

安西水丸

中年や遠くみのれる夜の桃

新興俳句の旗手といわれた西東三鬼の句だ。

この句は、広告でいうところのヘッドラインのように、小説のはじまりの前ページにある。小説のタイトルを決める際に、作者のなかに何らかの形でこの句が澱《よど》んでいたのだろうか。

この俳句について、「桃」は女陰を、「遠くみのる」は手の届きがたさ、要するに中年の羨望《せんぼう》と嘆息を詠《よ》んでいるのだとよくいわれているが、例えそうだとしても、俳句を解説するほどつまらないことはない。

西東三鬼は明治三十三（一九〇〇）年に岡山県の津山市に生れている。長じて歯科医師として生計を立てるようになるのだが、ある患者に俳句を勧められたことからこの世界にのめり込んでいく。
三鬼が単身東京を出奔、神戸に移住したのは昭和十七（一九四二）年の十二月、彼は四十二歳だった。その後再び妻子のもとには帰っていない。
三鬼には数々の女性遍歴があった。小説とは直接関係ないかもしれないが、彼の書いた『神戸』から、その第二話「波子という女」の書き出しを引用してみたい。

——神戸トーアロードの奇妙なホテルに居を定めた私は、一ヵ月も経《た》たないのに、一人の女と一夜を共に過し、それが発端で、戦争が終って日本が被占領国になってもまだ結末がつかず、とうとう前後四年間一緒に暮したのであった。

三鬼という「人物」を知ることで、この小説『夜の桃』が多少趣を高めて読んでもらえればとおもい書いてみた。
冒頭の句の他、好きな三句を記しておく。

水枕ガバリと寒い海がある
手の蛍にほひ少年ねむる昼

夜の雪ひとの愛人くちすすぐ

小説の主人公、奥山雅人は四十五歳、現在はネット広告を扱う会社「デジタルマウンテン」を経営している。六本木に友人三人と金を出しあって開いた「ＥＡＴ　ＡＰＥＡＣＨ」というダイニングバーもやっている。店を開くに当っての一人の出資は、ほぼ中型のベンツ一台分だという。店名は往年のサザンロック「オールマン・ブラザーズ・バンド」の傑作アルバムから取ったものだ。ギタリストのデュアン・オールマンが中心となり一九六九年に結成されたアメリカのロックバンドである。

奥山雅人には比沙子という三歳年下、四十二歳になる妻がいる。雅人の妻に対する気遣いは並みではない。それは彼に広告代理店で働いていた時に知り合った藤森麻衣佳という愛人がいるからだ。

前の晩、麻衣佳と会った翌朝の雅人は痛々しい。そのあたりの気持を作者は書く。

――男は一生罪悪感をもって歩く生きものなのだろうか。まえの晩よその女と会った翌朝は、慣れているはずの雅人でも薄い氷を踏むような気分だった。

「おはよう」

キッチンから声がかかった。雅人は挨拶《あいさつ》を返す。遅めのテーブルにつくと、すぐ新聞を開いた。頭のなかには普段の朝の手順を、もう一度確認している自分がいる。

このあたりの表現、身につまされる男は多いだろう。

ダイニングバー「EAT A PEACH」に共同出資したメンバーは、雅人の他、歯科医師の脇田淳、代々銀座中央通りで文具店を経営している坂一族の四代目、坂康之、東大出身で外資系証券会社のディーリング部長、川北英次となっている。雅人と彼らがどこで知り合ったかは書かれていないが、おそらく高校（有名私立）あたりが一緒だったのではないだろうか。

四人はこのダイニングバーのVIPルームで時々会い、いわゆる大人の会話をくり広げている。例えばこんな感じだ。

——ヒューゴ・ボスのスーツを着た男はちっとも幸福そうではなかった。だが、いつも苦言ばかり漏らすのは、まだ良心が残っている証拠かもしれない。

「数字だけを追っかける人間は、自分もだんだん数字に似ていく」

川北はネクタイをゆるめて続けた。

「それで、いつか数字に裏切られるのさ」

その後を作者は書く。

——座が静かになった。雅人はぼんやり考えてみる。それは人間だけでなく、この東京という街も同じだろう。再開発につぐ再開発で、街はどんどん空に伸びていく。その果てにのぼれるのは、より高価な値札のついた商品とより多くの金をもった人間だけだった。

奥山雅人のいやらしさは、愛人の麻衣佳をみんなに見せていることだ。麻衣佳にしてみれば、日陰の関係ではなく、好きな男の友人たちに自分の存在を知ってもらっているということで、結婚とは違った女のよろこびを感じている。

二人は、暇さえあれば濃密な関係をくり返している。相性はぴったりだ。六本木の裏町にあるラブホテルでの二人を作者は書く。

——ベッドでは麻衣佳がよつん這《ば》いになっている。

三十四歳の成熟した尻《しり》が、目のまえいっぱいに広がっていた。これも見事な自然の景色だと雅人は思った。人の身体は立派な自然の一部だ。

裸でよつん這いになった女をじっと見つめる。そこには、ジャン＝ポール・サルトルのいう「見つめること、すなわちサディズムである」といった言葉、また、誰が言ったのか忘れたが、「女の感じる羞恥心《しゅうちしん》は、女の美しさに比例する」といった言葉がうかんでくる。雅人と麻衣佳の、ほどのいいサディズム感とマゾヒズム感は、この小説の上品さの要《かなめ》といっていいだろう。因《ちな》みにこの締まったウエストと、九十センチを超える豊かな尻を持つ麻衣佳というバツイチの女性を、作者はあのイタリアのセクシー女優モニカ・ベルッチを引き合いに出して書いている。何がどうあれ、男にとっては垂涎《すいぜん》の女性だ。

奥山雅人の風貌《ふうぼう》はくわしく書かれていない。東京育ちであること。プレゼンテーションでは見事な説得力を展開する。適当に今人気のある役者などを（例えば福山雅治とか）想像して読むのもいいだろう。いずれにせよ彼はとてもお洒落《しゃれ》な、むしろ恥ずかしいくらいお洒落な生活をしている。自宅は渋谷区の神宮前で、職場は港区の青山にある。食事はいつもイタリアンだ。こういう生活ができるのは、よほどの地方出身の成り上がり者か、あっけらかんとした東京人だ。奥山雅人は後者だろう。

ある日、助っ人として、雅人の会社に早水千映という二十五歳の女性が入ってくる。小説を読んでいると、この女性が複雑な生い立ちであることがわかる。アル中の母親に育てられている。父親は山師で、つまりあちこちで借金をしては新しい事業を興し、会社を潰《つぶ》しては逃げまわるといった男だ。

そんな早水千映と雅人は呆気《あっけ》なく肉体関係に陥る。年の差はともかく、雅人は千映の身体に翻弄《ほんろう》されていく。千映にしても、はじめて知った男の味わいに耽溺《たんでき》していく。作者の性描写はとても視覚的で、読んでいて目の前に映像が動く。雅人と千映の湯河原の宿での描写が印象的だ。


――日の高い時間から、風呂《ふろ》あがりの浴衣《ゆかた》姿で、旅先の香り高い畳に大の字に寝そべる。天井の柾目《まさめ》がきれいだ。庭先からは蟬時雨《せみしぐれ》に混ざって、女が湯をつかう音がきこえている。頭のいい人間は、悲しい顔をして幸福がなんであるかわからないという。だが、雅人は単純だった。迷うまでもない。幸福とは、これから性交することが確定しているうえで、刻々とすぎていくこの充実し切った時間のことだ。

もう一ヵ所、美しいシーンなので引用する。

――夜の木々とセミの鳴き声がジャングルのようにからんでいた。夏の夜空は紺色に澄んで、明るい月を浮かべている。夜の桃のような千映の尻の中心には、半分口を開いた性器が秘められていた。


雅人と千映の湯河原の旅が終り、彼の人生は大きく狂っていく。雅人と共同出資でダイニングバーをやっている友人の犯した不倫がきっかけだ。世のなか、人生、どこに落し穴があるかわからないものだ。彼の落胆はよくわかるが、それは相手の女性も同じだろう。

人はよく、モテる男について、あいつは口が上手《うま》いだの、マメだのというけれど、多少そういったこともあるにしても、すべては女性の方が先に決めていることなのだ。真ん中に線を引いて、右への目盛が好きな方、左への目盛が嫌いな方だとする。要するに真ん中から目盛が少しでも右へ入っていれば、まあ何とかなる。これといった美男顔でなくとも、少しくらいヘマをしても、可愛《かわい》いなどという判断が出る。努力次第でゲットの可能性はあるだろう。これが真ん中から左へ入っていた場合どうなるか。

よけいな行動はしない方がいい。じっと静かにしているのがいい。モテようなどとしたら、みじめな結末が待っているだけなのだ。奥山雅人の針は確実にかなり右（モテる方向）へと動いていると考えていいだろう。

小説のなかにも多少触れられていたが、男は何歳くらいまで性行為ができるのだろうか。

私事だが、ぼくは神楽坂の酒場で隣り合わせた芸者に、酔った勢いで尋ねたことがあった。

「わたしは十八歳の時六十すぎの男の方と数年お付き合いしたことがありますが、そうですね、女の方の持っていき方次第でしょうね。それによってかなりの高齢までおできになるとおもいます」

志乃さんの言葉だった。蛇足ながら……。

この小説にも登場するが、携帯メールの威力は凄《すさ》まじい。同時にあの短文に漂う哀しみは何なのだろうか。ぼくが『夜の桃』を読んでおもったことは、この小説は現代版『人間失格』かもしれないということだった。

（平成二十二年十一月、イラストレーター）

この作品は平成二十年五月新潮社より刊行された。

石田衣良著

4TEN【フォーティーン】

直木賞受賞

ぼくらはきっと空だって飛べる！　月島の街で成長する14歳の中学生4人組の、爽快でちょっと切ない青春ストーリー。直木賞受賞作。

石田衣良著

眠れぬ真珠

島清恋愛文学賞受賞

人生の後半に訪れた恋が、孤高の魂を持つ咲世子を少女に変える。恋人は17歳年下。情熱と抒情に彩られた、著者最高の恋愛小説。

石田衣良ほか著

午前零時

―P.S.昨日の私へ―

今夜、人生は1秒で変わってしまうと、知りました――13人の豪華競演による、夜の底から始まった、誰も知らない物語たち。

江國香織著

号泣する準備はできていた

直木賞受賞

孤独を真正面から引き受け、女たちは少しでも前進しようと静かに歩き続ける。いつか号泣するとわかっていても。直木賞受賞短篇集。

江國香織著

がらくた

島清恋愛文学賞受賞

海外のリゾートで出会った45歳の柊子と15歳の美しい少女・美海。再会した東京で、夫を交え複雑に絡み合う人間関係を描く恋愛小説。

江國香織著

ぬるい眠り

恋人と別れた痛手に押し潰されそうだった。大学の夏休み、雛子は終わった恋を埋葬した。表題作など全9編を収録した文庫オリジナル。

有川浩著
レインツリーの国

きっかけは忘れられない本。そこから始まったメールの交換。好きだけど会えないと言う彼女にはささやかで重大なある秘密があった。

橋本紡著
流れ星が消えないうちに

忘れないで、流れ星にかけた願いを——。永遠の別れ、その悲しみの果てで向かい合う心と心。切なさ溢れる恋愛小説の新しい名作。

橋本紡著
猫泥棒と木曜日のキッチン

親から捨てられ、弟と二人で暮らす高校生のみずき。失くした希望を取り戻すための戦いと冒険が始まる。生への励ましに満ちた物語。

橋本紡著
空色ヒッチハイカー

いちどしかない18歳の夏休み。受験勉強を放り出し、偽の免許証を携えて、僕は車で旅に出た。大人へと向かう少年のひと夏の冒険。

小路幸也著
東京公園

写真家志望の青年&さみしい人妻。憧れはいつか恋に成長するのか——。東京の8つの公園を舞台に描いた、みずみずしい青春小説。

島本理生著
大きな熊が来る前に、おやすみ。

彼との暮らしは、転覆するかも知れない船に乗っているかのよう——。恋をすることで知る心の闇を丁寧に描く、三つの恋愛小説。

新潮文庫最新刊

高橋由太著
もののけ、ぞろり
白狐となった弟を元の姿に戻すため、大坂夏の陣に挑んだ宮本伊織。死んだはずの織田信長が蘇って……。新感覚時代小説。

塩野七生著
神の代理人
信仰と権力の頂点から見えたものは何だったのか——。個性的な四人のローマ法王をとりあげた、塩野ルネサンス文学初期の傑作。

辻邦生
北杜夫 著
若き日の友情
—辻邦生・北杜夫往復書簡—
旧制高校で出会った二人の青年は、励ましあい、そして文学と人生について語り合った。180通を超える文学史上貴重な書簡を収録。

川本三郎著
いまも、君を想う
家内あっての自分だった。35年間、いい時も悪い時もいつもそばにいた君が逝ってしまうとは。7歳下の君が——。感涙の追想記。

半藤一利著
幕末史
黒船来航から西郷隆盛の敗死まで——。波乱と激動に満ちた25年間と歴史を動かした男たちを、著者独自の切り口で、語り尽くす！

梅原猛著
葬られた王朝
—古代出雲の謎を解く—
かつて、スサノオを開祖とする「出雲王朝」がこの国を支配していた。『隠された十字架』『水底の歌』に続く梅原古代学の衝撃的論考。

夜《よる》の桃《もも》

新潮文庫 い-81-3

平成二十三年一月一日発行
平成二十四年十一月十五日十三刷

著者 石《いし》田《だ》衣《い》良《ら》

発行者 佐藤隆信
発行所 株式会社 新潮社
郵便番号 一六二―八七一一
東京都新宿区矢来町七一
電話 編集部(〇三)三二六六―五四四〇
読者係(〇三)三二六六―五一一一
http://www.shinchosha.co.jp

価格はカバーに表示してあります。

乱丁・落丁本は、ご面倒ですが小社読者係宛ご送付ください。送料小社負担にてお取替えいたします。

印刷・錦明印刷株式会社　製本・錦明印刷株式会社

ISBN978-4-10-125054-0 C0193